D1731142

Urs Zürcher

Alberts Verlust

Roman

bilgerverlag

1. Der Unfall

Er hätte tot sein können.

Eine Baustelle auf der Landstraße. Eine mobile Ampel auf Rot. Ein wartender Lastwagen. Nebel.

Der Wagen traf mit der rechten Seite ungebremst auf den Lastwagen, ein Kotflügel löste sich sofort – Lack und winzige Metallteile stoben in den Nebel hinein und erinnerten im Widerschein des flackernden Rücklichts für einen Sekundenbruchteil an festlichen Zauber –, krachte gegen eine Leitplanke, überschlug sich, flog an dem etwas nach vorne geschobenen Lastwagen vorbei, drehte sich um die eigene Achse, schlitterte über die Straße, wobei die Fahrertür an einer Leitplanke hängen blieb und abkrachte wie ein Flügel eines etwas drallen Wesens, schrammte über einen schmalen, kaum geneigten, mit ein paar Sträuchern bewachsenen Abhang und kam in einem hüfthohen Fluss derart zum Stehen, dass eine hoch aufschießende Gischt entstand, wie sie in dieser Gegend selten zu sehen war, eine Gischt, die ebenso blitzartig, wie sie aufgeworfen wurde, wieder zerstob und sich in den Nebel mischte.

Jetzt waren die Geräusche verschwunden am Fluss. Als hätte ein von Kopfschmerzen geplagter Gott seine Geduld und Friedfertigkeit verloren und den irdischen Tönen die Ausdehnung genommen, erstarb jeder Klang wie die Flamme einer Kerze im Wind sofort und unwiederbringlich. Eine Situation wie vor Anbeginn der Welt: Die Dinge sind schon da, ihre Melodie erst eine Idee. Das Plätschern und Brummen und Quaken erst eine Möglichkeit. Die Stille verwandelte die Landschaft augenblicklich in ihre prähistorische Form. Der Fluss vermochte den Wagen nicht zu bewegen, die Strömung war zu schwach.

Im Wageninnern ein Körper, auch er ohne Geräusch und Laut. Aus dem Fleisch kam noch kein Wort. Der Kopf, in einer nach hinten geworfenen, vom Leib weggeklappten Haltung, schaukelte über dem Wasser, das noch immer etwas aufgewühlt sanft kräuselnd den bis zum Hals eingetrübten Körper umgab.

Und bald schlängelte sich eine blutige Spur durch den Wagen, strömte durch die zerbrochene Heckscheibe nach draußen und zerrann flussabwärts. Unterhalb der Wasseroberfläche, wo sich das aufgeschäumte Wasser allmählich mit den still und ewig fließenden Bewegungen des Flusses vereinigte, schien der Körper eine träge, unmenschliche, irgendwie skulpturale Form angenommen zu haben, was durch das irisierend schimmernde Marmorweiß seiner Haut noch verstärkt wurde, auch wenn die Oberfläche des Körpers einige offene, unruhige Stellen zeigte, wo purpurrote Flecken weit ins Wasser ragten und die Haut insektenhaft im Wasser fächelte, während fast unsichtbare Stücke aus Metall und Kunststoff im Fleisch steckten, sich in den Körper gebohrt hatten und mit ihm eine Verbindung eingegangen waren, die für diesen Körper neu war, weil er zeit seines Lebens mit sich im Reinen gewesen war, sich bislang nicht vorstellen konnte, Aspekte eines Mischwesens aufzuweisen, die jetzt zwar nicht auf den ersten Blick, so doch beim genaueren Hinsehen klar erkennbar waren. Wäre ein noch näheres, das Fleisch vergrößerndes Betrachten möglich, so erhielte man einen Einblick in die diffundierende Wirklichkeit im Innern dieses Körpers, wo sich feinste Fremdelemente aufs Wunderbarste in die zytologischen Begebenheiten mischten und sich auf all diesen im Grunde undurchschaubaren, rätselhaften Körperwegen und -gängen und -höhlen bis in die allerdünnsten Kapillaren ausbreiteten, ohne indes den Gedanken einer tatsächlichen Diffusion hervorzurufen, weil dieser Gedanke nicht nur zeitlebens fernlag, sondern im eigentlichen Sinne undenkbar war, was aber in der Situation des bis zum Hals im Wasser steckenden Körpers keine Rolle spielte, da dieser Körper sich von Kopf bis Fuß nicht im Zustand des Denkens befand, sondern unschuldig wie ein in Formaldehyd getauchtes Schauobjekt schwebend und scheinbar schwerelos getragen von einer friedvollen Leichtigkeit des Wassers und in Harmonie mit sich selber ein still begrenztes Dasein erlebte, hineingeschmiegt in die Bewegungen des Wassers, die wie eine Vielzahl sanft und stetig ineinanderfließender kleiner Quellen spiralisierend neue Formationen schufen, welche sich selber unentwegt umperlten, als ob er niemals trauerte und liebte, beide Arme leicht gebeugt, die Kleider in Fetzen oder durch die Wucht des Aufpralls weggerissen, vom Wasser aufgeweicht und Stück für Stück weggetrieben, sodass kleines Getier, hauptsächlich Larven von Wasserflöhen, Fliegen oder Wanzen, in die offenen, allerdings kaum sichtbaren Stellen des Körpers hineintrudelten und -strudelten, zuweilen sich dort festsetzten oder wieder weggespült wurden, sich aber auch Pflanzliches wie beispielsweise Algen in den Körper mischte, wobei sich zeitgleich zum körperlichen Durchmischungsprozess eine Klärung des Wassers vollzog, allerlei Tang und Tand, Schlamm und Sand vom lieblichen Gesprudel aus dem Wagen geschoben und gezogen wurde oder an den Sitzen und Armaturen zur Ruhe kam und allmählich der ganze Körper schräg schwebend wieder klar erschien.

Die Blutspur war nicht mehr zu sehen. Im seichten Nebel flogen ein paar Amseln. Einzelne Sonnenstrahlen fielen bis auf das Dach des Wagens. Der Motor des Lastwagens sprang nicht an.

Dann tauchten die Geräusche wieder auf. Das leise gurgelnde Rauschen des Flusses, wie es schon seit Urzeiten diese Gegend durchtönte, brachte den über der Wasseroberfläche baumelnden Kopf in Bewegung, entlockte ihm eine Art Antlitz.

Neben dem Lastwagen stand sein Lenker, bleich wie Papier, und erklärte mit groben Gebärden den Unglücksfall. Männer in orangen Westen und mit allerlei Gepäck und Gerät übersprangen die Leitplanke, drückten die Weißdorne auseinander, wateten im Fluss. Er vernahm Hundegebell, Stimmen.

2. Auf der Intensivstation

»Er hätte tot sein können.«

Dr. Martin Grossmann sprach diesen Satz mit heller, blecherner Stimme, beide Hände an die Hüften gelegt, was ihm etwas Andächtiges, Trauerndes, aber auch Soldatisches verlieh, während sein Blick über den bis zum Hals mit einem weißen Tuch bedeckten Mann wanderte und keine Ruhe fand, sondern vielmehr, als wäre er von einer rätselhaften Verwirrung getrieben, vom Kopf des Mannes, wo ein mit transparentem Klebeband befestigter luftgepunkteter Schlauch in die Nase führte, über die Brust, den Bauch weiter nach unten glitt, bis der Blick bei den aus dem Tuch ragenden, milchigen Füßen angekommen war, sich wieder körperaufwärts bewegte und die leinene, schneeweiße Gebirgslandschaft entdeckte, die sich über den Körper legte, schließlich die Lippen des Mannes fixierte, auf denen ein Wort am Entstehen war, von dem er keine Ahnung hatte. Ja, er hätte tot sein können.

Dr. Martin Grossmann wippte leicht hin und her, die Hände noch immer an den Hüften. Allerdings waren seine Augen inzwischen müde. Wer weiß, warum. Sein Blick zerfaserte im Raum und verlor den Halt. Seine Stimme erreichte den Saum des Wohlklangs. Gerda war überrascht.

***

Albert war sich nicht sicher. Wach geworden, wusste er nicht, wie lange er schon wach lag. Sein Blick erreichte die Dinge nicht, fiel immer wieder ins vertraute Schwarz zurück wie in ein Nest. Eine Weile – zehn, fünfzehn Sekunden – hielt er die Augen geschlossen, öffnete sie und sah nichts als strahlendes Flimmern.

Noch bevor er der Schmerzen gewahr wurde, vernahm er das Piepsen. Hörte das Piepsen einer sehr klaren und sehr unbekannten Welt. Albert zögerte. Hörte die Piepswelt draußen. Sah eine vollkommen weiße Decke und an ihrem Rand abgeschattetes, freundliches Licht. Er kam nur langsam in diesen Raum hinein und bemerkte plötzlich das Anwachsen seines Körpers: Der Rumpf erhielt Beine, die Beine Zehen, die Arme Finger, alles dehnte und wölbte sich, und zugleich durchquerte der Schmerz diesen Körper wie ein Netz von Lebensadern. Im Kopf war es am schlimmsten.

Albert konnte es nicht fassen.

Und noch einmal ein Wachstumsschub, noch einmal das Ausdehnen dieses Körpers, als wäre er grenzenlos, als wollte er allen erdenklichen Raum und seine Dinge einnehmen, sodass am Schluss alles Körper wäre, alles, Raum und Zeit, diesem Körper einverleibt. Und wo dann noch denken? Albert atmete schnell: Wo dann noch denken?

Er war entsetzt über diese Welt und staunte. Aus seinem leicht geöffneten, von einem Schlauch schief heruntergezogenen Mund lief Speichel. Was er mit seinem eingeschränkten, unbeweglichen Blick sehen konnte, war für sich, hatte keinen Bezug zum Ding nebenan. Es fand keine Klärung, keine Fügung in seinem Kopf statt, keine Ränder, nicht einmal ein Schatten von etwas.

Mit der Zeit kam Alberts Körper an seine Grenzen. Er fühlte sich vollendet, an ein Ende gekommen, und ihm war, als hätte sich sein Körper von einem Keim, der ihm kaum größer erschien als ein zufälliger, längst vergessener Blick, zu einem riesigen, ab-

Folgen eines zu hohen Blutzuckers

Kein Diabetiker ist vor Folgeschäden des erhöhten Blutzuckers gefeit. Ein lange unentdeckter Diabetes, eine schlechte Einstellung des Blutzuckers, ungesunde Lebensweise – all dies bedeutet, dass der Blutzuckerspiegel über einen langen Zeitraum zu hoch ist, was zu schwerwiegenden Schäden führt. Umso wichtiger ist es, dass Sie den Empfehlungen folgen und Ihren Lebensstil ändern, sobald Sie wissen, dass Sie Diabetes haben oder dass Sie gefährdet sind.

Denn ein jahrelang erhöhter Blutzuckerspiegel schädigt auf Dauer die Blutgefäße und beeinträchtigt dadurch die Durchblutung vor allem der Kapillaren, der kleinsten Blutgefäße, die für die Versorgung der Nerven zuständig sind. Werden die Nerven nicht ausreichend mit Blut versorgt, funktioniert die Reizübertragung nicht mehr, was sich auf die Arme und Beine, die Augen und die Nieren auswirkt.

Die wichtigste vorbeugende Maßnahme gegen diabetesbedingte Komplikationen ist eine konsequente Blutzuckereinstellung. Besprechen Sie dies mit Ihrem Arzt, und legen Sie gemeinsam die ideale Vorgehensweise für Sie fest. Außerdem sollten Ihr HbA1c-Wert sowie Blutdruck, Taillenumfang, Gewicht und Blutfette regelmäßig kontrolliert werden.

Diabetes und Bluthochdruck

Ungefähr 50 Prozent aller Typ-2-Diabetiker haben einen hohen Blutdruck. Bei ihnen treten Herzinfarkt, Schlaganfall und Durchblutungsstörungen aller Art drei- bis viermal häufiger auf als bei der übrigen Bevölkerung. Wird ein Diabetes Typ 2 diagnostiziert, hat bereits die Hälfte der Patienten Durchblutungsstörungen an den Herzkranzgefäßen oder wird innerhalb kurzer Zeit daran er-

geschlossenen Schmerzkörper entfaltet, einem fleischig durchtriebenen Schmerz, mit Tüchern energisch zusammengebunden, aus denen Schläuche herausragten und irgendwohin nach draußen führten.

So war an eine Bewegung nicht zu denken. Einzig mit den Zehenspitzen konnte er den Rand des Bettes erkunden. Wo nichts war. Mit seinem Blick glitt er über die Decke des Raumes. Ließ sich dann und wann ins Schwarz fallen. In seinem Kopf tickte das Piepsen. Mein einziger Takt, dachte er, Meintakt, Meintakt. Und noch immer war er nicht sicher, ob der Schlaf zu Ende war. Denn es braucht den Schlaf, um zu träumen. Selbst als er Stimmen hörte, war er sich nicht sicher. Jemand griff ihm sorgfältig unter den Kopf, legte ein Kissen darunter.

Er hörte eine Stimme, die sich sanft und weiß seinem Körper anfügte und etwas sagte, das nichts war als Buchstaben.

Verschwitzte Haarsträhnen schauten unter dem Verband hervor, einige hingen übers Gesicht wie Algen an feuchten Felsen. Sein Körper kam ihm nun vor wie ein mit übel riechendem Schleim überzogenes Gefüge. Dann fiel er wieder ins schwarze Nest.

***

Gerda war überrascht über die Unsicherheit Dr. Grossmanns, hinter der sie Unwissenheit und Unsicherheit witterte. Sie betrachtete den kleinen Mann, der im zu großen, weißen Kittel aussah wie ein eingeschüchterter Student, betrachtete das Gesicht im Profil, das von einer kurzen, spitzen Nase beherrscht wurde.

Er drehte den Kopf, und aus seinem schmallippigen Mund purzelten ein paar ernste Worte, denen Gerda ebenso ernst entgegenlächelte und dabei nach dem Tier suchte, an das Grossmann sie erinnerte. Während Grossmann sprach, berührte er mit einer Hand das Bett, wobei nicht klar war, ob er sich, Halt suchend, aufstützte, die Verbindung mit Albert nicht ganz unterbrechen wollte, oder ob er ganz einfach die Hand am Bett vergessen hatte und es ihm darum nicht gelang, einen Schritt in Richtung Gerda zu machen. Er blieb gewissermaßen an Albert hängen.

Das Wort Vitalparameter fiel Gerda ein oder vielmehr, es fiel ihr zu, sie konnte sich nicht erinnern, woher sie dieses Wort kannte, sie hatte zeitlebens nie Kontakt mit der sogenannten Ärzteschaft gehabt, und ebenso wenig war sie mit medizinischer Begrifflichkeit und Technik vertraut, doch als ihr Blick, angeregt vom geheimnisvollen Takt der Piepstöne, auf den Monitor fiel, war auf einmal das Wort Vitalparameter da und kam ihr beinahe über die Lippen.

Dr. Grossmann, dem es inzwischen gelungen war, sich vom Bett zu lösen, schritt im Passgang auf Gerda zu. Grossmanns Hand war feucht und warm und haltlos. Gerda ließ sie fallen wie ein schmutziges Taschentuch.

Auf dem Bett ihr Mann.

Albert.

Wie in einer flachen Schale lag er da. Ein Stillleben mit Leintuch und einigen Schläuchen. Sein Wohlbefinden übersetzt in Vitalparameter und Piepstöne. Albert. Sein Name ein Fremdkörper in ihrem Wortschatz.

Als sie sich kennengelernt haben, damals auf Kreta, führte er noch ein Aigu in seinem Namen, Albért, sagte er, das E eine Nuance zu lange gedehnt, sodass aus der Eleganz nichts wurde, sondern sein Name vielmehr in einem Gewebe aus Snobismus und Peinlichkeit hängen blieb, woran auch die in verschiedenen Versionen immer wieder zum Besten gegebene Geschichte seiner Zeugung in der Normandie nichts änderte. »Fabriqué en Normandie«, wie Albert mit einem ebenso schelmischen wie stolzen Lächeln zu sagen pflegte, obwohl seine Eltern seit ihrer zweiwöchigen Reise in die Normandie 1959 keinen Fuß mehr auf französischen Boden gesetzt hatten und die Tragweite ihres in einer unbeschwerten Laune gesetzten Accents nicht erahnen konnten.

Als sie zu Hause waren und die Urlaubsnähe entgegen ihren Erwartungen noch eine Weile bestehen blieb, eliminierte sie das Aigu.

Dr. Grossmann war lautlos verschwunden.

Gerda schaute zur kastaniengrünen Tür, nahm einen säuerlichen, herbstlichen Geruch wahr, den Grossmann hinterlassen hatte, der Geruch einer überreifen Frucht, die irgendwo in der Nähe des Äquators heranwuchs, reifte und jetzt in der Intensivstation des städtischen Krankenhauses allmählich an Intensität verlor, verblasste, verblühte, sich aus dem Zimmer verflüchtigte wie ein haltloser Gedanke. Gerdas Blick war auf ihren Ehemann gerichtet.

Albert zugedeckt. Albert verschlaucht. Albert verlebt.

Drei Schritte, und sie hätte ihn erreicht. Dr. Grossmanns Schweiß an ihrer Hand wischte sie am Leinen ab.

Sie stellte sich ans Fußende des Bettes, fasste das Tuch mit beiden Händen und begann, es in Streichelgeschwindigkeit von seinem Körper zu ziehen. Das war ihr Albert.

Das Tuch hatte sich am Schlauch, der Alberts Körper mit existenziellen Flüssigkeiten versorgte, verfangen. Gerda zog vorsichtig. Das Tuch ließ sich widerstandslos vom Körper wegziehen wie eine leichte Hülle.

Das ist mein Albert gewesen, dachte sie, mit dem ich so lange zusammen gewesen war. Gerda schloss die Augen und sah einen kurzen, unruhigen Film mit Bildern, wie ihn sonst Sterbende sehen. Das Wichtigste in Kürze.

Gerda öffnete die Augen. Sein lächerlicher Versuch, sie zu einer Reise in die Normandie zu bewegen, wo er mit ihr die »Orte seiner Zeugung« besuchen wollte, als ob er an mehreren Orten gezeugt worden wäre, als ob er wie ein Gott oder Held oder Diktator eine Spur mythologischer Ursprünge hinterlassen hätte, die sie nun mit Reiseführer und Fotoapparat erpilgern sollte. Zum Glück, dachte sie, zum großen Glück habe ich diese Reise nie angetreten. Stattdessen waren sie an den Ort ihrer Erstbegegnung gereist und merkten, dass sie dort nicht mehr hinpassten. Im Hotel wimmelte es von Jugendlichen und kontaktfreudigen Menschen in den Zwanzigern, die jeden Abend bis in die frühen Morgenstunden Radau machten. Sie reisten stillschweigend ein paar Tage früher ab als geplant.

Gerda fragte sich, ob Albert vor dem Unfall auch schon so bleich war. Oder ist das ein Todesanzeichen?

Ihr fielen seine Brusthaare auf, die wie verkümmerte, nachtschwarze Drähte über der Haut lagen und ihr eine Blässe verliehen, die sie ohne diese Haare wahrscheinlich nicht hätte. Zwischen den Brusthaaren entdeckte sie Sommersprossen, die schon eine Weile da sein mussten und sie an blass und brüchig gewordenes Laub erinnerten, das im Spätherbst auf den hellen Kieswegen lag, wo sie mit Iwan, ihrem Retriever, spazieren ging.

Gerda beugte sich über Albert, spitzte den Mund und ließ ein Tröpfchen Spucke auf seine Brust fallen. Wie eine schlabberige Perle rollte es durch die Haare, blieb, ohne eine Spur zu hinterlassen, in einer Bauchfalte liegen. Von Albert kein Ton, nur das regelmäßige Piepsen der Geräte. Bevor sein Geschlecht zum Vorschein kam, ließ sie das Tuch fallen, betrachtete die Bauchbehaarung, beugte sich vor, schnupperte: Desinfektionsmittel und etwas Bitteres.

Sie war schon im Begriff, sich wieder aufzurichten, da entdeckte sie eine kleine, längliche Narbe und ging so nahe an den Körper heran, bis das Bittere wieder zu riechen war. Für eine Blinddarmnarbe war der Schnitt zu kurz und außerdem am falschen Ort. Diese Narbe hatte sie noch nie gesehen. Erstaunt stützte sie sich auf dem Bett auf und betrachtete ihren Fund. Das

Alter der Narbe einzuschätzen, war schwierig, frisch war sie auf keinen Fall, stammte nicht vom Unfall. Eher eine Verletzung als eine Operation. Gerda konnte sich nicht erinnern, dass sich ihr Mann am Bauch verletzt hatte, die Narbe musste älter als ihre Beziehung sein, vielleicht eine Unvorsichtigkeit in der Kindheit, im Übermut gegen einen spitzen Gegenstand geprallt, Kämpfe mit Speer und Pfeilbogen, Albert als Robin Hood im Wäldchen von Rütersbach. Wieso hatte sie diese Narbe noch nie gesehen? Gelegenheiten hätte es gegeben. Waren ihre Augen auf anderes gerichtet? Oder hielt sie die Augen geschlossen, wenn sie ihm nahe war?

Sosehr sie seine Haut absuchte, seltsame, hexagonale Strukturen und erstaunliche farbliche Unterschiede entdeckte, die sich von hellen Sandtönen bis hin zu Weinrot erstreckten; die Haut blieb stumm. Kein Wort.

Und wie sie sich aufs Bett setzte, seinen Körper nach weiteren unbekannten Einzelheiten absuchte, bemerkte sie Verformungen unter der Haut, als würden Knochen, Gedärme, Organe nur mit Not von der Haut zusammengehalten und nach draußen drängen, weg von der muffigen Dunkelkammer ans helle Tageslicht. Auf einmal verlor sie die große Form aus den Augen und konnte nur noch diese ungelenken, ja obszönen Verformungen sehen, die ihr eine völlig neue Körperlandschaft darboten, hinter der Albert verschwand. Es war, als hätte sich plötzlich das Innere des Äußeren bemächtigt. Es verschluckt. Als hätte ein unheimlicher osmotischer Vorgang einen Gestaltwechsel bewirkt, wie eine Kippfigur es tut. Sie sah ihn als einen anderen.

Für einen Moment schloss sie die Augen, um das neue Bild in den Schatten zu stellen, und als sie die Augen öffnete, sah sie, dass der Tausch gelungen war. Albert lag da. Der mit dem Aigu. Der im Wald von Rütersbach herumrennende Robin Hood. Der gefährliche Alberette. Im Moment war er gerade nicht gefährlich. Gerda betrachtete die wellenförmigen Erhebungen des Lakens über seinem Geschlecht. Eine so gute Übersicht hatte sie noch nie.

Albert bewegungslos und still, den Kopf leicht zur Seite geneigt, die Lebenszeichen les- und hörbar am Vitalparameter, und also konnte sie es tun. Gerda fasste das Laken und zog es langsam in ihre Richtung, hin und wieder hielt sie inne, das Bauchhaar wurde dichter, länger, was zuvor als kümmerliches, dünnes Überbleibsel eines magischen Urwalds erschien, verwandelte sich nun in den eigenen Ursprung, wurde stattlich und stolz, ein richtiger Buschwald.

Gerda legte sein Geschlecht frei.

Es lag da wie ein eingeschlafenes Urtier in seinem flauschigen Nestchen. Unwillkürlich wollte Gerda das Tierchen berühren, dass es sich vielleicht regte und erwachte, stoppte aber ihre Bewegung, warf einen Blick zur Tür.

Gerda betrachtete das Urtierchen. Es bewegte sich nicht. Es lag wie eine eingedrückte, in die Jahre gekommene, blassrosa Runzelnase zwischen Alberts Beinen und schien, dachte Gerda und machte dabei ein ernstes Gesicht, noch gar nicht richtig auf der Welt zu sein. Sie beugte sich vor. Dass diese urtümlich gefaltete Haut- und Fleischformation Geschlecht genannt wurde, hatte Gerda noch nie verstanden. Geschlecht war für sie eine formale Bezeichnung im Reisepass, etwas Technisches wie Nationalität und Zivilstand, aber auf keinen Fall eine seltsame Masse Fleisch, die von einem Übermaß an Haut zusammengehalten wurde und außerdem ein ästhetisch einwandfreies Zusammentreffen der Beine verhinderte.

Gerda beugte sich weiter vor. Stützte sich mit beiden Händen auf das Spitalbett. Vor ihren Augen das Geschlecht. Sie schnupperte. Konnte nichts riechen. Ging näher ran. Schnupperte wieder. Jetzt ein unbekannter Geruch. Sie konnte die Komponenten des Geruchs keiner Erinnerung zuordnen, das war ein völlig neuartiges Geschlechtsgeruchserlebnis. Sie sog tief Luft ein. Hielt inne. Analysierte. Kein Ergebnis. Keine Übereinstimmung.

Gerda erhob sich, streckte den Rücken gerade, legte die Hände an die Brust, schloss für ein paar Sekunden die Augen.

Das war das Geschlecht von Albert gewesen.

Sie ließ ihren Blick über seine Beine gleiten, die ihr ebenso unregelmäßig behaart wie geformt vorkamen. Die Knie sahen aus wie zwei mit Haut mehrfach überzogene Augen, verschrumpelt, in Falten gelegt, die Augäpfel kaum noch zu erkennen, als wären sie längstens ausgestorben und blind. Die Knie sind, dachte Gerda, keine schönen Gelenke.

Sie hörte ein Geräusch, drehte den Kopf Richtung Tür.

Anschwellendes Piepsen jetzt, die Geräte kamen wieder in Gang, der Vitalparameter zeigte Grundlegendes und nichts Abweichendes. Gerda atmete aus. Fuhr sich durch die Haare. Öffnete ihr Täschchen, das sie auf einen Stuhl neben der Tür gelegt hatte, wühlte darin und fand ihren Lippenstift in der Farbe »Red Embrace«. Sie stand vor Alberts Körper und schrieb »Albert« auf seine Brust.

Als sie schon bei der Tür war, kehrte sie um und setzte das Aigu. Damit der Name seine Richtigkeit hat. Albert im Wäldchen von Rütersbach.

***

Alberts Arme lagen eng anliegend an seinem Körper über dem Leintuch, das sich wie eine zweite Haut über ihn legte. Der Schlauch in seinem Mund war entfernt worden, ebenso der Verband um seinen Kopf, sodass die Haare sein Gesicht umrahmten wie ein winziger Strahlenkranz.

Es war etwa 5 Uhr morgens. Der graue Rauch, der sich draußen über der Stadt ausbreitete, verschleierte die Nacht. Im Weiß der Decke flackerten kleine, dunkle Flecken. Mit zusammengekniffenen Augen sahen sie aus wie Flugzeuge am Sommerhimmel. Albert stellte sich den Sommerhimmel vor, der sich heiter und strahlend über alles erstreckt und riecht wie weiches, weißes Leder. Albert spürte Wärme in seinen Körper zurückkehren. Aber es war eine absonderliche, ihn nur teilweise ausfüllende Wärme, so, als reichte sie nicht überallhin.

Wieder schaute Albert zur Decke, beobachtete die kleinen Flugzeugflecken am Sommerhimmel. Und je länger er an die Decke starrte, den Himmel betrachtete und dabei seine Füße ein wenig über den Rand des Bettes hinausstreckte, desto schwieriger wurde es für ihn, den Himmel zu erkennen.

Zugleich, und dies trieb ihm den Schmerz in den Kopf, hörte er das Piepsen, in dem der Himmel sofort auseinanderfiel und mit ihm das unendliche Hellblau, das an ihm hing.

Und jetzt, nachdem er das Piepsen wieder hörte und der Schmerz in seinem Kopf pochte, jetzt erkannte er, dass er einer Situation ausgeliefert war, die ebenso belanglos wie rätselhaft war. Er lag in einem Zimmer eines Krankenhauses, war verletzt, konnte sich kaum bewegen und wurde von Pflegerinnen und Ärzten betreut, deren Namen er nicht kannte. Dort, wo die großen Worte sein müssten, war nichts, und es war, als ob dort niemals etwas gewesen war. Nur am Rande des Horizonts, wo die Diminuitive lebten, von dort vernahm er das verkleinerte Bellen eines Hundes. Die unbestimmte Ahnung, dass etwas fehlte. Eine Verletzung, die groß war und bedeutungsvoll. Eine Verletzung mit einem gewichtigen Namen. Albert öffnete die Augen, betrachtete die Decke, der Himmel blieb verschwunden. Da öffnete sich die Tür, und eine Frau betrat das Zimmer, drei Schritte später folgte ein Arzt, der sagte: »Er ist zu sich gekommen.«

***

Gerda (*Flüsternd*)
Ist er wach?

Dr. Grossmann
Er ist zu sich gekommen.

Gerda
Kann ich …

Dr. Grossmann (*Berührt mit dem Zeigefinger seine Nase.*)
Warten Sie, es ist besser, wenn ich zuerst mit ihm rede, und
überhaupt …

Gerda
Wann kann ich denn …

Dr. Grossmann
Die Phase ist sensibel, aus dem Koma erwachen funktioniert nicht wie bei einem Lichtschalter, kein Off und On, da
ist mehr als 0 und 1, mehr als diese simplen, höchst banalen
Gedankenvorgänge, wie man sie heute immer mehr beobachten
kann, obwohl sie keine einzige Tatsache erklären, nicht mal eine
unbedeutende Tatsache lässt sich durch dieses einfache Gedan-
kenmuster erklären, das hier ist ein fließender Übergang, vom
Schlaf fließend in den wachen Zustand, verstehen Sie, wie ein
Fluss, der allmählich eine andere Form annimmt, eine andere
Gegend durchquert, das sind fließende, sensible Übergänge, die
man überwachen muss, sonst kommt es zu einer Überreaktion,
sogar ein Durchgangssyndrom …

Gerda (*Laut*)
Durchgangssyndrom?

Dr. Grossmann

Postoperatives Delirium *(Leiser)*, ich werde ihn noch eine Weile beobachten, auch wenn er nicht allzu lange …

(Gerda geht ums Bett herum, berührt Albert an der Brust.)

Dr. Grossmann

Nähe ist gut, aber bitte keine Sentimentalitäten. Bleiben Sie hier, der Aufwachungsvorgang kann unmittelbar bevorstehen, er kann aber auch erst morgen oder übermorgen auftreten, ich werde ihn noch eine Weile beobachten, auch wenn er nicht allzu lange …

Gerda

Und das Durchgangs …

Dr. Grossmann

Er ist zu sich gekommen, aber das will nichts heißen, noch ist er nicht da, er ist bei sich, aber sonst nirgendwo, das ist ein Prozess, da muss man abwarten, er hat noch keinen Kontakt *(Schaut Gerda an.)*, noch keinen sozialen Kontakt *(Blickt auf die Vitalparameter)*, dieser Mann braucht noch ein bisschen Zeit, um auf die Welt zu kommen. *(Lächelt)*

(Gerda sitzt am Bett, beide Hände auf ihrem Schoß, Dr. Grossmann verlässt leise hüstelnd den Raum.)

Gerda

Nun denn, Albert, die Welt wartet auf dich. Mon chérie.

***

Die Frau und der Mann waren verschwunden. Um Alberts Ohren flackerten noch ein paar Worte. Inzwischen war es wieder Nacht geworden, zumindest klang das Gebell der Hunde wie Gebell in der Nacht, dachte Albert, der nicht recht wusste, ob seine Augen geöffnet waren, in der Nacht tönt Gebell anders als tagsüber, lauter und heller und ungebrochener, gleichwohl war da noch ein Ton, der ihn an etwas erinnerte, ein Zwischenton, ein nicht natürlicher, ein gewerblicher, ein industrieller Ton, ein Ton mit Schmierfett am Bauch, der, getragen vom hündischen Gebell, sein Ohr erreichte, wobei sich Albert ziemlich sicher war, dass die Hunde in der verlassenen, von Brombeerbüschen umwucherten Lagerhalle am Fluss herumtobten, vielleicht mit einer toten Katze spielten, mit blutigen Schnauzen an einem aufgefaserten, mit dickschwarzem Öl verschmierten Stück Fleisch rissen und immer aggressiver wurden, je weniger von der zerfetzten Katze – oder war es eine Ratte – vorhanden war, sodass der Zwischenton kaum mehr zu hören war, sosehr Albert die Ohren spitzte und versuchte, das Hundegebell herauszufiltern und alle Hörkraft auf den Zwischenton zu richten, so sehr löste sich der Zwischenton auf, zerbröckelte wie feuchter Kalk.

Hin und wieder spürte er ein Flirren in seinem Körper. Als würden unfertige Gedanken durch seine Blutbahnen strömen. Ihm fiel eine Art Poltern auf, ein urtümliches, vegetatives Murmeln und Glucksen in seinem Dunkelraum, wo die Organe lagerten. Aber er konnte mit der Fläche, die der Gedanke »Ich« bildete, seinen Körper nicht bedecken. So baumelten beispielsweise Alberts Füße über sein Ich hinaus. Er hinterfragte ihren Status. Dann den seines Ichs. Bewegte die Lippen. Aber ein Wort gelang ihm nicht. Vielleicht ein Versuch eines Kussmundes. Mehr war da nicht.

Der Nebel, der sich inzwischen nicht nur um das Krankenhaus, sondern auch über die ganze Stadt gelegt hatte, erstickte sowohl das Hundegebell wie auch alle anderen Geräusche und sogar einen augenblicklich aufzischenden Lärm mit einem weichen, schimmernden Vlies, sodass eine neuartige, stimmlose Melodie die grauen, mürben Skelette der Gräser, Bäume, Häuser emporkletterte und ihnen mit der Freundlichkeit eines Kolibris die Traurigkeit entzog.

Was anfangen mit den Bruchstücken?

Albert fand zu keinem Ganzen.

Jetzt wieder plötzlich auftretende Piepstöne in seiner Behausung. Läuten sie den Übergang der Nacht zu einer anderen ein? Jubilierende Fanfarenklänge der siegreichen Nacht? Ist überhaupt jemals schon Tag gewesen?

Albert versuchte, seine Nase zu fühlen, sich seiner Nase zu vergewissern und dann zu erschnuppern, ob Tag war oder Nacht, aber es gelang ihm nicht, keine Tageszeitenpartikel in der Nase, nichts von diesen mikroskopischen Hinweisen auf den Helligkeitszustand, und doch war da was, das von der Nase zu Alberts Kopf einen Weg fand, etwas, das süß und fein war wie eine einsame Blume auf einem Acker und das durch eine ordentliche Brise ein paar Meter über den höchsten Dächern der Stadt, von wo sie unbedeutende, zuweilen sehr alte Stoffe mitnahm, schließlich an die Mauern des Krankenhauses wehte, wo die Brise ein paar nicht nachvollziehbare Kapriolen und Wendungen vollzog, bis sie, inzwischen angereichert mit einer Vielzahl olfaktorischer Elemente, durch unzählige Fenster, Öffnungen und Ritzen ins Krankenhaus eindrang, auch wenn ausgeklügelte Sicherungs- und Schleusensysteme genau dies verhindern wollten, und dort, im Innern des Krankenhauses, begünstigt durch regen Betrieb in diesen Tagen, verhältnismäßig rasch die Intensivstation und damit auch Albert erreichte, der seine Nase auf ihre grundsätzliche Existenz prüfte und dank diesem vom fernen Acker und seiner einsamen Blume herangewirbelten süßen und feinen Duft nicht nur vom Dasein seiner Nase überzeugt war, sondern auch in diesem wie von unsichtbarer Hand dargereichten Bouquet Teile von Bildern entdeckte, die ihn auf Gedanken brachten, die er zuvor gar nicht gehabt hatte.

***

Mein Gesicht ist nicht schön. Es hat keine Form. Ein Funktionsgesicht, das von keinem der großen Meister aus dem bloßen Urzustand in jene Ästhetik hinein modelliert wurde, die das Fleischliche zwar noch hervorschimmern lässt, es aber in einer Weise verwandelt hat, die das Ursprüngliche, das vegetativ Notwendige über sich selber hinauswachsen ließ und nun jenen Bereich berührt, wo die Schönheit zu Hause ist. Eben, schön ist das Gesicht nie gewesen.

Bereits die kleinformatigen Fotos zeigen ein ausdrucksloses, platt gedrücktes, von allerlei Schlitzen und Wülsten überzogenes Babygesicht, das ebenso gut ein alterslos gewordenes Objekt einer pathologischen Sammlung sein könnte.

Gerda beugte sich über das Waschbecken. Die glatte Haut und die fein gezeichneten Konturen lösten sich auf und enthüllten wie unter einem Mikroskop zahllose fettige Flecken auf der Haut, die Linien wirkten brüchig, unterbrochen, die Nase war gewölbt und zeigte sich von den gleichen öligen Kreisen durchzogen wie das übrige Gesicht, die Augen versanken hinter taschenartigen Gebilden, die Lippen erschienen wie eine obszön geformte, schleimige Schwellung, ähnlich einem asiatischen Amphibium im embryonalen Status. Gerda wich vor diesem Anblick zurück, schloss für einen Moment die Augen.

Als sie sie wieder öffnete, war die Situation unverändert. Ihr Gesicht im Spiegel und die plötzliche Gewissheit, dass diesem Gesicht bereits die Zeichen eines schattenlichtigen Entschwindens eingeschrieben waren.

So ist es, dachte Gerda, es sind nicht mehr verschwindende Zeichen, ewige, aus Tiefenschichten geborgene Zeichen, die Jahr für Jahr deutlicher an die Oberfläche drängen, bis sie eines Tages die Herrschaft über das ganze Gesicht, den ganzen Körper übernommen haben werden und diesen Körper in eine schwindende, staubige Existenz befördern.

Sie wusch sich noch einmal die Hände, schaute dabei in den Spiegel und konnte nicht verstehen, dass dieses Gesicht zu ihr gehörte. Ihr Gesicht war. Es war ein fremdes, nicht schönes Gesicht.

Eine Pflegerin betrat den Raum, warf einen etwas verwunderten Blick auf Gerda und verschwand in der Toilette. Ihr Gesicht im Spiegel lächelte, entblößte ein paar gelbliche, unregelmäßig gesetzte Zähne.

Gerda lachte plötzlich laut los, was ihrem Gesicht eine fratzenhafte Erscheinung gab. Sie presste die Lippen zusammen, stellte sich Albert auf dem Spitalbett vor. Ein fremder Mann. Ein fremder, verschlauchter Ehemann.

Die Pflegerin öffnete die Tür und blieb, als sie Gerda erblickte, einen Moment stehen, unschlüssig, was sie tun sollte, ging mit gesenktem Kopf ans Waschbecken, während Gerda einen Schritt zur Seite wich, hielt die Hände nicht länger als einen Augenblick unters laufende Wasser und verschwand schleunigst. Und jetzt dieser Unfall. Was sollte das denn bedeuten?

Wieder ihr Gesicht im Spiegel. Gerda beugte sich über das Waschbecken, flüsterte den Namen Albert und stellte fest, dass ihre Stimme ebenso fremd klang, wie ihr Gesicht ihr entgegenschaute und zudem eine seltsame Brüchigkeit aufwies, eine kaum wahrnehmbare, dafür umso hässlichere, tief sitzende Dissonanz, die jeden Wohlklang im Keim erstickte, was sich auch dann nicht änderte, als sie den Namen Albert ein zweites Mal an den Spiegel hauchte, sondern ihr vielmehr das Fehlen jeglichen Volumens ihrer Stimme aufzeigte, eine weitere Blöße, dünn und ohne Eleganz ihre Stimme, sie erreicht ja kaum den Spiegel, dachte Gerda, meine Stimme verreckt, kaum hat sie meinen

Mund verlassen, stirbt ab, verendet erbärmlich an ihrer eigenen Schmächtigkeit, so wie mein Gesicht mich elend und nichtssagend anschaut, überhaupt nicht schön, sooft ich auch schaue.

***

Für einen Augenblick reflektierte die Deckenlampe des Cafés einen Lichtblitz, der von draußen durchs Fenster fiel, auf der Lampe kurz aufleuchtete, als würde – nicht länger als die Dauer eines Geistesblitzes – eine zusätzliche Glühbirne aufleuchten, doch bevor sich diese Erscheinung richtig im Bewusstsein festsetzen konnte, war das Lichtfragment auch schon wieder erloschen, ohne eine Spur im Gedächtnis zu hinterlassen, während die Lichtquelle, wahrscheinlich ein Scheinwerfer, weiterhin ein ruhig umherstreifendes Licht auf die Dinge der Stadt warf, für Sekunden ein Auto bestrich, dem Fahrer ein Blinzeln entlockte, vielleicht eine flüchtige Verunsicherung und dann genauso zufällig eine verlassene Tankstelle streifte, für einen Moment das Rot der Zapfsäulen aus dem Schwarz herauslöste, das Weiß des Häuschens wie im Mondschein aufleuchten ließ, bis alles wieder in der Dunkelheit versank und Silhouette wurde, einsam und starr und schweigsam, derweil das Licht sich entfernte, an Kraft verlor, nunmehr wie eine schwach leuchtende Schliere das Schwarz nur ein wenig aufzuhellen vermochte, ohne ihm die Dinge zu entreißen, jetzt sogar für eine Weile verschwindend, dann plötzlich wieder an unerwarteter Stelle auftauchend, müde ausatmend, bis es sich im schimmligen Grau des Nebels verlor, das sich wie eine zarte Milchstraße in die Nacht mischte und die Realität der Stadt mit einer Ahnung von Wärme beträufelte, die selbst dann noch wirksam war, als sich der Nebel in der Dämmerung aufgelöst hatte, sodass die Menschen, obwohl noch leicht betäubt vom Schattenwurf des Winters, am Horizont die zarten Gipfel des Frühlings erblickten, die zuweilen von nebligen, der Nacht entschwundenen Schwaden verwischt wurden, sodass manches, was sonst klar erschien, sich zeigte wie von einem Pinsel verschleiert, als hätte sich ein grauer Vorhang vor die Realität geschoben, der nicht nur die Dinge einer zweifelsfreien Identifikation entzog, sondern auch durch unzählige Ritzen und Öffnungen in die Gehirne der Menschen eindrang und dort Gedanken und Erinnerungen eintrübte, einige Ideen ihrer Wurzeln beraubte, einige Vorsätze gänzlich eliminierte, einem Gefühl die Ausrichtung nahm und ganz allgemein in den Frontallappen für Unruhe und Verwirrung sorgte und sogar auf Träume einwirkte, sodass beispielsweise ein Hund, ansonsten im Traum unmissverständlich erkennbar, nun undeutlich wirkte, als hätte auf einmal die träumerische Sehschärfe nachgelassen, und das allzu Bekannte wäre im Reich des Unterbewussten mindestens eine Etage tiefer gefallen, wo es nicht mehr zu erkennen war, sondern eine undeutliche, von allerlei Unschärfen geprägte Existenz fristete, weshalb nicht klar war, ob es sich beim Hund, der da im Traum in unbestimmter Umgebung etwas unschlüssig herumzottelte wirklich um Iwan handelte oder vielleicht um eine Katze oder eine Kuh oder einen überdimensionierten, auf einmal mit Beinen ausgestatteten Riesensalamander, von dem Gerda, kurz nach dem Aufwachen, nur noch wusste, dass er einen langen, feuerroten Schwanz hatte.

Ihr Kopf lag, von den Armen umschlungen, auf dem Tischchen des Cafés. Jemand hatte ihr auf die Schulter getippt. Gerda vernahm zierliches Porzellangeklingel. Wahrscheinlich hatte sie geschnarcht, unregelmäßig zwar, aber eben doch auf das nach Putzessig und Schweiß riechende Tischchen geschnarcht.

Wieder dieses unangenehme Berühren ihrer Schulter. Sich schlafend stellen? Weiter schnarchen? Gerda zog tief Luft ein, versuchte, den Schwanz des Salamanders und damit das Ende eines großen Traums nicht zu verlieren, um von diesem Ende her den Traum wieder aufzurollen. Sie hob den Kopf, setzte sich gerade hin, sah in das Gesicht einer trüben Frau, die sie schon in der Toilette gesehen hatte.

Gerdas Blick bewegte sich abwärts. Auf der Brust der Schwester war ein Schild und darauf ein Name: Magda. Jetzt erinnerte sie sich an den Traum, irgendwas mit Iwan.

Schwester Magda betrachtete die am Tischchen sitzende Gerda mit ihren müden, algengrünen Augen, in denen sich Entsetzen und Erstaunen mischten, danach verschränkte sie die Arme und sagte sehr leise:

»Dr. Grossmann wartet im Flur vor dem Zimmer B202 auf ...«

Schwester Magda bemerkte den in das Café stürmenden Dr. Grossmann, unterbrach ihren Satz, und es sah aus, als erleichtere es sie, den Satz nicht fertig sprechen zu müssen, ein paar Falten in ihrem Gesicht glätteten sich augenblicklich, und ihre Augen folgten den Bewegungen Dr. Grossmanns auf eine Weise, die zweifellos zur Gattung der Freundlichkeit gehörte, während Dr. Grossmanns Augen weder Schwester Magdas Augen noch ihr Gesicht noch ihren Körper wahrnahmen, sondern wie Scheinwerfer in der Nacht die Augen Gerdas suchten und sie auch fanden.

»Es ist so weit. Er ist ansprechbar. Wir können zu ihm. Kommen Sie.«

Gerda folgte dem vogelartig flatternden Kittel Dr. Grossmanns in den Trakt B. Vor dem Zimmer angekommen, blieb Dr. Grossmann stehen und stellte sich breitbeinig vor die Tür.

»Er ist noch ein wenig verwirrt, was ja nicht erstaunlich ist, also, ein kurzes Gespräch, nichts Aufregendes.«

Gerda
   Albert.

Dr. Grossmann
   Herr ...

27

Albert
Ich muss mal.

Gerda
Albert.

Dr. Grossmann
Schwester Magda kommt bald.

Gerda
Wie geht es dir?

Albert
Wer ist denn das?

Gerda
Was meint er?

Dr. Grossmann
Herr …

Albert
Ich muss mal.

Gerda
Was meint er?

Dr. Grossmann
Schwester Magda kommt in wenigen Minuten.

Albert
Und wer ist denn das?

Gerda
  Meint er mich?

Dr. Grossmann
  Diese Frau hier, meinen Sie diese Frau hier? (*Albert seufzt, schließt für einen Moment die Augen, nickt kaum merklich*.) Sie, die neben mir steht? (*Albert bewegt den Kopf.*) Das ist Ihre Ehefrau, sie heißt, glaub ich, Gerda, ist das richtig? (*Gerda nickt heftig.*) Jetzt schauen Sie sie mal in aller Ruhe an, dann kommt die Erinnerung.

Gerda
  Er erkennt mich nicht. (*Dreht sich vom Bett ab, geht zur Tür.*)

Dr. Grossmann
  Bleiben Sie hier, bloß ein Durchgangssyndrom, das verschwindet wieder. (*Er zupft an seinem Kittel, glättet ihn mit der rechten Hand.*) Wie der Name sagt.

Albert
  Ich muss mal.

Dr. Grossmann
  Nun gut, wir strukturieren jetzt die Situation, ich schicke Schwester Magda vorbei, sie kommt sicher bald, und wir gehen für einen Moment aus dem Zimmer. (*Er geht um das Bett herum, legt seine Hand auf Gerdas Schulter und führt sie zur Tür.*)

***

»Ich muss mal.«
  Alberts Worte hingen noch wie der Geruch eines nassen Putzlappens in ihrem Kopf. Wahrscheinlich hatte sie davon geträumt.

Sie sollte die Trümmer ihres Traumes wie ein Puzzle zu einer sinnvollen Geschichte zusammensetzen, damit überhaupt etwas zu erkennen ist von ihren inneren Vorgängen, die seit Alberts Unfall in unkontrollierbare Schwingungen geraten sind, da und dort unerklärbare Lücken aufweisen und offensichtlich völlig willkürlich ein Fieber entflammen, das auf dem schmalen Grat zwischen Erregung und Ekel balanciert. Was war bloß geschehen?

Gerda zupfte an den Spitzen ihrer Haare, schaute auf die Zeitung, die ordentlich gefaltet vor ihr auf dem Küchentisch lag, stützte den Kopf auf ihre Hände, als ihr ein Gedanke durch den Kopf schoss und sämtliche armseligen Versuche, den Traum zu rekonstruieren, augenblicklich auflöste: Die inneren Schwingungen setzten sich im Äußeren fort. Auch wenn noch alle Dinge an ihrem Ort waren und die Situationen ihres Alltags, die jetzt wie eine grotesk beschleunigte Szenenabfolge vor ihren Augen vorbeiflitzten, nicht eine Spur einer Verschiebung, einer Veränderung, einer auch nur mikroskopischen Modifikation aufwiesen, so war sie sich in diesem Moment sicher, dass die im Untergrund schlummernden und wummernden Bewegungen, dieses dumpfe Getöse sich bald metamorphisch entfalten und ihr Fundament allmählich zerbröseln würde wie ein Traum nach dem Aufwachen.

Was war bloß geschehen? Was wollte er in dieser Gegend? War er betrunken? Suizidversuch? Oder war er bei …?

Gerda machte sich einen Kaffee. Warf einen Blick aus dem Fenster. Den Zeitungen war der Unfall keine Meldung wert gewesen, selbstverständlich. Solche Unfälle gibt es zu Tausenden, und je öfter etwas geschieht, desto weniger will man davon wissen. Der vierstöckige Wohnblock nebenan wurde von einem hellen, fast engadinhaften Licht angestrahlt.

Der unerträgliche Klingelton ihres Handys. Wie ändert man diesen Ton? Gerda öffnete das Fenster, warf ihre Zigarette hinaus.

Es war Leinstadt. Sie drückte ihn weg.

Erneut ihr Handy.

Sie sah Leinstadt in seinem schwarzen, riesigen Ledersessel sitzen, die kurzen, wurstigen Beine auf die Schreibtischplatte gelegt, aus der Mitte seines Gesichts ragte – aufgesteckt in einen Halter – eine Zigarette, deren Rauch er kunstvoll wie ein Artist in zart gekräuselten, fast perfekten Ringen in die Weiten seines Büros hineinschweben ließ, wobei sich der Geruch der Zigarette in den Duft seines süßlichen Rasierwassers mischte und so dem Raum eine etwas widersprüchliche Geruchsstruktur verlieh. Vielleicht, dachte Gerda, macht gerade diese Geruchskomposition das Unverwechselbare von Leinstadt aus, was sich ja in anderen Gebieten fortsetzt, beispielsweise in seiner Art, sich zu kleiden, Farben und Formen und Stile so zu kombinieren, dass es nicht nur der jeweils aktuellen Mode widerspricht, sondern sogar jeglichem überzeitlichem Stilempfinden, und andererseits auch seiner zwar inzwischen bekannten, aber im Moment immer wieder überraschenden Weise, mitten in einer Besprechung ein handrolliertes Leinentaschentuch aus seiner Tasche zu ziehen und sich in dieses Tuch zu schnäuzen, dass die Anwesenden den Eindruck hatten, nicht nur die Nase von Dr. Marius Leinstadt verschwinde in diesem Turiner Grabtuch, sondern sein ganzer Körper. Doch der Gipfel der Unverwechselbarkeit liegt wohl in seiner unübertrefflichen Fähigkeit, weit auseinanderliegende Gedanken zusammenzufügen, also im unendlichen Baum aller irdischen Gedanken einen Ast scheinbar wahllos auszuwählen, ihn ein wenig anzuspitzen, danach ebenso wahllos ein Ästchen einer weit entlegenen Region des Baumes abzuknicken und es dem Ast aufzupfropfen, sodass eine Verbindung entsteht, die den Anwesenden auf den ersten Blick wagemutig, ja abenteuerlich erscheint, bis dann, nach einem Moment des erstaunten, bisweilen fassungslosen Verweilens, diese Kombination unvereinbar scheinender Gedanken zu einem prächtig erblühenden

Gebilde herangewachsen war, welches so stark und klar und glänzend erscheint, dass niemand auch nur eine Sekunde daran zweifeln würde, dieses Gebilde sei gerade in diesem Augenblick und erst noch aus etwas fragwürdigen Ingredienzien aufgebaut worden. Weshalb es wie ein Strahlenschein nicht nur die fraglos ultrasakrale Gestalt Dr. Marius Leinstadts in ein aufregendes, irisierendes, vielleicht sogar metaphysisches Licht hüllte, sondern auch das stilistisch mehrfach missglückte Präludium Leinstadts auslöschte, als wäre es ein dünnes Ereignis auf einer Schiefertafel, das man wegwischt, bevor es richtig in Erscheinung getreten ist. Was Gerda, obwohl sie mit dieser Dramaturgie inzwischen gut vertraut war, immer wieder überraschte oder, treffender gesagt, überrumpelte, weshalb sie die Anrufe Leinstadts manchmal nicht annahm, sondern ihn lieber persönlich in seinem Büro besuchte, um seinen rhetorischen Exkursionen wenigstens ihre bescheidene Leibhaftigkeit entgegenzustellen, was seine Reden, schwer und mühselig wie eine Durchquerung der Sahara, zwar nicht verhinderte, ihr aber immerhin Gelegenheit gab, mit einigen nonverbalen Signalen an die unentwegt laufende Zeit zu gemahnen und derart diesen Wüstentrip ein wenig abzukürzen, auf dass Millennium-Leinstadt die Füße vom Pult nahm, in einer Weise die Zigarette im Aschenbecher ausdrückte, als gelte es, eine Kakerlake zu vernichten, und mit einer freundlichen Aufhellung seines Gesichts signalisierte, er könne nun zuhören, und dies im Prinzip unendlich lange, bis das erneute Klingeln ihres Telefons dieses Bild des freundlich zuhörenden Leinstadt im Nu auflöste.

Es war Grossmann.

Sie nahm, nach einem kurzen Zögern, den Anruf entgegen. Ein Besuch sei nun möglich. Es wäre gut, wenn gleich jetzt. Der Patient, also ihr Mann, sei in guter Verfassung. Eine Begegnung vielversprechend, sofern sorgsam. Also dann. In einer halben Stunde. Gerda schaltete das Handy aus, verließ die Wohnung und fuhr zur Klinik.

Unterwegs sammelte sie Bilder, als wäre ihr Kopf ein Schleppnetz. Es war nicht möglich, eine Ordnung herzustellen, die Bilder lagen wahllos verstreut wie Habseligkeiten in einer unteren Schublade, es gelang ihr nicht, einzelne von den anderen abzugrenzen, überall verwischende Konturen, und je mehr sie versuchte, Kleinigkeiten zu erkennen, desto mehr verschmolzen die Bilder zu einem grauen Brei, der wahrscheinlich die Ursache ihrer Kopfschmerzen war, weshalb sie das Radio anschaltete und hoffte, der unbedenkliche Pop des ersten Programms würde sie vertreiben, was aber nicht geschah.

Stattdessen, mitten im Tumult der Bilder, auf einmal die Reden Leinstadts im Kopf. Diese stets etwas knurrende, eher nach innen gerichtete Stimme, mit der Leinstadt die Feierlichkeiten zum MILLENNIUM (»groß geschrieben, was groß ist«) nicht nur beschrieb, sondern bemalte, illustrierte, belebte, ja ein geradezu fürstliches, operettenhaftes, mit allen Sinnen wahrnehmbares Panorama all jener Zeremonien und Spektakel ausbreitete, mit welchem die neue Welt sich von der alten verabschieden und ein »Zeitalter der nachhaltigen Entwicklung« einleiten wird. Wobei es an Gerda war, die Millenniumsaktionen von der rein rhetorischen Ebene in die ganz praktische zu transformieren, was nicht nur die grobe bis feine Planung und Koordination unzähliger Anlässe beinhaltete, sondern auch die Rede einschloss, mit der Leinstadt anlässlich des Hauptanlasses vom 31. Dezember die politisch-kulturellen Grundlinien des kommenden Jahrtausends aufzeichnen wollte und die, auch wenn er dies mit demonstrativer Entschlossenheit verneinen würde, künftig in einem Atemzug mit historischen Reden von Cicero bis Martin Luther King genannt werden sollte. Was Gerda vor beträchtliche Herausforderungen stellte, weshalb sie auf das zweite Programm umschaltete in der Hoffnung, der Kultursender vertreibe Leinstadt aus ihrem Kopf, würde seinen feisten Kopf in ein grobpixeliges Schattenbild zerrieseln und während dieses ausgesprochen wohltuenden Prozesses auch gleich seine Stimme in ein fernes Gurgeln verwandeln, so wie schlechter Radioempfang eine Nachrichtenstimme in ihre elementaren Teile auflöst, gleichsam als abstrakten Leiseklang erscheinen lässt, den man sich eine Weile gefallen lässt, bis man den Apparat ausmacht.

Die Scheinwerfer der Autos waren eingeschaltet, die Bürogebäude hell erleuchtet. Dämmerung lag über der Stadt. Gerda schaltete das Radio aus. Plötzlich fiel stechendes Licht ins Innere des Wagens. Gerda stieg auf die Bremse, blinzelte. Auf der Gegenfahrbahn fuhr ein Schwertransporter. Vor ihr staute sich der Verkehr, sie wechselte die Fahrbahn, hörte aus der Ferne eine Sirene. Die warmen Farben in den Wolken am Horizont waren verschwunden.

Im Flur traf sie Dr. Grossmann, der ihr entgegenkam, Gerdas ausgestreckte Hand nicht beachtete, sondern ihr die Hand auf die Schulter legte und flüsterte: »Wir gehen nun rein und sagen zuerst mal gar nichts. Der Patient braucht Gewöhnung an sein vertrautes, an sein eigentlich«, sagte Dr. Grossmann mit sandiger Stimme, »vertrautes Umfeld, zu dem Sie ja gehören, obwohl, nun …«

Grossmann verhaspelte sich im Ungefähren. Gerda nahm es zur Kenntnis und schwieg. Ohne zu klopfen, öffnete Grossmann die Tür. Im Dunkelblau des Raumes blinzelten ein paar Lichter.

***

Albert träumte von einem Haubentaucher, der friedsam vor einem röhrichtbewachsenen Ufer herumschaukelte, als er auf einmal etwas witterte. Etwas Fremdes, Neuartiges stieg ihm in die Nase. Er schnupperte. Es war keiner jener süßen und feinen Düfte, die er aus seinen Träumen kannte, es war vielmehr eine Verkettung unglücklicher Ausdünstungen, wie sie Hunde auf der Flucht oder Menschen hinterließen, die schreckliche Szenen beobachteten, weshalb er augenblicklich durch den Mund atmete, was ein paar Atemzüge gut ging, bis Speichel über seine Lippen tropfte, er wieder auf die Nasenatmung umstellte und diese ebenso seltsame wie feindliche Geruchslandschaft in Kauf nahm, die ihn immer mehr bedrängte, als würden archaische Gesteinsformationen unaufhaltsam und knirschend einen Kreis um ihn schließen, woraufhin er beschloss, die Augen zu öffnen, das eine zuerst, dann das andere.

Da war der Arzt, und da war die Frau.

Und sogleich, als hinge das eine mit dem anderen zusammen: der Harndrang. Nach den Erfahrungen vom letzten Mal hielt er sich jetzt zurück, sagte nichts, hoffte, die beiden würden den Raum bald verlassen und ihn seinem unbestimmten, von allen Gewissheiten losgelösten Schicksal überlassen, von dem die Krankenschwester, die bald kommen würde, um seine pralle Blase mit einem professionellen Handgriff zu entleeren, naturgemäß nichts ahnen konnte. Und er würde dann blasenentleert weiterhin auf diesem motorisierten Hochbett an die Decke starren, weiterhin einige Fragen in den Raum hineindenken, weiterhin riesige Geruchsbücher, die ihm, wie von Engels- oder Musenhand geführt, vor die Nase flatterten, zu entziffern versuchen, würde weiterhin über das Wort »Unfall« nachdenken, das er im Zusammenhang mit sich selber aufgeschnappt hatte, würde sich weiterhin den Schlaf herbeiwünschen, weil er nur im Schlaf aus dem Schatten eines unsicheren Zustandes heraustreten könnte, würde mit seinen dünnen Augen weiterhin den hin- und hertorkelnden Lichtern auflauern, die, einer unbekannten Regie folgend, im Dunkelblau des Raumes ein Großbild entwarfen, von dem sich Albert noch keine Vorstellung machen konnte. Stattdessen bemerkte er seltsame, vom Dunkelblau inspirierte Spiegelungen auf dem Gesicht des Arztes, was dieses Gesicht in eine japanische Maske verwandelte, aus deren Mund jetzt ein paar Worte oder wenigstens Trümmer davon herausgepresst oder herausgewürgt wurden, als wäre der Mund zu klein für solch große Worte:

»Es gibt überhaupt keinen Grund für eine Amnesie.«

Der Satz erreichte Gerda nicht, denn sie war gebannt vom Anblick ihres darniederliegenden Ehemannes inmitten einer funkelnden Medizinlandschaft, die so dunkelblau erblühte wie der Alpenfirn vor Einbruch der Nacht.

»Es gibt überhaupt keinen Grund für eine Amnesie.«

»Ist das denn wirklich sicher?«

»Seine Reaktionen liegen im normalen Bereich.«

»Soll ich mit ihm reden?«

»Tun Sie es. Kein Problem.«

»Albert.«

»Tun Sie es sorgfältig, zurückhaltend.«

»Albert.«

»Ich würde nicht übertreiben. Sorgsam. Aufmerksam.«

»Albert?«

Gerda machte einen Schritt auf Albert zu, legte ihre Hand auf seine verwundete, zuckende. Gerda zog ihre Hand zurück.

»Es ist Ihre Frau. Sie können Ihre Augen öffnen.«

Albert öffnete seine Augen, betrachtete die beiden Personen. Er schloss seine Augen, öffnete sie und betrachtete die beiden Personen.

»Entschuldigen Sie, aber ich weiß beim besten Willen nicht, wer Sie sind.«

»Sehen Sie!«

»Das will nichts heißen.«

»Albert?!«

»Ich muss mal.«

»Das will überhaupt nichts heißen.«

Gerda (*Entnimmt ihrer Handtasche einen Briefumschlag, zieht daraus eine Fotografie hervor.*)
Da. Schau!

Albert (*Betrachtet die Fotografie aufmerksam. Seine Augen ziehen sich zu Schlitzen zusammen. Über seine Schläfen rollen ein paar Schweißperlen.*)

Ich kenne diese Menschen nicht. Es tut mir leid. (*Er weint.*)

(*Gerda verlässt schnell den Raum, die Handtasche lässt sie liegen. Dr. Grossmann zögert, schaut abwechselnd zur Tür und zu Albert, verlässt dann ebenfalls den Raum. Im Flur ruft er Schwester Magda herbei, die vor dem Pausenraum mit einer Kollegin spricht. Dann eilt er in die andere Richtung, wo er Gerda im Lift verschwinden sieht.*)

3. Der Beginn der Therapie

Gerda streckte ihren Rücken, spürte das Knacken ihrer Schultergelenke, was sie daran erinnerte, dass sie im Grunde nichts als ein einigermaßen gut gepolstertes Skelett war, eine klapperige Mechanik mit etwas Psyche, und als sie ihren Kopf rollen ließ, kam es ihr vor, als würde über einem simplen Torso eine lose befestigte Kugel hin und her wackeln, die ebenso gut auf irgendeinem anderen Torso hin und her wackeln könnte, was sie indes nicht hinderte, dies noch eine Weile zu tun, ihren Kopf also hin und her bewegte, manchmal regelmäßig wie ein Pendel einer altdeutschen Uhr in einem behaglichen Wohnzimmer, manchmal hektisch, sprunghaft, wie von elektrischen Stößen getrieben, sodass eine etwas schmerzhafte Art von Rausch, ausgehend vom Kopf, schließlich ihren ganzen Körper erfasste und auf diese Weise die Stimme Leinstadts derart abschwächte, dass Gerda kaum noch ein Wort verstehen konnte und sogar vom Großwort MILLENNIUM kaum mehr übrig blieb als ein paar staubige Trümmer.

Marius Abraham Leinstadt, wie ihn seine Mutter, eine gebürtige Holländerin norwegischer Herkunft, an einem strahlend blauen Septembermorgen genannt (»Ik hem bellen Marius Abraham«) und damit für sein restliches Leben bezeichnet hatte, wollte den Übergang eines Tausenders in den nächsten als einen symbolischen Akt des Fortschritts und der Vernunft feiern, als ebenso symbolische Verheißung einer Ära großartiger technischer Möglichkeiten, in deren Schlepptau sich aufklärerische Restbestände gewissermaßen wie von selbst verwirklichten, weshalb er es billigend in Kauf nahm, den Übergang mit einer emotional-nationalen Hülle mehr oder weniger deutlich zu bemänteln. Was er Gerda, der Chefin seines Millennium-Teams, gleich zu Beginn klarmachte, ihr und den anderen seines Teams die groben Linien der Feierlichkeiten, diverser Nebenanlässe, der Hauptrede (intern »Leichenpredigt«) und insbesondere des Feuerwerks am 31. Dezember vorgab, hin und wieder korrigierend, ergänzend oder kommentierend eingriff, aber im Großen und Ganzen Gerda arbeiten ließ, die jetzt den Kopf nach links kippte, noch immer im leichten Schwindel, durchs Fenster spähte und einen Mann bemerkte, der rauchend auf einem Parkplatz ein Auto begutachtete, als überlegte er einen Kauf, während in ihrem Kopf die Worte Leinstadts allmählich wieder an Kontur gewannen, sich wie aus Trümmern erhoben und sogleich auch wieder ihre imperative Form annahmen, die sie so hasste. Seine kratzige Stimme. Die Stimme eines adoleszenten Säufers.

»Keine Anspielung auf die Clintons. Sofort die Assoziation Oralsex. Das zerstört jede Rede.«

»Aber die transatlantischen Beziehungen …«

»Historisch werden und stets die Zukunft im Blick, die Befreiung des Menschen als übergeordnete Klammer, Europa als Scharnier zwischen Ost und West begreifen. Die ungeheuren Möglichkeiten dieses Scharniers hervorheben. Der Kalte Krieg ist seit zehn Jahren vorbei, mit Wirtschaft und Börse geht es aufwärts, Friedensprozesse, eine neue Weltordnung, Nachhaltigkeit, Internet, internationale Zusammenarbeit, das sind die Stichworte.«

Und so weiter. Gerda setzte sich wieder gerade hin, spürte einen leichten Schmerz in ihrem Kopf, versuchte, in den Text zurückzufinden, was ihr nicht gelang, immer wieder setzte sich Albert zwischen die Zeilen. Sie stand auf, schaute aus dem Fenster. Der Mann auf dem Parkplatz war nicht mehr zu sehen.

Sie fügte bei Kapitel sieben »transatlantische Beziehungen« zwei, drei Kommentare an, speicherte und schloss die Datei.

Leinstadt forderte eine »ausbalancierte Mischung« zwischen Zeitbezug und zeitübergreifenden Themen, zwischen historischen Reflexionen und Blick in die Zukunft. Immer wieder blätterte sie in seinen handschriftlichen Notizen, seinen »Anregungen«, wie er diese Ansammlung aphoristisch anmutender Gedanken nannte, suchte diskussionsresistente Anhaltspunkte für das Konzept der Rede, das sie nach und nach um den sogenannten Rohling legte und das »ungefähr Mitte Jahr«, wie Leinstadt mit einer unangenehmen Regelmäßigkeit betonte, in den Zustand einer druckreifen Rede übergehen sollte, die er dann im Nachsommer – ein Wort, dem er eine bedeutungsvolle Pause (und einige fette Rauchschwaden) folgen ließ – »studieren und reflektieren« würde, was nichts anderes bedeutete, als bis weit in den Dezember hineinreichende Attacken immer wieder neuer Änderungsbefehle, die sie danach möglichst schnell, »am besten heute noch« zu bearbeiten hatte und dabei auch die Planung all der anderen Anlässe nicht aus den Augen verlieren durfte.

»Das Jahresende im Blick und die Zügel fest im Griff«, wie Leinstadt in einer Tonlage sagte, als verkünde er in einer riesenhaften Kathedrale eine Präambel von überzeitlicher Bedeutung. Und am Jahresende würden die Funken und das Strahlen des Feuerwerks weit ins neue Jahrtausend hineinleuchten, in unaufhörlicher Folge würden die Raketen die Botschaft, übersetzt in Licht und Feuer, in ein neues, universales Gefüge aus Raum und Zeit schleudern, und genau dann, setzte Leinstadt hinzu, würde übrigens der Vertrag enden, mit dem letzten Glockenschlag könne sie, Gerda, wieder frei über ihre Zeit verfügen.

Also die transatlantischen Beziehungen ohne oralen Sex. Gerda blätterte in einem Lexikon, kopierte ein paar Daten in ihren Rohling, wie soll denn das gehen ohne oralen Sex, sie löschte die Daten wieder, speicherte den kümmerlichen Rest, dachte an Albert, da klingelte es zweimal.

Der Besuch hieß Dr. Beck. Sie hatte den Mann noch nie gesehen. Er lächelte und sagte »Gedächtniswiederhersteller.«

Er war sehr schlank, trug einen dunkelblauen Anzug mit einem weißen Einstecktuch in der Brusttasche, ein hellblaues, fast unmerklich glänzendes Hemd, rahmengenähte, schwarze Schuhe, und trotz geringer Körpergröße wirkte er groß, irgendwie bedeutsam, irgendwie erhaben. Vielleicht lag es an seinem Gesicht, über das sich eine antike, ebenmäßige Unbeteiligtheit ausbreitete und ihm das Aussehen eines Bestsellerautors im Bereich Ratgeberliteratur verlieh.

Das war nun der nächste Schritt, von dem Grossmann erzählt hatte, die Erinnerungstherapie, der Doktor Beck sei ein »absoluter Spezialist«.

Sie bat ihn herein und lächelte auch. Sie begleitete ihn die Treppe hinauf ins Wohnzimmer, wo er sich setzte. Gerda machte Kaffee. Als der Kaffee fertig war, rief er in die Küche, er sollte zuerst die »Verwandtenlage« klären, sie verstand nicht, sagte aber nichts, trug das Tablett ins Wohnzimmer, stellte es aufs Tischchen und fragte: »Was klären?«

Dr. Beck

Die Verwandtenlage. Danke, schwarz, bitte, nein, keine Milch. (*Dr. Beck richtet den Hemdkragen.*) Die sogenannte Verwandtenlage, eine Übersicht, als Grundlage der Therapie benötige ich eine Übersicht, ein Tableau, über die verwandtschaftliche Lage, am besten, wir stellen das grafisch dar.

(*Gerda erläutert Dr. Beck die Verwandtschaft ihres Mannes. Dr. Beck beugt sich über das Salontischchen und macht sich Notizen. Hin und wieder fragt er nach. Die beiden sprechen leise. Als Gerda alle Verwandten aufgezählt hat, streckt Dr. Beck seinen Rücken und betrachtet zufrieden seine Notizen.*)

Ein *schönes Buch*
ist ein Kompliment
an seinen Autor –
und eine *Liebeserklärung*
an den Leser.

KARIN SCHMIDT-FRIDERICHS
VERLAG HERMANN SCHMIDT

Buchhandlung
Dombrowsky
Menschen treffen Bücher.

verlag
hermann
schmidt

MEHRWERT·BÜCHER FÜR KREATIVE KÖPFE

Lesezeichen N°27
der Buchhandlung
Dombrowsky

St.-Kassians-Platz 6
93047 Regensburg
T.: 09 41 . 56 04 22
F.: 09 41. 5 04 17 85
ulrich.dombrowsky@t-online.de
www.dombrolit.de

Dr. Beck

Also: Einzelkind, Mutter vor Jahren verstorben, Vater im Altersheim.

Gerda

(*Zögert*) Ja, so ist es.

Dr. Beck

Wann ist seine Mutter gestorben?

Gerda

Vor … (*Zögert*)
Vor fast fünfzehn Jahren.

Dr. Beck

Warum? Ich meine, wie ist seine Mutter gestorben?

Gerda

Ein Unfall.

Dr. Beck

Wieso ist sein Vater im Altersheim?

Gerda

Ach, das Alter. Das Leben fällt ihm etwas schwer.

(Beck faltet die Hände über seinem Mund, bewegt ein wenig seinen Kopf auf und ab, als ob er zurückhaltend nicken würde. Dann bittet er Gerda um Fotos von Familienmitgliedern, Freunden und Bekannten. Gerda legt den Zeigefinger ihrer rechten Hand waagrecht auf ihre Lippe, schweigt einen Augenblick und fragt, ob die Qualität der Fotos wichtig sei.)

Dr. Beck

Nein, die Qualität der Fotos spielt keine Rolle, entscheidend ist nur, dass die Personen eindeutig zu erkennen sind.

(Gerda verlässt den Raum und kehrt einige Minuten später mit drei Fotoalben sowie einem großen Briefumschlag zurück.)

Dr. Beck

Sie würden sich wundern. Was alles noch im Gedächtnis vorhanden ist. Nirgendwo sind mehr Daten vorhanden. Das Gedächtnis ist unermesslich. Auch wenn wir das meiste gleich wieder vergessen. Eine Müllhalde voll funkelnder Zeichen. Bei Ihrem Mann fehlt ein Bereich. Retrograde Amnesie, die in erster Linie das biografische Gedächtnis betrifft. Sowohl das semantische wie auch das motorische Gedächtnis scheinen nach einigen ersten, allerdings nur oberflächlich durchgeführten Tests intakt.

Gerda

Semantisch?

Dr. Beck

Weltwissen. Wer Präsident der USA ist, wer die letzte Fußball-WM gewann, bei welcher Temperatur Wasser kocht …

Gerda

Das weiß er alles?

Dr. Beck

Das alles weiß er.

Gerda

Also nur das Biografische?

Dr. Beck

Ja, da ist die Lücke. Wen er kennt, wen er liebt. Was er persönlich erlebt hat. Das Familiäre. Diese mnestische Blockade *(Dr. Beck macht eine kleine Pause.)* kann nur durch eine professionelle Therapie behandelt werden. Wie gesagt, all das Biografische. Blockiert. Inwieweit die Gefühlswelt daran hängt, wird jetzt abgeklärt.

Gerda

Kann seine Gefühlswelt irgendwie …

Dr. Beck

Ja, es kann sein, dass er nur zu wenigen Gefühlen in der Lage ist. Worst Case: gar keine Gefühle mehr. Nur Vernunft und Trieb. Immerhin ist er auf einem guten Weg. Den Unfall hat er überraschend gut überstanden. Er liegt bereits in der normalen Abteilung.

(Die beiden stecken die Köpfe zusammen. Dr. Beck schreibt die Namen der abgebildeten Personen auf die Rückseite der Fotos. Hin und wieder schaut Gerda Dr. Beck aus ihren Augenwinkeln an. Dr. Beck bemerkt diese Blicke nicht. Schließlich steckt Dr. Beck die beschrifteten Fotos in seine Tasche, bedankt sich für den Kaffee und geht zur Tür. Da fällt Gerda etwas ein, bittet Dr. Beck um einen kurzen Moment Geduld und kommt mit einen Foto zurück, das sie ihm zusteckt. Dr. Beck will wissen, wer auf dem Foto abgebildet ist.)

Gerda

Cousin Rolf.

(Gerda schließt die Tür, bleibt einen Moment stehen, geht in die Küche, wühlt in einer Schublade, setzt sich an den Küchentisch und zündet eine Zigarette an.)

Grossmann, dann Beck, dachte sie, bin ich denn in einem Arztroman? Gerda ging zum Fenster, warf die Kippe hinaus, die einen kurzen, gepunkteten Schweif in die Dämmerung zog.

Sie setzte sich an den Tisch und schaute auf die leicht vergilbte Oberfläche der Küchenschränke. Zamboni fiel ihr ein. Auf einmal fiel ihr Zamboni ein. Sein Name wie ein Objekt vom Himmel in ihren Kopf gefallen. Szenen in der Redaktion. Zamboni am Kopf des Tisches, fingert an seiner Brille, spitzt sein Gesicht, die dunklen, nach hinten gegelten Haare wie ein kleines Kränzchen drum herum, was seine Greisenhaftigkeit eher betont als verwischt, und spricht von neuen Aufgaben, die dem Land bevorstehen, und auf die – seine dünnen Lippen formen sich zu einem Lächeln – unsere Zeitung Antworten finden muss.

Sie gab ihren Job als Journalistin auf, sagte zu Zamboni: »Vielleicht später. Wenn die Richtung wieder stimmt.«

Die Redaktion schenkte ihr und Albert einen Gutschein für ein Wellness-Wochenende irgendwo in Österreich. Irgendwann warf sie ihn auf den Müll.

Später der mühselige Start als Freie, viel Arbeit, wenig Ertrag. Schließlich der Auftrag Leinstadts. Koordinatorin Millennium 2000. Bundesangelegenheit. Über Kinder sprachen sie nicht mehr.

Sie öffnete eine Büchse Bier. Und wenn er das Gedächtnis nicht wiederfindet? Was dann? Dann ist mir der Albert wieder gegeben in seinem Reinzustand.

Gerda ging ins Wohnzimmer, öffnete Alberts Laptop und machte ein bisschen Ordnung. Sie löschte den Papierkorb. Anschließend suchte sie die übrigen Fotos, sortierte sie aus und warf einen Stapel in den Papierkorb.

Dann ist mir der Albert wieder gegeben in seinem Reinzustand.

***

Im Wald oder am Waldrand oder in einer Waldlichtung, vielleicht auch an einem Rastplatz einer durch einen Wald führenden Straße, sitzt ein Mann vor einem Tischchen, ein dünnbeiniges, wackeliges Campingtischchen, das zusammengeklappt in den Kofferraum des orangen Audi 80 im Hintergrund passt, und schaut mit einem auf den ersten Blick gelassenen, beim genaueren Hinsehen etwas gelangweilten, möglicherweise sogar skeptischen Blick in die Kamera. Er trägt Jeans, weiße Turnschuhe, ein schwarzes Oberteil, vielleicht ein Sweatshirt, vielleicht eine Jacke mit bis zu den Ellenbogen zurückgerollten Ärmeln, beide Hände entspannt auf die Knie gelegt. Oder ist diese jugendliche Lässigkeit lediglich eine raffinierte Inszenierung, eine Camouflage zur Ablenkung vom Wesentlichen? Was ist das Wesentliche?

Albert lehnte sich zurück. Was ist das Wesentliche? Von welchen Erschütterungen und Verwerfungen soll diese Inszenierung ablenken, überlegte er, während Dr. Beck den Blick wieder auf das Foto richtete und es auf eine Weise betrachtete, als wollte er es vergrößern, mit seinem Blick in die schattigen Geäste des Waldes eindringen, um darin Ungeheuerliches zu entdecken, Dinge oder Geschehnisse, die der Fotograf wahrscheinlich gar nicht bemerkte, den Mann musterte und sich fragte, was sich auf dem Campingtischchen befand, denn das war ebenso wenig zu erkennen wie die Konturen des Gesichts.

Und wer machte das Foto? Wer war der Fotograf?

Albert betrachtete Dr. Becks Augen und bemerkte die leicht herabhängenden Lider, was seinem Blick eine zarte Traurigkeit verlieh, eine Traurigkeit, die sehr alt war.

Waren die beiden im orangen Audi 80 unterwegs, machten auf dem Rastplatz eine Pause, um bald wieder, möglicherweise nach einem Fahrerwechsel, den Rest der Reise in Angriff zu nehmen? Oder war der Fotograf mit dem weinroten Kleinbus unterwegs, der neben dem orangen Audi 80 stand, und der junge Mann am Campingtischchen hat die zufällig neben ihm parkierende Person gebeten, von ihm ein Foto zu schießen? Wieso schaut er nicht etwas freundlicher in die Kamera, ja, wieso, dachte Albert, setzte sich gerade hin, richtete seinen Blick wieder auf Dr. Beck, der, als Albert verstummte, aufblickte, ihn mit großen Augen ansah und fragte, ob er denn nicht nochmals den Wald, vielmehr das Wäldchen betrachten könne, da seien noch Dinge, Elemente, Gebilde, eventuell Lebewesen verborgen, die, sofern man sie erkennt und benennt, etwas in Gang setzen können, er, Albert, solle bitte nochmals genau hinschauen, gewissermaßen mit seinen Augen ins Dickicht drängen, kleine Lichtungen schaffen, damit etwas zu sehen ist, da könnte ein Zaun sein, ein Drahtzaun, vielleicht ein altes Wildgehege, wieso sonst baut man denn einen Zaun im Wald, und dahinter ein gelber Fleck, keine Ahnung, woher der gelbe Fleck jetzt plötzlich kommt.

Dr. Beck machte ein paar Notizen, und der Mann, sagte er, noch immer über das Tischchen gebeugt, kommt Ihnen jetzt der Mann bekannt vor, sind belebende Elemente aufgetaucht, schauen Sie nicht nur aufs Gesicht, achten Sie auch auf Haltung, Bekleidung, Habitus, versuchen Sie, in Ihrem Gedächtnis Anhaltspunkte zu finden, Ankerpunkte.

Albert blieb der Mann fremd. Jeder andere Mann und jede andere Frau würden ihm fremd bleiben. Er war sich der Einzige. Ein Übriggebliebener, dachte Albert. Ich bin ein Übriggebliebener. Mein Gedächtnis hat den Planeten verlassen. Ich muss mich irgendwo neu ansiedeln. Oder ich komme nochmals zur Welt. Lerne diesen Menschen an seinem wackligen Campingtischchen neu kennen, wer auch immer er sein mag.

Albert verspürte wieder Kopfschmerzen, drückte mit beiden Händen auf den Verband an seinem Kopf, wo offenbar Wichtiges entwichen war, wichtige persönliche Geschehnisse haben sich in Luft aufgelöst, sind einfach so verdampft, wahrscheinlich in Sekundenbruchteilen in Pixel zerfallen, die Beck jetzt in mühseliger therapeutischer Arbeit zusammensucht, sogar im Wald und seinem schattigen Unterholz hinter dieser Campingszene sucht Beck diese Pixel, die sich zu einem schönen, sinnvollen Bild fügen sollen, damit er, Albert, wieder eine Erinnerung hat, auf die er sich stützen kann und die er lieben darf.

Dr. Becks Stimme klang für einen Augenblick irgendwie guttural, dann kippte sie in die Normalität zurück und sagte: »Der junge Mann heißt Christian. Sagt Ihnen dieser Name etwas?«

Albert wusste, dass er diesen Christian kannte, bevor ihm die biografische Luft ausging. Doch er fand keinen Ankerpunkt. Ein Wort, das Beck gefiel.

»Da ist kein Ankerpunkt.«

Dr. Beck lächelte schief, was seinem Gesicht eine leicht ironische Note verlieh, die aber sofort verschwand, als er sagte: »Christian ist ein Kollege aus der Schule.«

Albert schaute auf das Foto, betrachtete den Mann am Campingstühlchen, der ihm auf einmal schüchtern vorkam, und sagte dann, ohne seinen Blick vom Mann abzuwenden:

»Wie alt ist er heute?«

»Er ist tot.«

»Weshalb?«

»Plötzlicher Herztod.«

***

Alberts leeres Leben erhielt den einen und anderen Inhalt, hier eine Person, da eine Situation, hier ein Geschehnis. Einzelne Punkte im endlosen Raum. Nicht mehr als Spritzer auf einer riesigen, weißen Leinwand und gleichwohl ein Fingerzeig der künftigen Ordnung, Eckpfeiler gewichtiger Fundamente wie zarte Silhouetten am Horizont, die Albert allerdings nicht erkennen konnte, zu grobkörnig und zu instabil war das bisher Gelernte, doch nach und nach, dachte Albert, wird sich ein Bild ergeben, eine Lebenslinie, ein Netz, ein Raum, in dem er einen bestimmten Ort bewohnt, der ihm eine ungetrübte Sicht auf die Dinge um ihn herum erlaubt, ein Aussichtspunkt mit allem Drum und Dran. Vorerst befand er sich noch in den Niederungen, wo Staub die Kontraste verwischte, sodass Albert gar nicht erkennen konnte, wo er sich befand, auch wenn seine Ehefrau Gerda, die er im Prinzip erst in den letzten Tagen kennengelernt hatte, ihm einen Eckpfeiler, nämlich den ihres Kennenlernens, erklärt hat, wobei sie hin und wieder ihre Brille zurechtrückte.

In Georgioupolis, das sei in Kreta, nein, *auf* Kreta, korrigierte Gerda, *auf* Kreta, in Georgioupolis sei er, Albert, zusammen mit zwei Freunden im Urlaub gewesen. Sie seien Ende Juli angekommen, sie zwei, drei Tage später Anfang August, ebenfalls zusammen mit zwei Freundinnen. Er habe im Hotel Mythos Palace gewohnt, aber so genau könne sie sich nicht erinnern, vielleicht habe das Hotel auch Mythos Resort oder Mythos Beach oder Mythos Garden geheißen, auf jeden Fall habe er in der zweiten Etage gewohnt, während sie ebenso wie ihre Freundinnen in der dritte Etage einquartiert gewesen sei, was sie festgestellt habe, als einmal alle sechs zusammen Lift gefahren und die drei jungen Männer in der zweiten Etage ausgestiegen seien. Wobei er ihr in dieser Liftsituation nicht einmal aufgefallen sei. Das habe sich geändert, als sie und ihre zwei Freundinnen eines Abends in Georgioupolis ausgegangen und dort in einen sogenannten Spielsalon gegangen seien und einen freien Billardtisch gesucht hätten, was jedoch aussichtslos gewesen sei, weil nicht nur jeder Tisch besetzt gewesen sei, sondern auch vor jedem Tisch mehrere Personen darauf gewartet haben, bis er endlich frei werde, weshalb Gerda und ihre zwei Freundinnen den sogenannten Spielsalon haben verlassen wollen. Doch genau in diesem Augenblick habe einer der Spieler, ein junger Mann mit nacktem Oberkörper, seinen Stock, den Queue, korrigierte Gerda, auf den Tisch gelegt und sei auf Gerda zugegangen.

Willst auch mal stoßen? *(Er stützt sich mit der rechten Hand auf einen Stuhl.)*

Gerda
    (Macht eine flüchtige Bewegung. Ihr Blick ist auf den Ausgang gerichtet. Ihre zwei Freundinnen sehen sie fragend an.)

Junger Mann
    Sechs Löcher, eines passt sicher. Wenn nicht, nimmst zwei Kugeln. Sowieso besser. Zwei Kugeln. Zwei Kugeln, ein Stoß und alles drin. *(Der junge Mann schwankt. Torkelt auf Gerda zu.)*

Gerda
    Du bist ja total besoffen. *(Ihre Freundinnen schauen sie noch immer fragend an.)*

Junger Mann
    (Er rülpst.) Pissed like a rat. *(Die Worte fallen ihm aus dem Mund wie Steine.)*

Gerda
    (Bleibt stehen, schaut ihre Freundinnen an. Nickt ihnen zu. Geht langsam in Richtung Ausgang.)

Junger Mann
    Wohin denn, schöne Frau? *(Er packt seinen Stock* (Queue, korrigiert Gerda erneut), *geht auf Gerda zu, heftig mit dem Stock fuchtelnd.)* Das Spiel hat ja noch gar nicht begonnen. *(Er stützt sich mit einer Hand auf einen Billardtisch, zeigt mit dem Stock auf Gerda.)* He, du schöne Frau, lass uns ein paar Kugeln stoßen.

Gerda

(*Wirft ihren Freundinnen einen beschwichtigenden Blick zu, schaut zum jungen Mann, der noch immer mit dem Stock herumfuchtelt. Die anderen Besucher des Spielsalons, zumeist junge Männer, beobachten die Szene. Als der junge Mann sich umdreht und mit lauter Stimme ein Bier bestellt, macht Gerda blitzschnell ein paar Schritte auf ihn zu, packt den Stock mit beiden Händen und schlägt ihm, als der junge Mann sich ihr wieder zudreht, mitten ins Gesicht. Der Mann schreit auf wie eine Katze, geht auf Gerda zu, die genau in diesem Augenblick ein zweites Mal zuschlägt und ihn an der Schulter trifft, worauf der junge Mann einknickt, aber nicht zu Boden geht, sondern, auf einmal stumm, dem Ausgang zuwankt, die Beobachter, auch sie stumm geworden, gehen zur Seite, bilden eine Gasse, die sich hinter ihnen wieder schließt, während Gerda etwas verdutzt stehen bleibt, für einen Moment ihre Freundinnen anschaut, dann langsam hinter dem jungen Mann hergeht, der, kaum hat er die Straße betreten, die zu diesem Zeitpunkt sehr belebt ist, sich vornüberbeugt und erbricht. Gerda geht auf den jungen Mann zu, bückt sich, dreht vorsichtig den Kopf des jungen Mannes und betrachtet sein mit Erbrochenem verschmiertes Gesicht. In diesem Moment tritt Albert aus dem Kreis der Zuschauenden.*)

Albert

Ist alles okay?

Gerda

(*Wischt dem jungen Mann eine klebrige Strähne aus der Stirn, schaut in die Runde. Erschrocken richtet sie sich auf. Wischt ihre rechte Hand an ihrem T-Shirt ab.*)

Albert

Ist alles okay?

Gerda

(Steht auf. Schaut auf den jungen Mann, sucht mit ihren Augen ihre Freundinnen und bemerkt erst jetzt Albert, der noch immer breitbeinig vor dem jungen Mann steht und sie jetzt mit einem grünblauen und flimmernden Blick anschaut.)

Gerda

Ja, alles klar.

Albert

Soll ich ein Taxi …?

Gerda

Nein, geht schon, danke.

(Blickt in den gluckernden und glucksenden Kreis um sie, reibt sich die Augen, und als ein Mann mit einem breitkrempigen, rot-weißen Sombrero grinsend auf sie zukommt, bahnt sie sich energisch einen Weg durch die Menge und rennt davon. Ihre Freundinnen holen sie erst beim Parkplatz des Hotels ein, noch immer von den Ereignissen im Zentrum von Georgioupolis wie in einem Netz gefangen. Am Frühstücksbuffet entdecken sie Albert, der, stil- und herkunftsbewusst, sich am Camembert zu schaffen macht. Gerda begrüßt ihn. Sie verabreden sich zum Billard. Anschließend gehen sie zusammen zum Hotel. Der Lift bleibt stecken. Nach etwa fünf Minuten setzt sich der Lift wieder in Bewegung. Danach gehen sie miteinander ins Bett.)

Etwa so sei das eigentlich gewesen, sagte Gerda, und nimmt einen Schluck Wasser.

***

Gerda drehte das Foto um, schob es zur Seite, lehnte sich zurück, schaute mit zusammengekniffenen Augen in die Mondlampe schräg über ihr, und dann, als fiele er vom Mond, kam ihr Albert auf eine Weise entgegen, wie er ihr seit jener kretischen Episode nicht mehr erschienen war: kräftig, klug, knackig.

Bereits als sie das Krankenhaus verlassen hatte, ja bereits während ihres Besuches verspürte sie ein zunächst äußerst zartes, fast zerbrechliches, präkambrischen Schichten entsprungenes Beben, das jedoch, sobald sie darüber nachdachte, alles Zarte abschüttelte und sich, von ihrem Herzen rasend schnell ausbreitend, ihres gesamten Körpers bemächtigte, dass Gerda sich auf einmal all ihrer tieferen Schichten und Höhlen gewahr wurde, regelrecht einem inneren Wachsen ihres Körpers beiwohnen konnte, welches Paradoxes zur Folge hatte, denn Gerda fühlte sich trotz der rasanten Expansion ihrer selbst nun leichter, beschwingter, irgendwie der Erde enthoben. Doch Gerda hob nicht ab, sie blieb unten. Ihr Drängen fand keine Erfüllung, sie kehrte um, querte die lang gezogene Eingangshalle, stieg in den Lift und betrat das Zimmer, wo Albert mit Essen und den Schmerzen in seinem Bein beschäftigt war, den Kopf hob, sie kauend und mit dem unbestimmten, aber insgesamt freundlichen Blick einer Kuh anschaute, was Gerda so nicht sagen würde, sondern vielmehr von einem geheimnisvollen, animalisch fleischlichen Blick sprechen würde, einem Blick, der ihr inneres Beben bis an den Rand der Oberfläche spürbar machte, als Albert schließlich seinen Bissen heruntergeschluckt hatte und Gerda fragte, ob sie etwas vergessen habe.

Oder, fragte er nach ein paar Augenblicken des Schweigens, ob sie noch etwas wissen möchte über den Polizisten, der vor Kurzem hier gewesen sei und ihn erneut zum Unfallvorgang befragt habe, wobei er allerdings keine Auskunft hätte geben können, weil er sich nicht an den Unfall erinnern könne. Einzig eine schwache Erinnerung, als er die Autoschlüssel von einer hellblauen Schale genommen habe und danach eine Tür aufschloss. Die Wohnungs- oder die Autotür. Möglicherweise eine andere.

**

Es verursacht einen Schmerz, der im Körper unermüdlich pulsiert, wenn sich eine wildfremde Frau als Ehefrau ausgibt und man weiß, dass sie es ist.

Nur kann man mit diesem Gesicht nichts anfangen. Es ist genauso flüchtig und nichtssagend wie Gesichter von Passanten, die an einem vorbeischweben.

Albert zog das dünne Leintuch bis an sein Kinn, schloss die Augen, aber es wurde nicht dunkler.

Der Unfall hatte ihn auf einen anderen Planeten katapultiert, weshalb es ihm nicht möglich war zu wissen, wo er war, zu wissen, weshalb er hier war, zu wissen, wie es mit ihm weitergehen sollte, selbst wenn Dr. Beck täglich, manchmal sogar zweimal täglich bei ihm auftauchte, zunächst von ein paar allgemeinen Entwicklungen der Weltpolitik sprach, wobei er im Zimmer mit federnden, fast hüpfenden Schritten hin und her ging, stets in einen dunklen, perfekt sitzenden Anzug gekleidet, die schwarzen, je nach Lichtverhältnissen sogar glänzenden Haare mit etwas Gel nach hinten gekämmt, die Augen zusammengekniffen, als würden sie in der Ferne einen Text suchen. Bis er sich auf einen Stuhl neben das Bett setzte, noch immer stumm, aber mittlerweile mit ruhigem Blick, erneut ein paar analysierende Worte zum Stand der Dinge sagte und dann, mit eucharistischer Geste, Fotos aus der Tasche zog, sie langsam, als könnten sie zerfallen, vor Alberts Augen bewegte, die, obgleich an diesen Gestus mittlerweile gewöhnt, sich zuerst selber darin suchten, die Umgebung nach Bekannten auskundschafteten, denn einige Personen waren ihm inzwischen bekannt, er hatte sie wie Vokabeln einer Fremdsprache auswendig gelernt und sagte beispielsweise:

»Das ist Gerda, meine Frau, mit mir in Paris. Im Hintergrund der Pont Saint-Michel.«

Oder:

»Gerda, meine Frau, zusammen mit meinem Vater, er heißt Paul, anlässlich meines fünfunddreißigsten Geburtstages. Die beiden sitzen in unserem Garten, es ist Spätsommer. Wir trinken Erdbeer-Campari-Bowle. Die Aufnahme habe ich gemacht.«

Oder:

»Zwei Arbeitskollegen und ich, sie heißen Klaus und der im karierten Kurzarmhemd Christian, anlässlich eines Ausfluges mit unserer Schule. Im Gebirge. Christian ist tot. Plötzlicher Herztod.«

Dr. Beck legte die Bilder auf verschiedene Stapel, machte sich von Zeit zu Zeit Notizen, die er von Zeit zu Zeit neu ordnete, schaute zwei-, dreimal über Albert hinweg durchs halb geöffnete Fenster, nur scheinbar gedankenverloren, denn das von irgendwoher regelmäßig ausstrahlende Licht, das am Kirschbaum manchmal orange, manchmal ockerfarben reflektierte, nahm Dr. Beck durchaus wahr, auch hörte er eine quietschende Straßenbahn, ein dumpfes Piepsen unbekannter Herkunft und selbst den Chor quälender Gedanken einer jungen, von allerlei unguten Impulsen getriebenen Frau.

Augenblicklich, als wäre der Blick durchs Fenster tatsächlich nicht mehr als ein absichtsloser Erholungsblick gewesen, widmete er sich wieder Albert, der zwar so tat, als lernte er sein eigenes Leben kennen, als wollte er dieses ferne und wüste Land urbar machen, tatsächlich aber immer öfter, als gäbe es eine Art von unabwendbarem Zwang, sich selber untersuchte, sich, oder vielmehr diesen Fremdmann betrachtete, von dem behauptet wird, es handele sich um ihn, um Albert, den normannischen Albert, diesen mürrisch und missmutig dreinschauenden Mann, der, auch wenn die Situation Fröhlichkeit und Ungezwungenheit erlaubte oder gar erforderte, mit einer erstaunlichen Beharrlichkeit – als wäre es ein unumstößlicher Imperativ – dieses Gesicht zeigte, das er auf jedem Bild wie eine Trophäe schlechter Stimmung zur Schau stellte, sodass sich die Frage immer mehr in den Vordergrund schob, weshalb er auf diese Weise in die Welt schaute und nicht anders. Es machte den Anschein, der frühere Albert hätte vergessen, was diese Welt an Frohem und Schönem zu bieten hat, hätte vergessen, wie er den einen oder anderen Sonnenstrahl, den einen oder anderen Glücksmoment, und sei er noch so flüchtig, die eine oder andere Lichtung im dunklen Wald des Jammers erhaschen konnte, und würde also maßgeschneidert in diese Haut passen, die aus diesem Grunde seine wahre, auf ihn zugeschnittene Haut war, gewesen war, dachte Albert. In dieses Leben möchte er nicht zurück.

»In dieses Leben möchte ich nicht zurück.«

Was Dr. Beck mit einem aufgesetzten Schmunzeln zur Kenntnis nahm.

Nach einer kurzen Pause, welche die Aufmerksamkeit seines Patienten steigern sollte, zeigte er Albert das nächste Bild, von dem er sich große Wirkung erhoffte, wurde es doch nur zehn Tage vor dem Unfall gemacht und präsentierte Gerda (»das ist meine Ehefrau«) aus einer seitlichen, leicht erhöhten Perspektive sitzend an ihrem eierschalenfarbenen Schreibtisch, die linke Hand an der Tastatur, mit der rechten einen grünen Apfel haltend, die Augen auf die gelben, am linken Rand des Bildschirms angebrachten Klebezettel gerichtet, worauf Stichworte notiert waren, die sich auf die Millenniums-Rede bezogen und mächtig genug sein sollten, diese »feierliche Würdigung des Gelebten und des Kommenden«, wie Leinstadt sagte, abzubilden und einen zündenden Gedanken in die Welt zu schießen, in dessen Leuchtspur die Rede Gestalt und Kontur erhielt, damit sie in Herz und Seele all der Tausenden und Zehntausenden Zuhörer einzudringen vermag und dort ein Zuhause findet. Gerda verschränkte die Arme. Monate im Voraus muss sie aus der unübersichtlichen Menge an täglich hereinrieselnden Neuigkeiten das herausfiltern, was zum Millennium noch immer glänzt. Was ist morgen vergessen, was ist zukunftsfähig? Besitzt der Tod von Iris Murdoch am Jahresende noch jenen Grad an Aktualität, dass es sich lohnt, diesen Strang in die Gedankengänge einzuweben, oder soll ich, dachte Gerda, die Raumsonde Stardust erwähnen. Wegen des metaphorischen Potenzials? Die Lawine von Galtür. Wegen des Gegensatzes von Natur und Kultur?

Sie speicherte den Text. Klappte den Laptop zu. Ging in die Küche, holte aus der Schublade mit allerlei »schäbigem Krimskrams« (ein Ausdruck von Albert) eine Schachtel Zigaretten, öffnete das Fenster und zündete sich eine an.

Oder eher auf ein sehr großes Ereignis spekulieren, das ein paar Wochen vor dem Millennium eintreten wird, und dann wie selbstverständlich das rhetorische Grundgerüst nicht nur der Rede, sondern auch sämtlicher Nebenveranstaltungen bildete, die noch immer im bedauernswerten Zustand einer groben Skizze verharrten, als erneut das Telefon klingelte.

Gerda machte bereits eine ausholende Armbewegung, wollte die Zigarette auf den Parkplatz werfen, hielt aber inne, weil der Anruf mit großer Wahrscheinlichkeit von Leinstadt stammte, Dr. Marius Leinstadt, Bundesbeauftragter MILLENNIUM 2000, der ihr in den letzten Tagen über verschiedene mediale Kanäle zu vermitteln versuchte, wie er mithilfe der zufälligen und im eigentlichen Sinn unbedeutenden Jahreszahl das Symbolische ins Reale transformieren, die gigantische Aufmerksamkeit nutzen wollte, mit der Jahreszahl, die er als sein liebstes trojanisches Pferd bezeichnete, die sich untergründig abzeichnende Zeitenwende beschleunigen und festigen wollte, um das neue Jahrtausend, und so weiter.

Gerda nahm noch einen Zug, warf die Zigarette auf den Parkplatz, holte aus der Küche einen Apfel, setzte sich an den eierschalenfarbenen Schreibtisch, die linke Hand an der Tastatur, mit der rechten den Apfel haltend, die Augen auf die gelben, am linken Rand des Bildschirms angebrachten Klebezettel gerichtet, was Albert allerdings nicht weiterbrachte, denn er konnte sich weder an die Klebezettel noch an den Schreibtisch noch an den Apfel erinnern.

In der Art eines Stenografen und wie von einem heftigen Impuls getrieben, kritzelte Dr. Beck Zeichen auf seinen Notizblock. In seinem Kopf wirbelten therapeutische Ansätze wild durcheinander. Doch keines dieser Fragmente fügte sich zu einem Ganzen.

Noch nicht.

***

Im Zentrum der Stadt.

Ein Mann mit langen, blütenweißen Haaren saß am Fenster eines indischen Restaurants und aß eine Suppe. Hin und wieder drehte er den Kopf, schaute nach draußen, wo die Taxifahrer rauchend auf Kundschaft warteten. Die Äste der Platanen bogen sich im Wind, erste, fette Regentropfen knallten auf die Autodächer, Krähen flogen auf. Die Taxifahrer stiegen in ihre Autos. Die Menschen gingen schneller. Hin und wieder öffnete sich ein Schirm und tänzelte wie ein Pilz durch die Straßen.

Der Mann mit den blütenweißen Haaren wischte sich mit einer Serviette den Mund ab. Dabei bemerkte er eine an einem runden Tischchen sitzende Frau mit rot gefärbten Lippen und einer leicht gewölbten Nase.

Die Frau hantierte an ihrem Mobiltelefon, zwischendurch blätterte sie in einem Stoß Papier, machte sich Notizen. Auf der gegenüberliegenden Seite der Straße verließ ein Mann mit einem großen Strauß Blumen einen Laden mit dem Namen »Les Roses d'Isabelle«, schaute zum Himmel, eilte auf die andere Straßenseite und stieg in ein Taxi. Es regnete nun in Strömen.

Der Mann mit den blütenweißen Haaren winkte der Bedienung, legte die Brieftasche auf den Tisch, schaute aus dem Fenster, beobachtete die auf dem nassen Asphalt langsam wandernde Spiegelung eines alten Paares. Die Frau in einen violetten, bis zu den Waden reichenden Rock und eine hellbraune Jacke gekleidet, ging leicht gebückt, mit der rechten Hand sich auf einem Gehstock stützend, mit dem linken Arm bei ihrem Mann eingehängt, der einen enzianblauen Schirm hielt, schräg seiner Frau zugeneigt, währenddessen auf der anderen Straßenseite eine etwa dreißigjährige Frau, unter einem tropfenden, blassgelben Sonnenschirm eines Cafés stehend, unablässig nach links und rechts schaute, dabei eine Zeitung mit beiden Händen an ihre Brust drückte, dann, als hätte sie ein Signal entdeckt, plötzlich unter dem Sonnenschirm hervortrat, die Straße rasch überquerte, die Zeitung über ihren Kopf haltend, einen kleinen Bogen um das alte Paar machte und in den Fond eines Taxis stieg, das nach ein paar Sekunden losfuhr, vor der Fußgängerzone abdrehte. Die Frau im Taxi ordnete ihre langen blonden Haare, seufzte, warf einen Blick nach draußen, wo die Regenschirme den Gehsteig in einen ebenso bunten wie ruhelosen Garten verwandelten, der beim ausladenden Eingang des Hotels Bellevue einen Bogen machte, sich wieder den Häuserfronten entlangschlängelte, was die Frau aber nicht wahrnahm, sondern, die Zeitung auf ihren Schoß gelegt, mit leerem Blick auf die Frontscheibe und hin und wieder auf ihre Uhr schaute, erneut ihr Haar ordnete, seufzte und hoffte, den Termin mit Dr. Beck nicht zu verpassen, der den Weg zum Altersheim zu Fuß zurücklegen wollte, vom Regen überrascht jetzt in einem grasgrünen Bus stand, umgeben von tropfenden Mänteln, Schirmen und Menschen, die ihm vorkamen wie eine Horde domestizierter Aliens, bei der Station »Sonnenhalde« ausstieg und nach ein paar Metern im Regen das Altersheim erreichte, sich beim Empfang meldete, wo ihm mitgeteilt wurde, dass Frau Schütz in ein paar Minuten hier sein werde, er solle sich einen Moment setzen.

Dr. Beck setzte sich widerwillig, ärgerte sich über die Verspätung von Frau Schütz, mit der er die Angelegenheit telefonisch besprochen hatte und jetzt in diesem Räumchen seine Zeit vergeuden musste. Selbst ein verstaubter Gummibaum fehlte nicht.

Der Plan stand fest, daran konnte auch die zuständige Pflegerin nichts ändern. Albert wird mit seinem Vater konfrontiert, schließlich ist er die einzig lebende Person, mit der er seit seinen dunklen Anfängen in Verbindung stand. Ein heilsamer Schock.

Als Frau Schütz endlich eintraf, ihre Haare mit einer Schleife gebunden und frisch geschminkt, unterbrach Dr. Beck ihre Entschuldigung und drängte, jetzt gleich zum Patienten zu gehen, was sie mit einem verunsicherten Blick zur Kenntnis nahm, einen Moment zögerte, dann Dr. Beck ins Zimmer führte, wo Paul, Alberts Vater, seit Jahren lebte.

***

Von einer Sekunde auf die andere regnete es nicht mehr. Als hätte jemand einen Schalter umgelegt, als hätte jemand einfach so, weil die Laune plötzlich eine andere ist, auf Nicht-Regen umgeschaltet, sodass die vereinzelten, bereits in den trockenen Zustand hineinfallenden Tropfen wie Abtrünnige wirkten, wie Überläufer aus dem Reich des Nassen, Petarden aus einem unbekannten Land, was weder Dr. Beck noch Frau Schütz bemerkten, die dem alten Mann, dessen Haar kristallin und rein erschien, aus dem Taxi halfen, ihn in ihrer Mitte zum Eingang des Krankenhauses geleiteten, wortlos, nur hin und wieder mit einer stummen Geste die Richtung anzeigend, anschließend die lang gezogene Eingangshalle mit kurzen Schritten querten, in den Lift stiegen und vor dem Zimmer B202 stehen blieben, wo Dr. Beck nochmals das Wichtigste zusammenfasste.

»Die Begegnung ist von eminenter Bedeutung, möglicherweise provoziert sie auf einen Schlag die Rekonstruktion des Gedächtnisses, eine Bewegung, ein Tonfall der Stimme, ja selbst ein Wimpernschlag kann zum Dreh- und Angelpunkt einer mnestischen Wiedergeburt werden (*Frau Schütz fuhr sich durch die Haare, richtete ihren Blick aufs Ende des langen Ganges, wo zwei Pflegerinnen miteinander stritten.*), und Sie (*Er neigte seinen Oberkörper ein wenig in Richtung Alberts Vater, der dem Arzt aufmerksam zuhörte.*) können mit ihm sprechen, als sei nichts gewesen, Ihr Sohn ist nicht krank im eigentlichen Sinn, halten Sie das Gespräch im lockeren Plauderton, erwähnen Sie gemeinsame Erinnerungen, haben Sie mich verstanden? Ihr Sohn ist informiert, ich habe Ihn gut auf die Begegnung vorbereitet. Wie übrigens Frau Schütz auch.«

Alberts Vater nickte mehrmals.

»Ich habe«, fuhr Dr. Beck fort, »auch einige Fotos mit dabei, das kann den Prozess unterstützen.«

Dr. Beck legte seine Hand auf die Schulter von Alberts Vater, öffnete mit der anderen Hand die Tür zum Zimmer B202 und schob ihn sanft in den Raum, wo ein leises und vielstimmiges Schnurren zu hören war.

Frau Schütz ließ die Tür langsam ins Schloss fallen. Ihr Blick richtete sich erwartungsvoll auf Albert, der aufrecht, mit einem freundlichen Gesicht, im Bett saß, seinen Vater betrachtete, der mit zusammengekniffenen Augen seinen Sohn anschaute, bis Dr. Beck sagte, dass sie nun also da wären und sich vielleicht besser setzen würden, was Dr. Beck und Paul denn auch taten, und weil nur zwei Stühle vorhanden waren, blieb Frau Schütz stehen, unschlüssig, ob sie nun einen zusätzlichen Stuhl holen solle, was sie aber nicht tat, weil sie nichts von dieser »schicksalsschweren Begegnung« (Dr. Beck) verpassen wollte, und ein, zwei Schritte in Richtung des Bettes machte, Alberts Vater nicht aus den Augen lassend, bis Albert sagte:

Der Blumenstrauß ist von Gerda. Meiner Frau.

Paul

Ja, ich weiß. (*Dr. Beck räuspert sich. Beobachtet aufmerksam Alberts Gesicht. Frau Schütz stützt sich mit einer Hand auf das Krankenbett.*)

Albert

Wie geht es Ihnen?

Dr. Beck

Ihr Vater – das geht mit Du.

Albert

Klar, entschuldigen Sie, wie geht es dir?

Paul

Na ja, es geht eben. Manchmal eher hoch, manchmal eher tief. Doch insgesamt ganz gut. Die Schulter. Der Rücken.

(*Langes Schweigen. Frau Schütz nimmt die Hand vom Kranken-bett. Dr. Beck lehnt sich zurück.*)

Paul

Wie geht es Gerda?

Albert

Ihr? Ich glaube, recht gut. Wollen – willst du ein Glas Wasser?

Paul

Nein danke. (*Frau Schütz schaut zu Dr. Beck.*) Wie lange seid ihr jetzt schon zusammen? (*Er spricht sehr langsam.*)

Albert

Gerda? (*Schaut zu Dr. Beck.*)

Dr. Beck

Mehr als zwölf Jahre.

Albert

Ja, so lange, das ist richtig. Mehr als zwölf Jahre.

Paul

Eine lange Zeit. Weißt du noch, wie ihr euch kennengelernt habt? (*Schaut zu Dr. Beck, der heftig nickt. Paul schnauft schnell und laut.*)

Albert

Nein, das habe ich, glaube ich – vergessen. (*Schmunzelt verlegen. Schaut zu Dr. Beck, der heftig nickt.*) Sie – du kannst es mir ja ...

Paul

(*Lehnt sich zurück. Er beugt sich vor, legt die Unterarme auf den Tisch, berührt dabei fast den ausgestreckten Arm Dr. Becks.*) Du willst diese Geschichte wirklich hören, die habe ich so oft gehört, Gerda hat sie erzählt, du hast sie erzählt (*Lange Pause*), oder irre ich mich? Du hast sie mir doch erzählt? (*Albert nickt verhalten. Schließt für einen Moment die Augen.*) Es war auf einer griechischen Insel, an den Namen kann ich mich nicht erinnern (*Paul reibt sich die Augen. Seine Stimme ist leise, etwas brüchig und staubig. Im Raum sonst nur das leise Schnurren.*), da kam es zu diesem Zwischenfall im Lift (*Er schmunzelt.*), auf einmal Stopp, da geht nichts mehr, Lift blockiert, manchmal gibt es solche technischen Pannen, Lift plötzlich blockiert, man weiß nicht, warum, darin stehen Gerda und du, ja, so, plötzlich dieser Lift. (*Paul holt tief Atem, beugt sich über den Tisch, schweigt.*)

Dr. Beck

Und dann?

Paul

Diese Liftgeschichte, ich habe sie immer Liftgeschichte genannt, weil im Lift, da steckt ja auch was Symbolisches. Also, der Lift bleibt plötzlich stecken. Ein Mann, eine Frau, da kann man sich schon was dazu denken. Das war der Beginn. Ich habe diese Geschichte oft gehört.

Albert
    Eine schöne Geschichte. Kann ich mir gut vorstellen. Auch, wie es dann weitergegangen …

Paul
    Sehr schnell, sehr schnell, alles ruck, zuck …

Dr. Beck
    Ja, tatsächlich eine schöne Geschichte, darüber sollten wir uns noch austauschen, doch jetzt …

Frau Schütz war froh, nicht in einem der Nebenzimmer einen Stuhl geholt zu haben, dann hätte sie wie befürchtet diese außerordentliche Szene verpasst, die sie ihrer Freundin, mit der sie an diesem Abend zum Bier verabredet war, unbedingt erzählen wollte.
    Albert, der nach der Kennenlerngeschichte etwas erheitert und mit deutlich geröteten Wangen in sein Bett zurückgesunken sei, dort dem weiteren Geschehen mit unübersehbarem Schalk in den Augen zugeschaut habe, wie Dr. Beck die misslungene Begegnung mit kühler Wissenschaftlichkeit verwischen wollte, wie Alberts Vaters auf einmal ins Reden geraten sei und Geschichte um Geschichte aus seinem Hut gezogen habe, die Dr. Beck stets nach ein paar einleitenden Sätzen abgebrochen habe, aber nichts dagegen habe unternehmen können, dass Alberts Vater immer wieder neu ansetzte, immer wieder nur das getan habe, was Dr. Beck wollte, nämlich ein bisschen im Schlamm der Vergangenheit wühlen, Dr. Beck hingegen, sagte Frau Schütz

abends zu ihrer Freundin, sei durch diese unerwarteten Wort-
meldungen von Alberts Vater völlig aus dem Konzept geraten,
und auch wenn er sich immer wieder mit akademischen Worten
aus der Affäre habe ziehen wollen, sei allen im Zimmer bewusst
gewesen, dass diese »schicksalsschwere Begegnung« (*Frau Schütz
lachte laut auf und wiederholte glucksend die Wendung »schicksalsschwere Begegnung«.),* selbst dem Patienten sei bewusst, dass der Sohn
seinen Vater und der Vater die Bedeutung der Begegnung nicht
erkannt habe, das sei (*Frau Schütz stellte das Bierglas energisch auf
den Tisch.*) keine schicksalsschwere Begegnung gewesen, sondern
ein psychologischer Fehlversuch (*Die Freundin von Frau Schütz
murmelte »Aha« und betrachtete schmunzelnd das überschäumende
Bier.*), ein unmenschliches Experiment, du weißt, was ich meine,
eine Fortsetzung dieser Sauereien, willst du auch noch ein Bier?
(*Die Freundin von Frau Schütz nickte laut lachend, Frau Schütz ging in
die Küche. Da fiel ihr ein, dass von Alberts Mutter nie die Rede war.*)

4. Die Rückkehr

Da war das zur linken Seite von einer gelblichen, zur rechten von einer abbröckelnden olivgrünen Fassade umgebene, grau getünchte, doppelstöckige Reihenhäuschen, dessen Stockwerke von einem markanten Balken getrennt wurden, wo die gekippten Fensterscheiben im zweiten Stockwerk das Sommerblau des Himmels spiegelten und die restlichen Fenster ausschauten wie monochrom anthrazitfarbene, von zwei Sprossen horizontal durchbrochene Bilder. Da war eine Detailaufnahme der verglasten, modern gestalteten Haustür, die einen Blick in den Eingangsbereich eröffnete, wo eine Treppe aus Chromstahl und schmalem Handlauf in das obere Stockwerk führte, daneben ein Fahrrad. Da war das im Licht der von der Hofseite hereinfallenden Sonne auf der linken Bildseite spiegelglatt erscheinende Wohnzimmer mit hellem Parkett, auf dem im Vordergrund ein Tisch aus bläulich schimmerndem Milchglas stand, dazu vier verchromte Freischwingerstühle in schwarzem Leder, auf dem Tisch eine goldig schimmernde Schale, wahrscheinlich aus Metall, im Hintergrund vor einer großen Glasfront ein lederbezogenes Salontischchen im selben Stil wie die Stühle, an der linken Wand ein etwa hüfthohes, hellgelbes Sideboard aus Metall, und da war ein Arbeitszimmer mit einem eierschalenfarbenen …

Albert rieb sich die Augen, während Dr. Beck die Fotos, die er ihm eines nach dem anderen vorlegte, aufs Genaueste beschrieb, ihn das eine oder andere Detail wiederholen ließ und auf diese Weise betonte und erst recht ans Licht brachte, was Albert mit seinen eigenen Augen zwar sehen, aber nicht verstehen, nicht wirklich erkennen konnte, damit er, Albert, gewissermaßen voraussehen könne, was ihn bald erwarte, damit er sich in der Ordnung zurechtfinde, und zwar nicht nur in der bloß materiellen, beliebigen, sondern eben auch in der Ordnung der Bedeutungen, worin gerade die Erinnerungen eingebettet seien, die man aber zunächst freilegen müsse. Es sei ein Freilegungsprozess vonnöten, um an die Erinnerungen zu gelangen, das sei im ungestörten Erinnerungsprozess auch so, bloß geschehe dies unbewusst, mit der Routine des Alltäglichen, während in seinem Fall, der ein pathologischer sei, diese Arbeit unter großen Anstrengungen gemacht werden müsse, sagte Dr. Beck, passte das Foto mit den Fingerspitzen beider Hände exakt neben die anderen auf dem Tischchen liegenden und nahm vom Stapel ein neues Foto.

Da war, Dr. Beck sprach jetzt etwas leiser und langsamer, das Schlafzimmer, der Steinboden dunkel und glänzend, links im Bild an einer weißen Wand steht das hell furnierte Bett mit weißem Überzug auf einem grobfaserigen, schwarzen Teppich, am Kopf des Bettes beidseits eine Leselampe mit langem Schwenkarm, darunter ein Nachttischchen. Ein Sideboard mit fünf Schubladen im mittleren Drittel, darauf eine schwarze, ungefähr 50 Zentimeter große, flaschenförmige Vase, rechts davon, in einem Rahmen in chromähnlicher Farbe, ein Foto, worauf Albert und Gerda zu erkennen waren, die eng umschlungen auf einem steinernen Steg stehen.

Im Hintergrund leuchtet eine strahlend weiß getünchte Kapelle, die wie eine Insel aus dem dunklen Azur des Meeres ragt, was Albert zwar hörte, aber nicht verstand, denn seine Aufmerksamkeit richtete sich auf die Aufgabe, all diese Bilder in seinem Kopf zu speichern, dieses gigantische Erinnerungsvolumen irgendwie und irgendwo zu platzieren, also Ordnung zu schaffen auf der Suche nach der verlorenen Erinnerung, was Albert nicht gelang. Er sah vor sich nichts als eine Flüssigkeit, die sich wie ein Lavastrom immer mehr ausbreitete, immer öfter das Strandgut seines Lebens überzog. Und da stand Gerda vor dem geöffneten Kühlschrank.

Mit ihrer rechten Hand war sie im Begriff, die Kühlschranktür aufzumachen, den Kopf drehte sie nach hinten, wahrscheinlich in Richtung des Fotografen, der sie offenbar überrascht hatte. In ihrem Blick schillerte ein Spektrum überraschender Momente, welches von Freude bis zu kaltem Entsetzen reichte. Es war nicht erkennbar, in welchem Punkt dieses Spek-trums sie sich aufhielt, eindeutig zu bestimmen waren jedoch die Teilbereiche der insgesamt in einem kakifarbenen Ton gehaltenen Küche, auf die Dr. Beck nicht näher eingehen wollte, sondern vielmehr vom Gesamtcharakter der Küche sprach, dieser geordneten Übersichtlichkeit, wie er sagte, diesem scheinbaren Out-of-Order-Modus, wo sich gleichwohl belebte Orte zeigten, wie dieses kleine Dingsda auf dem Fensterbrett oder die abgebrannte Kerze auf dem Tisch oder die mit bunten Magnetscheibchen am Kühlschrank angebrachten Postkarten, auf denen zum Beispiel ein heller Sommerhimmel zu sehen war, wo einzelne, wie von einer großen Wolkenmutter abgefallene Wolkenbabys herumtrödelten, oder wo vor einem hellblauen Fischerboot ein alter Mann steht, im Mund eine Zigarette, im Gesicht keine einzige Frage, auf der rechten Bildhälfte ein ins Blau hineinreichender Felsen, auf dem ein einzelner Vogel gerade zum Flug anhebt, dann ein Geräusch, Gerda hielt inne, war sich nicht sicher, ob das Geräusch aus dem Innern des Kühlschranks oder von draußen kam, nahm die Milchpackung, ließ die Kühlschranktür zufallen, ging in ihr Arbeitszimmer, setzte sich und goss etwas Milch in ihren Kaffee.

Leinstadt.

Leinstadt war ihr Schicksal und Verderben. Ihr Ernährer und Vernichter. Ihr Zugrunde-Richter, wie sie es manchmal ganz für sich sagte. Oder flüsterte. Oder hauchte. Oder dachte.

Seine Seele war sehr klein, aber überall. Wie die Sporen von niederen Lebewesen.

Gerda trank den Kaffee, stellte die Tasche auf das Pult, betrachtete den Bildschirm, auf dem sphärisch anmutende Schwaden in einem gewaltigen, irisierenden Unsichtbaren verschwanden, sich dann, als wären sie nie verschwunden gewesen, zu Falten ballten, von denen stets aufs Neue winzige Verzierungen wegsausten und Ellipsen entstanden, drehorgelgefaltete, nur halb sichtbare Flächen, Dunkel und Hell verbindend. Von aufschießenden Bögen fielen Strahlen ab wie ineinander verschlungene Schritte unsichtbarer Tänzer.

Da war wieder ein Geräusch. Es klang hell und klar.

Gerda klappte genervt das Notebook zu. Jetzt, da Albert außer Haus ist, wäre Gelegenheit zu schreiben, endlich, dachte Gerda, diese Gelegenheit kommt nicht so schnell wieder, jetzt sollte ich endlich all diese Grußworte und Begrüßungen, all die kleinen und all die gewichtigen Reden für Leinstadt und Co. schreiben können, jetzt wäre Gelegenheit, dann stehen die Sommerferien vor der Tür, schon bald steigen die Raketen in den Jahrtausendhimmel, halleluja, Millennium. Das Zeitalter der Vernunft bricht an.

Gerda stand auf, in der Küche nahm sie einen Apfel. Am Fenster spiegelte sich für einen Augenblick ihr Gesicht, was sie in einen ebenso deutlichen Zustand des Ekels vor sich selber versetzte, wie sie es kürzlich im WC des Krankenhauses erlebte. Iwan lag auf seinem Platz und schlief leise schnarchend. Sie biss in den Apfel. Jetzt endlich schreiben.

Sie setzte sich, klappte den Laptop auf, betrachtete wieder diese bildschirmschonende Polarlichtsituation, die sie mit einer Tastenberührung wegwischte, worauf ihre Word-Dateien erschienen, ihr Herumgeschreibsel, Herumgewurstel, Herumgeschwurbel, ihre aufgeblasenen und pathetischen Sätze, diese ohne Zweifel sinnlose Tätigkeit, die ihr aber seit einiger Zeit Plan und Struktur verlieh und außerdem ein gutes Einkommen.

Sie hörte sich tippen. Es beruhigte sie.

Zuweilen schrieb sie einen Satz zu Ende, obwohl alles dafürsprach, diesen Satz zu löschen. Aber sie schrieb ihn zu Ende. Es beruhigte sie. Dann löschte sie ihn.

Leinstadts Blick war auf die große Zukunft gerichtet, Dr. Becks Blick auf Alberts kleine Vergangenheit und der ihre irgendwo dazwischen.

Es hatte aufgehört zu regnen, zwischen den wegtreibenden Wolken fielen Sonnenstrahlen auf die Erde.

Gerdas Finger blieben bewegungslos auf den Tasten liegen. Sie kaute an ihren Lippen. An der Decke flackerte für einen Moment der Widerschein irgendeines Leuchtkörpers. Es sah aus wie Flecken, die flackerten. Sie fand wieder ins Tippen hinein.

Gerda beendete einen Satz, und unwillkürlich dachte sie an das Angesicht Leinstadts: voll und rosig und ohne Ende. Sie löschte den Satz.

Neben ihrem Fingernagel knabberte sie ein wenig Haut ab. Sich selber essen. Was für eine Idee. Gerda schmunzelte und speicherte.

Sie war schon im Begriff aufzustehen und in die Küche zu gehen, als sie die Klingel hörte.

Sie sank in den Stuhl zurück. Jetzt bloß kein Leinstadt hier. Bloß nicht dieses schwefelige Wesen in meiner Wohnung, das dégoûtant, wie mein ziemlich verschollener und ziemlich neu entdeckter Albert sagen würde, sowohl in meiner Küche wie in meinem Text herumschnuppern würde, bevor er mit hervorgestreckter Schnauze und einer Stimme scharf wie Chili einen vernichtenden Kommentar zu allem abgeben würde, was er überhaupt vorfindet, als es wieder klingelte und Gerda, so aufgeschreckt wie misstrauisch, so neugierig wie gelangweilt, zunächst wie von einer unsichtbaren Gewalt in den Stuhl gedrückt sitzen blieb, dann von ebendieser aus ihrem Stuhl gezogen endlich aufstand, die Treppe runter und zur Haustür ging, den letzten Satz, den sie allerdings gelöscht hatte, noch im Kopf, und fast taumelnd die Tür öffnete.

Sie erblickte Dr. Beck und Albert.

Dr. Beck sagte: »Ich bringe Ihnen Ihren Ehemann zurück. Guten Tag, Gerda. Wir sind wieder da.«

Aus der Küche war das Bellen Iwans zu hören.

»Ich kaufe nichts«, wollte Gerda sagen, doch sie verstummte, als sie Albert bemerkte. Ein klarer, heiler Segen. Ein Glück und eine Verheißung. Äußerst preziös, wie Albert sagen würde. Da stand ein schöner Mann vor ihrer Tür und begehrte Einlass in sein eigenes Haus. Gerda sagte: »Ja, dann kommt mal rein.«

Dr. Beck fand sich sofort zurecht. Die Situation war ihm bestens vertraut. Die Vorbereitung perfekt.

Gerda, Dr. Beck und, ein paar Schritte zurück, Albert betraten das Wohnzimmer. Albert ging langsam, die Hände hinter seinem Rücken verschränkt, über das helle Parkett, das im Licht der von der Hofseite hereinfallenden Sonne spiegelglatt erschien. Gerda schloss die Tür zur Küche. Nach einer Weile hatte sich Iwan beruhigt.

Gerda fragte Dr. Beck und Albert, ob sie sich setzen möchten. Dr. Beck schaute Albert an, der mit den Schultern zuckte, worauf Dr. Beck sich in einen der verchromten Freischwingerstühle setzte und Gerda den beiden etwas zu trinken anbot.

Dr. Beck schaute Albert an, der das hüfthohe, hellgelbe Sideboard aus Metall musterte, und da war ein Arbeitszimmer mit einem eierschalenfarbenen Schreibtisch, an dem Gerda saß, die linke Hand an der Tastatur, mit der rechten einen grünen Apfel haltend, die Augen auf die gelben, am linken Rand des Bildschirms angebrachten Klebezettel gerichtet.

Dr. Beck schob das Bild mit den Fingerspitzen beider Hände langsam zur Seite, betrachtete Albert, der mit der Aufmerksamkeit einer jungen Katze die Fotografien musterte, als wären sie wegrollende Wollknäuel.

***

Nachdem Albert einen erneuten Rundgang durch das Haus gemacht hatte, legte er sich aufs Bett, betrachtete die Decke. Das Zimmer kam ihm genauso fremd vor wie das Zimmer im Krankenhaus. Nichts erschien vertraut, nichts wurde vertraut.

Der Rundgang führte ihn durch jeden Raum des Hauses, hin und wieder setzte er sich auf einen Stuhl, legte sich auf ein Sofa, ließ die Situation »einwirken«, wie ihm Dr. Beck empfahl, aber ohne Erfolg. Auch die sogenannte »olfaktorische Taktik« wandte er an, schnüffelte an Gerdas ungewaschener Wäsche, roch an diversen Kissen, kniete sogar über Iwans Schlafdecke, nahm aber nichts wahr als die Anhäufung unangenehmer Gerüche, die nur eines auslösten: Ekel.

Seit seiner Entlassung aus dem Krankenhaus waren ein paar Tage vergangen, die Schmerzen im Kopf und im linken Fuß hatten etwas nachgelassen, plagten ihn aber noch immer, besonders nachts wurden die Schmerzen stärker, machten sich, als würden sie getragen von kleinen, eifrigen Männchen, vom Kopf beginnend auf den Weg durch das obskure Höhlensystem seines Körpers, durchwanderten all die Gänge, Verbindungen und Bahnen in seinem Innern, manchmal schnell, manchmal gemächlich, manchmal fast unmerklich, dann wieder rotteten sie sich explosionsartig zusammen, feierten irgendwo im Dunkeln ein moribundes Fest, was ein Echo auslöste, das seinen Körper bis in die äußersten Verwinkelungen erschütterte, sodass Albert Licht machte, aufstand und seinen Blick an irgendeinen Gegenstand des Gästezimmers heftete, wo er in diesen Tagen schlief, bis, so sagte Gerda, sich die Situation verbessert habe.

Sie war seit gut einer Stunde mit Iwan unterwegs. Dass sie sich mit Du ansprachen, schien ihm unpassend, ja unziemlich. Nach den Spaziergängen mit Iwan setzte sie sich gewöhnlich an den Schreibtisch, arbeitete an irgendeinem Projekt, das im Zusammenhang mit dem kommenden Jahreswechsel stand, während Albert seine Rundgänge durch das Haus unternahm, hin und wieder die Fotos betrachtete, die ihm Dr. Beck mitgegeben hatte, sich aufs Bett legte, an die Decke starrte.

Die Spaziergänge durchs Quartier und in den nahen Park, die er zunächst in Begleitung von Gerda und Iwan unternommen hatte, später alleine, langweilten ihn. Die Straßen waren gewöhnlich und so belanglos wie alle anderen in der Stadt. Er kam sich vor wie in einer dunklen Blase, die ihm die Sicht versperrte und einfach nicht zerplatzte. Einzig, wenn er Zeitungen las, in Enzyklopädien blätterte oder Fernsehen schaute, stieß er auf Vertrautes, konnte sich ein Bild machen, erkannte Namen, Situationen, Gegenstände. Gleichwohl war es ihm nicht möglich, sich mit dem Gesehenen in Verbindung zu bringen.

Er hörte die Haustür gehen. Gerda war nach Hause gekommen, sprach auf Iwan ein, kam die Treppe hinauf. Iwan rannte ihr voraus, wedelte vor der Tür zum Wohnzimmer. Gerda öffnete sie, legte ihre Tasche auf einen der Stühle, spitzte die Ohren. Von Albert war nichts zu hören. Wahrscheinlich lag er in seinem Bett im Gästezimmer und starrte an die Decke. Seit er hier im Hause war, tat er nichts anderes. Kaum waren die Mahlzeiten vorbei, während denen er kaum ein Wort sagte, zog sich Albert in sein Zimmer zurück. Er behandelte sie so freundlich wie einen fremden Menschen, aber nicht wie eine Ehefrau.

Sie holte eine Schachtel mit Hundebiskuits aus dem Schrank. Es war seltsam. Seit jenem Besuch im Krankenhaus, als sie Albert so bloß und unschuldig vor sich liegen sah, hatte sie seinen Körper neu entdeckt. Das, was vorher allzu bekannt war, bekam

74

nun einen unerwarteten Reiz, ja, man kann es nicht anders sagen: Sein Körper war eine Verlockung.

Sie setzte sich, erstaunt über diese Neuigkeit. Zwei Jahre nach
der kretischen Liftepisode erwarb Albert das Haus, ein Glücks-
kauf, wie er immer wieder sagte. Ohne das Erbe der Mutter gäbe
es dieses Glück allerdings nicht, dachte Gerda und sagte, ja, ein
großes Glück, mon cher Albért, und wusste, wieso er nicht selber
auf diesen Gedanken kam. Nicht kommen konnte. Mutter stand
vor diesem Gedanken. Wie vielleicht vor jedem Gedanken. Die
Mutter war die Mutter jedes Gedankens. Gerda hatte zwei-, dreimal nach ihr gefragt, dann ließ sie es bleiben. Der Reiz seines
Körpers. Sein körperlicher Reiz. Iwan strich um ihre Beine. Sie
konnte ihn riechen. Das Begehren wurde zum Ritual. Ein schönes Ritual, dachte Gerda. Und auch da, mitten im Rituellen, lag
hin und wieder der Schatten der Mutter. Vielleicht war es auch
etwas anderes, etwas Unbestimmtes, etwas Unbestimmbares wie
der Geruch des getilgten Sommers. Und eines Tages, eines Jahres, vielleicht war es auch nur der Augenblick eines Augenblicks,
lag Albert im ehelichen Bett wie eine Idee, wie ein schönes Zeichen, wie eine zivilrechtliche Angelegenheit. Aber ohne Körper.
Und nun wieder dieser Körper. Ein unerwarteter Reiz.

Gerda legte Iwan ein Biskuit neben sein Schlafplätzchen,
klopfte ihm ein paar Mal auf den Bauch, als Albert die Küche
betrat. Iwan erhob sich augenblicklich und begann leise zu knur-
ren. Albert wich zurück.

Gerda
   Iwan, schon wieder dieses Geknurre? Du kennst ihn doch.
Meine Güte! (*Zu Albert.*) Komm, setz dich, er tut dir nichts, er
hat …

Albert
   Er hat Angst vor mir.

75

Gerda

Das kann nicht sein, du hast ihm nichts getan. Du hast dich nicht verändert.

Albert

Er spürt, dass ich ihn vergessen habe. (*Iwan starrt Albert an, knurrt.*) Siehst du.

Gerda

Ach lass, das ist Blödsinn. Das kann nicht sein. (*Laut*) Iwan, setz dich, du alter Sack, setz dich und sei ruhig. (*Iwan setzt sich, knurrt aber leise weiter. Albert bleibt bei der Tür stehen.*) Komm, Albert, komm zu mir. Du hast doch nichts zu befürchten hier. Das Haus gehört dir. Wir wohnen hier schon mehr als zehn Jahre.

Albert

Das hat mir Dr. Beck auch erzählt. Wir sind am 1. September 1988 hier eingezogen, das Geld stammt aus der Erbschaft meiner Mutter, die 1935 geboren wurde, und nach der Schule …

Gerda

Ist gut, Albert, ist gut, um das geht es nicht. Das hast du gelernt.

Albert

Aber es stimmt.

Gerda

Ja, es stimmt, aber du solltest dich selber erinnern können.

Albert

Worin liegt denn der Unterschied? (*Beobachtet Iwan.*)

Gerda

Es sind die Gefühle. Du solltest wieder Gefühle entwickeln. Komm, wir trinken einen Kaffee und reden.

Albert

Soll ich die Fotos holen?

Gerda

Das ist nicht nötig, eines Tages brauchst du die Fotos nicht mehr, dann ist alles wieder in deinem Kopf. (*Albert setzt sich Gerda gegenüber an den Tisch. Gerda steht auf, setzt in der Küche einen Kaffee auf, während Iwan und Albert sich anstarren. Gerda kehrt mit dem Kaffee zurück, setzt sich neben Albert. Sie schaut ihm beim Trinken zu. Als er die Tasse abstellt, legt sie ihren Arm um ihn. Albert will sie abschütteln, doch da fällt ihm Dr. Beck ein, der ihm »körperliche Nähe« empfahl. Gerda spürt, wie Albert sich verkrampft.*) Ach Albert, wir hatten es gut zusammen. Weißt du, du kannst mich neu kennenlernen. Du hast dich einmal in mich verliebt, dann geht das auch ein zweites Mal. (*Albert zuckt zusammen.*)

Albert

Es braucht alles Zeit. Mein Kopf schmerzt. (*Er löst sich von Gerda.*)

Gerda

Klar, du bist noch nicht gesund, der Unfall war schrecklich. (*Gerdas Handy klingelt, sie schaltet es aus. Iwan schreckt auf, knurrt wieder.*) Jetzt halt doch endlich mal deine Schnauze, du Mistköter! (*Iwan zieht den Kopf ein.*) Nächstes Wochenende könnten wir einen Ausflug machen, jetzt, wo alles so schön blüht. Es gibt da ein Hotel, wir waren schon zweimal dort, dort könnten wir hinfahren, und wenn es uns gefällt, nehme ich am Montag frei, kein

Problem, wahrscheinlich auch am Dienstag, und Iwan geben wir ins Heim, ist das nicht eine gute Idee?

Albert

Mir ist schwindlig, ich glaube, ich sollte mich hinlegen.

Gerda

(*Zögert*) Okay, wenn du meinst, wir können ja morgen nochmals darüber reden. (*In Gedanken wünscht sie ihm süße Träume. Überlegt, ob es noch Sinn macht, mit diesem Dr. Beck zusammenzuarbeiten. So wie der sich benimmt. Wie der sich aufspielt. Wie der Herr über die Zeit. Sie erinnert sich an die letzte Besprechung. Da war sie schon im Mantel, als er sie zurückhielt, eine konspirative Pause machte, sich räusperte, sein Kopf so nahe ihr zugeneigt, dass sie seinen Mundgeruch riechen konnte.*)

Sie sollten es mit Sex versuchen. Das öffnet. Das holt die Erinnerungen hervor.

Gerda

(*Sie macht einen Schritt zurück.*) Aber, Dr. Beck, wenn er nicht will?

Dr. Beck

Ach, da kennen Sie bestimmt Mittel und Wege. Eine Frau wie Sie. Da gibt's doch Möglichkeiten. Da muss ich Sie nicht belehren. Gehen Sie auf Tutti. Das überrascht und freut den Mann.

Gerda

Ich bin ihm fremd.

Dr. Beck
    Dann nicht mehr.

Gerda beobachtete den schlafenden Iwan. Also auf Tutti. Sollte
sie einen Versuch wagen, ohne Umwege, ohne Geplänkel, ohne
Vorsicht. In medias res, wie Leinstadt sagen würde.

    Sie ging ans Fenster, sah zum Parkplatz hinüber, wo ein
Mann von einem Auto wegspazierte, sich eine Zigarette anzün-
dete, einen Zettel aus seiner Hosentasche hervorkramte, ihn
zusammenknüllte und wegwarf. Sollte sie das tun? Im Gästezimmer ihren Ehemann verführen? Ihr Handy klingelte, es war
Leinstadt.

***

Dr. Beck hatte noch seine letzten Worte im Ohr, wollte sich auf
den Lounge Chair setzen, ging dann aber ums Tischchen herum,
schaute aus dem Fenster. Vor dem Supermarkt unterhielten sich
zwei Frauen wild gestikulierend.

    Das Parfüm von Gerda hing in seiner Nase. Eine Blütenes-
senz, angereichert mit etwas Patschuli und Spuren irgendeiner
Zitrusfrucht, das Ganze eine Nuance zu süß, eine Nuance zu
jugendlich für eine Frau wie Gerda, die etwas blass daherkam,
weshalb er sich fragte, ob sie überhaupt noch sexuelle Reserven
mobilisieren kann, um den amnetischen Albert in einen heilsa-
men Schock zu versetzen, der ihn aus seinem Trauma herauszu-
lösen vermag.

    Dr. Beck stellte sich vors Büchergestell, wo er Sekundärliteratur
zum Thema gesammelt hatte, überflog die Buchrücken, griff ein
Buch heraus, setzte sich ans Tischchen: Snider und Zadlicky. Die
Publikation resümiert die Forschungsresultate der letzten zwei Jahr-
zehnte, bleibt aber im Ungefähren stecken, bietet keine wirklich
neuen Ansätze, die über die bekannten Therapien hinausgehen.

Dr. Beck klappte das Buch zu. Kreative Versuche fehlen gänzlich. Selbst bei sehr schweren Fällen, wie etwa dem vielfach erforschten »Altenburger-Fall«, wurden alternative Ansätze gar nicht erst erprobt. »Altenburger« blieb ein unbeschriebenes Blatt.

Dr. Beck blätterte in seinen Notizen zu »Alberts Verlust«, so der Arbeitstitel seiner Publikation. Ihm schwebte ein duales System vor, hier die behutsame Therapie, dort die harten Eingriffe, unerwartete Begegnungen, Schocks, die die Psyche Alberts in Bewegung bringen und auf diese Weise, so die Hoffnung Dr. Becks, Erinnerungsfragmente auf einmal wieder hervorbringen. Die Erinnerungen sind nicht verschwunden, sie sind bloß verdeckt. Es galt also, Sedimente abzutragen.

∗∗∗

Mitten in der Nacht kam ein Traum auf ihn zu. Er hatte lange, dicke Beine und ein paar rote Zehen. Mit den Zehen klopfte der Traum an seinen Körper. Dr. Beck schlief weiter, schwebend, schweigend in unendlicher Nacht, die nur von einem flackernden Flimmern für einen Augenblick etwas erhellt wurde.

Bis ein Rascheln, ein helles Knistern dem Körper eine Essenz von Bewegung in die Adern injizierte, diese ins Gehirn weiterleitete, wo sie den dickbeinigen Traum auf der Stelle verscheuchte, was den Körper augenblicklich zuckte und zwickte und zupfte, sodass an einen ungestörten Schlaf nicht mehr zu denken war.

Dr. Beck wachte auf, hatte undeutliche Konturen eines Traums vor Augen. Er blickte zum Wecker, schlug die Decke zurück, rieb sich die Augen, griff nach Stift und Papier, um den Traum, wie er es morgens regelmäßig tat, festzuhalten. An diesem Morgen flatterten die Worte davon, kaum hatte er sie am Saum gepackt. Einzig das Wort »rot« blieb stabil, aber es reichte nicht, den Traum wiederherzustellen, es blieb allein, und so ganz für sich allein wirkte es lächerlich.

Dr. Beck zerknüllte das Papier, stand auf, zog sich an, bemerkte die Nebelschwaden draußen, Frühlingsnebel, wie er sich hin und wieder erhebt, fadenscheinig und flüchtig, dachte er, Häuser und Bäume und Türme zart umhüllt, irgendwie der Wirklichkeit entzieht und mir einen Standpunkt zuweist, der nicht mehr ist als ein Nest über den Wolken, ein Guckloch ins Nichts.

Die Fensterscheibe war kalt. Als Dr. Beck, überrascht über diese Kälte, die Hand schnell und verschämt zurückzog, als hätte er jemanden unsittlich berührt, glaubte er, den Abdruck seiner Hand für einen Augenblick auf dem Glas gesehen zu haben. War sich aber nicht sicher. Er öffnete das Fenster, sog die frische Luft in seine Lungen, streckte den Kopf hinaus. Dort, wo Albert jetzt wieder wohnt, wohin er zurückgekehrt ist, dort ist jetzt nichts als eine trübe Wolke, worin sein Haus verschwindet, als wär's ein Hamsterhäuschen oder etwas Kleineres, aber nur für kurze Zeit, denn so ein Frühlingsnebel löst sich schnell auf. Plötzlich ist der Himmel blau und hell, der Nebel nicht mal mehr Erinnerung, auf einmal alles klar.

Albert erwachte.

Keinerlei Bewegung.

Sein Zimmer zeigte sich ihm in Fragmenten, sodass er zunächst zweifelte, überhaupt wach zu sein. Er befühlte seinen Körper, die Füße vom langen Marsch im Traum noch heiß und feucht, die leicht behaarten Beine, das Geschlechtsteil, der Bauch, die Brust, schließlich sein Gesicht, und da war er wieder hergestellt.

Albert setzte sich auf, betrachtete die Umgebung. Eine Stehlampe, ein Fernseher, ein Büchergestell, zwei bunte Bilder an der Wand, vor dem Fenster ein dunkler Vorhang.

Er stand auf, zog sich an, betrachtete das Büchergestell. Vielleicht sind dort die Erinnerungen gelagert. Im Kopf war wieder dieser Schmerz und im Hintergrund – fast unhörbar – ein dumpfes, unablässiges Piepsen, das ihn ins Krankenhaus geleitete, wo von einer schmächtigen Stimme hin und wieder ein Wort auf ihn tropfte, und, als er stehen blieb, den Blick vom Büchergestell abwendete, sich ein paar nichtssagende Worte zum Satz »Er hätte tot sein können« formten, worauf die Kopfschmerzen stärker wurden, Albert zum Fenster trat, den Vorhang aufzog.

Durch den Nebel fielen ein paar Sonnenstrahlen, im Hintergrund fuhr ein Lastwagen vorbei.

Es klopfte.

Albert hörte Gerdas Stimme, zog den Vorhang wieder zu, setzte sich aufs Bett.

»Albert, bist du wach?«

Das ist eine gute Frage, dachte er, bin ich wach oder gefangen in einer ewig drehenden Maschine, nicht tot, nicht lebendig? Wo finde ich den Schalter der Maschine?

»Albert, kann ich reinkommen?«

Gerda betrat das Gästezimmer. Es roch nach jungem Mann.

»Wir frühstücken gemeinsam.«

Albert blickte auf. Der Nebel hatte sich aufgelöst. Sonnenstrahlen fielen in den Raum.

»Komm. Komm mit mir.«

Gerda ging zielstrebig voran, Albert humpelte hinterher, seine Beinschmerzen machten sich wieder bemerkbar.

Da erfasste ihn, wie von einem Wirbelwind getrieben, ein Schwindel. Albert stützte sich an der Wand ab, der Schwindel rotierte in seinem Kopf, er hörte ein Fauchen und Zischen, dann stürzte der Schwindel nach unten, durchbrach Kapillaren, Adern, Röhren, fiel krachend durch die Brust, als wäre sie eine leere Höhle, bohrte sich in den Bauch, schlängelte sich bis ans Ende aller Gedärme, tropfte zunächst in die Beine hinein, und auf einmal, als wäre nun ein Weg gefunden, schoss der Schwindel in die Füße. Das Ziel war erreicht.

Alberts Körper stürzte zusammen wie ein plötzlich auseinanderfallendes Gerüst.

Gerda hörte einen dumpfen Aufschlag.

»Albert!«

Sie eilte auf Albert zu, breitete ihre Arme um die herumliegenden Körperteile und versuchte, ihn wieder in die ursprüngliche Form zu bringen, doch der Körper sträubte sich, das Bündel ließ sich nicht so leicht schnüren.

Albert blieb wie zerschlagen und zersprungen am Boden liegen.

Gerda nahm all ihre Kraft zusammen und drückte, indem sie mit der einen Hand den Kopf, mit der andern einen Fuß festhielt, den Körper allmählich wieder in seine Gestalt zurück, bis Albert die Augen öffnete und in das entsetzte Gesicht Gerdas blickte, die, erstaunt über diesen klaren Blick, sofort innehielt, auf den Knien sitzend ihren Albert anschaute, der noch immer so zerwühlt aussah wie das Bett eines Teenagers nach zwei Wochen sturmfrei.

Von draußen waren zwei Autos zu hören, die sich böse anhupten. Gerda dachte an ihre Absicht. Albert spürte seine Schmerzen.

Schließlich löste das Piepsen von Gerdas Handy das Bild auf.

Nach dem Frühstück, das für Albert mit Schmerzen, für Gerda mit vielen Gedanken verbunden war, ging Gerda nicht wie üblich in ihr Arbeitszimmer, sondern blieb sitzen, schaute Albert mit einem sorgenvollen Blick an, was diesen daran hinderte, sich wie üblich in sein Zimmer zurückzuziehen. Er befühlte unter dem Tisch seine Beine, die noch immer schmerzten, ihn aber immerhin wieder ausreichend stützten, bis Gerda aufstand, um den Tisch herumging, Albert an der Schulter leicht berührte und sagte:

Beck und ich haben etwas vorbereitet. (*Sie legt jetzt beide Hände auf Alberts Schultern.*) Also eher Beck. (*Alberts Körper verkrampft sich, sein Blick bleibt auf den Tisch gerichtet.*)

Komm. Komm mit mir.

(*Albert bewegt die Schultern, starrt auf die gegenüberliegende Küchenfront mit den Wandschränken und dem Backofen. Gerdas Druck verstärkt sich.*)

Therapeutisch sehr wichtig. Hat Dr. Beck gesagt. Ach Albert, komm, es geht um dein Gedächtnis. So können wir doch nicht weiterleben. Es ist Zeit, dass sich etwas ändert.

(*Albert steht auf. Gerda führt ihn an der Hand ins Wohnzimmer. Vor einer Fotografie, die Albert noch nie gesehen hat, bleiben sie stehen. Gerda schaut auf die Uhr. Dr. Beck, der schon hier sein sollte, steht mit seinem Wagen im Stau. Ein verunfallter Lastwagen blockiert die Fahrbahn. Er trommelt mit seinen Fingern aufs Lenkrad. Das ist nicht nur ein schwieriger Fall, denkt er, das ist ein wichtiger Fall, denn es geht um das Verhältnis von Vergessen und Gegenwart und um das Verhältnis von Erinnern und Zukunft. Das sind die beiden Polaritäten. Sie bilden ein Kreuz, denkt Dr. Beck, und exakt dieses Kreuz bildet das Zentrum. (Es ging wieder schneller vorwärts, Dr. Beck schaltete in den zweiten Gang, machte das Radio aus.) Ich komme mir vor wie auf einem Rollband, das von unsichtbarer und unberechenbarer Hand geführt und kontrolliert wird, auf einmal steht alles still, dann geht es plötzlich flott, man weiß ja gar nicht, wer die Fäden zieht, denkt er, was oder wer gibt den Antrieb dafür, dass diese blödsinnige Kolonne in Fahrt kommt oder ins Stocken gerät, gibt es da eine Instanz, eine Macht, eine Person, die das alles steuert, oder ergibt sich diese Fließgeschwindigkeit ganz zufällig wie bei der Ziehung der Lottozahlen?* (Dr. Beck bog in eine Seitenstraße ein. Für einen Augenblick zeigten sich die vom Nebel in ein zartes Weiß gehüllten Hügel, deren frei liegende Kuppen in einer geschlängelten Horizontale die Landschaft vom Himmel trennten, der sich wie eine azurne Decke über die Stadt wölbte, als brauchte sie himmlisches Obdach, als reichte der vom Frühling dargebotene Zuspruch nicht aus, dem tausendfachen Herzklopfen der Menschen die Schwere zu nehmen, weshalb der Himmel über den Hügeln viel weiter entrückt schien, als er es in Wirklichkeit war, und die Sonnenstrahlen, die jetzt in großer

Zahl auf die Stadt fielen, Trost verbreiteten, eine Art von unerklärlichem Wohlempfinden, das die Menschen froh stimmte.)

Dr. Beck schaltet das Radio wieder ein, summt die Melodie mit, welche ihn augenblicklich in seine Jugendzeit zurückführt, bewegt den Kopf ein wenig hin und her, blinzelt in die Sonne, die nun auch »Alberts Verlust« in ein helles Licht hüllt, Therapiemöglichkeiten, Publikationsmöglichkeiten, einen Schritt weiterkommen in der Erforschung des Universums Gedächtnis. »Alberts Verlust«. Eine Reflexion über das Vergessen und Wiedererinnern. Das Selbst und die Zeit. Dr. Beck schaut auf die Uhr, er sollte eigentlich schon da sein, bei Albert und seiner Gerda, die dabei war, ihrem Mann die grundlegende Idee des geplanten Erinnerungsweges zu erklären.)

***

Kaum war das Gespräch beendet, heftete Gerda zwei gelbe Zettel an den Rand ihres Bildschirms.

Leinstadts Stimme klang majestätisch und unnahbar. Sie seufzte.

Auf ihrem Bildschirm tanzten sphärisch dunstige Schwaden, die stets aufs Neue zerfielen, elliptische Bahnen zogen und, ohne eine Spur zu hinterlassen, immer wieder im Dunkel verschwanden. Sie dachte an die denkwürdige Begehung des Erinnerungsweges, wie Dr. Beck diesen Anlass bezeichnete, der sie an Führungen in Kunstmuseen erinnerte, wo junge Kunsthistorikerinnen dem Publikum große Kunst in kleinen, pädagogisch hübsch aufbereiteten Portionen servierten, wobei Dr. Beck im Unterschied zu den Kunsthistorikerinnen viel weniger Publikum hatte, nämlich nur Albert, und zudem keine Kärtchen benötigte. Er war textsicher.

Gerda drückte eine Taste der Tastatur, damit das quälende Herumgeflirre auf dem Bildschirm ein Ende hat. Sofort war die Stimme Leinstadts wieder in ihrem Ohr. Die geöffneten Dateien in ihrem Blick.

Der Erinnerungsweg bestand aus sieben Stationen, jede Station bestand aus einer Fotografie und einem erläuternden Text.

Nachdem Dr. Beck endlich eingetroffen war und Gerda aus ihrem Wartezustand befreit hatte, übernahm er die Führung und erklärte Albert, dass es sich um einen Erinnerungsweg handle, der aus sieben Stationen bestehe, die ein paar zentrale Stadien seines Leben dokumentieren, die sie nun zusammen begehen würden, was aber, betonte Dr. Beck, nicht mehr als der Beginn einer fortgesetzten Begehung sein würde, eine Art Vernissage oder Premiere, denn aus therapeutischer Sicht sei es wichtig – evident – sagte Dr. Beck, dass die Begehung mit einer gewissen Regelmäßigkeit vollzogen würde, weil sich nur dann der Effekt einstellen würde, der Effekt nämlich einer allmählichen Erinnerung zunächst an diese sieben Stationen.

Er sei davon überzeugt, dass, von diesen Stationen ausgehend, weitere Erinnerungen erschlossen würden, weil die Stationen gewissermaßen Wellen schlagen würden und damit andere Erinnerungsregionen in Bewegung versetzen – aktivieren – sagte Dr. Beck, und damit Unerschlossenes, also Unbewusstes hervorholen und der aktiven Erinnerung zugänglich machen. Deshalb sei dieser Erinnerungsweg, so bescheiden er auf den ersten Blick ausschauen mag, dennoch eine Art Meilenstein in der Hervorbringung erinnerungsaktiver Bilder, worauf Albert auf das Bild der Station zwei schaute, auf dem ein kleiner Junge in einem Sandkasten kauerte und versuchte, mit einer hellgrünen Plastikgabel Sand in eine Plastikschale zu füllen, was, so Dr. Beck andeutungsweise lächelnd, naturgemäß eine zwar nicht ewig dauernde, so doch langwierige Angelegenheit sei und gerade deshalb seine aktuelle Situation mit derjenigen seines frühkindlichen Daseins zusammenbringe. Er solle sich ungeniert eine Weile in diese Abbildung vertiefen, sie biete Stoff für so manche Gedanken, wie überhaupt jede dieser sieben Stationen Anlass böte für Rückbesinnungen. Möglichkeiten einer plötzlich eintretenden Erinnerung, ja, so Dr. Beck, plötzlich eintretende Erinnerungen seien nichts Außergewöhnliches bei ähnlich gelagerten Fällen, plötzlich eintretende Erinnerungen brauchten indes eine Art Anker, einen Anhaltspunkt, einen Anlass, weshalb eine regelmäßige Begehung des Erinnerungsweges therapeutisch mindestens so wertvoll sei wie die Besprechungen in seiner Praxis, was Gerda, die wieder auf das ewig pulsierende, bildschirmschonende Universum schaute, mit einer gewissen Verwunderung zur Kenntnis nahm, weil sie sich nicht vorstellen konnte, dass diese sieben mit allerlei Text bestückten Bilder Albert wieder auf die Sprünge helfen würden, selbst wenn er mehrmals pro Tag seine Erinnerungsrunde im Wohnzimmer absolvierte, denn sosehr Albert auch um die Wiedererinnerung bemüht war, keine Therapie schwänzte, den Ausführungen Dr. Becks aufmerksam zuhörte und seitdem auch hin und wieder den Erinnerungsweg beschritt, so sehr blieben sie sich fremd.

Die Erzählungen Gerdas waren für Albert wie Märchen aus einer anderen, ihm fremden Welt, manchmal nahm er sie schweigend zur Kenntnis, manchmal schien es ihn zu belustigen.

Als Albert einmal auf dem Sofa saß und in den Fotoalben blätterte, lehnte Gerda ihren Kopf an seine Schultern. Albert klappte das Album wortlos zu, stand auf und zog sich in sein Zimmer zurück.

Albert versuchte, den Schmerz zu ersticken, indem er den Kopf unters Kissen steckte, aber der Schmerz verschwand nicht, sondern nahm zu, wurde zusätzlich genährt durch den Verlust von Zeit, der sich irgendwo in seinem Körper zunächst wie ein Keimling eingenistet hatte, nicht schwerer als die wegschwebende Blüte einer Kornblume, doch je länger ihm diese Bilder vor Augen geführt wurden, desto größer wurde der Keimling, entwickelte dornige Fortsätze, die in seine Beine und Arme hineinwuchsen, dort wucherten.

Gerda fühlte sich wie ein verliebter Teenager, der schroff zurückgewiesen wurde. Und sie litt auch wie ein zurückgewiesener

Teenager. Alberts Verwandlung in einen anderen hatte sie mitverwandelt, Empfindungen hervorgerufen, die sie seit den stürmischen Tagen auf Kreta nicht mehr erlebt hatte.

Sie verließ ihren Arbeitsplatz und stellte sich vor die erste Station des Erinnerungsweges, wo sie auf einmal zu kichern begann, als hätte sie sich vollends in einen Teenager verwandelt, und dieses unglaublich dämliche Bild betrachtete, auf dem zwei Menschen jenes unverwechselbare touristische Lächeln aufsetzten, das seit Anbeginn der Fotografie die Welt bevölkerte und verschandelte, dieses Signal, das Unbeschwertheit und, noch schlimmer, Spaß anzeigen soll, wobei das Lächeln nichts anderes war als eine dümmliche und ahnungslose Geste, ein Abbild der hilflosen Vertuschung ihrer Verlorenheit, wie sie da vor den blauweiß gestreiften Strandkörben stehen in ihren Badekleidern, die ihre plumpe Blöße nicht verdeckten, sondern vielmehr betonten, ja betonten, dachte Gerda kichernd, hielt sich die rechte Hand vors Gesicht, lachte laut los, ging zum nächsten Bild.

Station drei, lachte sie heraus, Station drei in Alberts Leben. Eine schwarz-weiße Schulklasse in offensichtlich kratzigen, von Großmüttern gestrickten Pullovern, die Gesichter nach unzähligen Anweisungen des Fotografen mürrisch geworden, einzig die Lehrerin lächelt etwas gequält, hoffend, dass dieses Theater nun bald vorbei sein würde, sie wieder die alleinige Aufsicht über diese Affenbande innehatte und der nach Schweiß und Zigarettenrauch stinkende Fotograf das Schulzimmer endlich verließ, seine Tour weiterführte im Zimmer nebenan, während Albert vorne links entgegen den Worten des Fotografen nicht ihn, sondern die Lehrerin anschaute, vielleicht eine erste Ahnung von Verliebtheit, lachte Gerda, vielleicht war er in diesem keuschen Alter dazu imstande, eine zarte Gemütsregung im Herzen, das Pflänzlein zart, olala l'Amour, Gerda begann zu singen, olala l'Amour, ging singend und lachend die Fotoreihe entlang bis zur letzten Station, wo Dr. Beck eine existenzielle Pointe gesetzt hatte; Alberts Geburtsurkunde, als, sie konnte sich den Vorgang zeitlebens nicht erklären, plötzlich ein Bild in ihren Blick drängte, das nicht in der Reihe hing.

Sie setzte sich aufs Sofa, wischte mit dem Ärmel die Tränen weg und lachte nicht mehr. Das Bild blieb. Es blieb während der nächsten Minuten, es blieb während der nächsten Tage, es verschwand nie mehr.

***

Vom Himmel war der Lauf des Flusses gut zu sehen, der in sanftem Bogen die Stadt durchfloss. Silbrig schimmernd wie eine Schneckenspur erreichte er nach zwei, drei Kehren einen See, zur Hälfte von flach auslaufenden Hügeln begrenzt, auf der anderen Seite von buttergelben, rot getupften Wiesen umschlossen, worauf, nicht fern vom Ufer, eine kleine, von Maulbeersträuchern gesäumte Hütte mit Brunnen stand, die als ein winziger, dunkler Punkt auf buntem Feld erschien, genauso wie auch die Stadthäuser nicht als Einzelheiten zu erkennen waren, sondern flächig verschmolzen zu einer pappelfarbenen Schraffur im unruhigen Sand, auf der es hin und wieder glitzerte, als fielen Blumen von einem weiten, hellen Stern, die im Licht der Mittagssonne zerflossen und nichts hinterließen als einen unbestimmten Wohlgeruch, der den Menschen als eine kleine Fracht des Sommers in die Nase stieg, den einen oder anderen Gedanken anmutig verzierend und vielleicht auch den nächtlichen Schauder ein wenig verwischend, sodass er weicher erschien und heller als er war, manchem sogar als rosenroter Schimmer vor die Augen flatterte und den Tag in wunderliches Kleid hüllte, was auch Dr. Beck aufgefallen war, der während des leichten Mittagsschlafes schwere Träume hatte, die er in seinem Notizbuch festhielt, wenigstens ein paar Trümmerstücke des Traumes, mit denen er später das Traumgebäude wieder rekonstruieren wollte, das ihn selbst im wachen Zustand niederdrückte, als wäre das Unfassbare das Schwere, aber er notierte nur ein paar belanglose Worte wie »rot«, »Sand« und »Blume«, aus denen sich kein ordentlicher Traum aufbauen ließe, weshalb er das Blatt aus dem Notizbuch herausriss, zerknüllte und in den Papierkorb warf.

Dr. Beck trat zum Fenster, öffnete es, schaute zum Himmel. Atmete blaue Sommerluft. Alberts Verlust. Das war sein Fall, das war sein Text.

Er setzte sich auf den Lounge Chair, blätterte in den Notizen, die er während der Sitzung mit Albert diesen Morgen gemacht hatte.

Von Zeit zu Zeit unterstrich oder umkreiste er ein Wort, blätterte vor, blätterte zurück. Das leichte Fieber, das ihn jede Nacht beschlich, machte sich bemerkbar, der rötliche Schimmer, der ihm beim Aufwachen die Sicht erleichterte, hatte einem bleiernen Vorhang Platz gemacht.

Dr. Beck wischte mit einem Taschentuch Schweiß von seiner Stirn, lehnte sich zurück; was da vor ihm auf dem Tischchen lag, waren Skizzen eines Schiffbruchs, Zeichen des Stillstands. Alberts Verlust hat auf ihn übergegriffen, der Strudel des Scheiterns drohte ihn in eine ekelhafte Dunkelheit zu reißen.

Er kam sich vor wie ein einsam kreisender Trabant. Weder die Begegnung mit seinem Vater, mit seiner Frau noch der Erinnerungsweg hatten Alberts Erinnerung in Bewegung versetzt. Er verharrte in der erinnerungslosen Leere. Er würde nun Gedenktage einführen, locker verstreut übers Jahr. Auch der Gedanke daran vermochte das Fieber nicht zu vertreiben. Er spürte ein Kribbeln in den Fingerspitzen. Dr. Beck wischte die Notizen mit einer schnellen Handbewegung vom Tisch, stand auf, stützte die Hände in die Hüften, atmete tief ein, das Kribbeln verschwand nicht, verstärkte sich vielmehr, drang in seinen Bauch, löste Krämpfe aus. Er krümmte sich, spürte Brechreiz, fiel auf den Boden und schlug mit dem Kopf aufs Parkett. Für einen Moment blieb er eingekugelt in sich selber liegen.

Es wurde kühl in seinem Kopf. Aus der Ferne hallten Stimmen und Geräusche, seine Hände versuchten, auf feuchtem Fels Halt zu finden. Als er die Augen öffnete, sah er zunächst nichts als einen schwachen Schimmer.

Allmählich bemerkte er die Konturen dunkler Gänge, die in verschiedene Richtungen von ihm wegführten, einige von ihnen waren so klein, dass ein Mensch kaum hineinpasste, einer war schmal, hoch und gegen oben sich verjüngend. Gotisch, dachte Dr. Beck. Er roch den muffigen Geruch von feuchtem Keller und nassem Moos, irgendwo tropfte es in unregelmäßigem Takt.

Seine Augen richteten sich auf den hellen Punkt, der auf eine fast rechteckige Wand gegenüber Lichtspiele warf und Formationen bildete, die ineinander übergingen, ohne ein stehendes Bild zu hinterlassen, weshalb er unaufhörlich blinzelte, und seinen Blick nicht von diesem irrlichternden Schauspiel abwenden konnte.

Es war noch immer kühl in seinem Kopf. Aber es war ruhiger geworden. Stimmen und Geräusche im unhörbaren Bereich verschwunden. Und auch der Rhythmus der zitternden Gebilde an der Wand ihm gegenüber hatte sich verlangsamt. Er betrachtete jetzt mit ruhigem Blick, was sich ihm darbot, und es war, als ob all die dunklen, tropfenden Gänge gar nicht existierten. Je länger er in seiner Stellung verharrte, umso gebannter schaute er auf die Wand, studierte die Formen und Bewegungen.

Als auf einmal wieder Fetzen von Stimmen zu hören waren, in die sich Geräusche unbekannter Herkunft mischten, fügten sich die bizarren Schattenbilder allmählich zu Gebilden, die in ihm Erinnerungen an Bekanntes hervorriefen, da vielleicht ein Baum, da vielleicht ein Tier, dort ein Bein, ein Kopf. Und als die Geräusche plötzlich wie sorgsam zusammengefügte Melodien klangen, an- und abschwellend in der Lautstärke, da entdeckte er in den scheinbar zufällig gereihten Schattenlichtern zwei Personen, die sich ineinanderschlängelten, sanft geringelt und konturlos wie Traumgestalten, bis sich eine Person von der anderen löste, vor dieser Person in die Knie ging und den Kopf in schnellem Takt hin und her bewegte.

Und wie von Geisterhand mischten sich jetzt auch Farben in die Bilder, braun leuchtendes Haar, ein stechend grünblauer Blick. Sein Puls ging schneller, trotz Kälte bildeten sich Schweißperlen auf seiner Stirn, seine Hände lösten sich vom Gestein.

Dann diese Klarheit: Albert und Gerda endlich in geschlechtlicher Vereinigung. Was er zuerst in therapeutisch eingehüllten Worten andeutete, später klar einforderte, sah er nun in aller Klarheit vor sich. Der Vollzug der Erinnerung. Die nächste Stufe.

Alberts Verlust löste sich in Luft auf. Er wurde wieder wer.

Gerda lehnte ihren Kopf an Alberts Schultern. Die spätnachmittägliche Sommersonne warf ein paar Lichtschimmer auf ihr Haar, das für Augenblicke sandsteinfarben aufleuchtete.

Albert saß bewegungslos auf dem Sofa, war im Begriff aufzustehen, zögerte, seine Gefühle widersprachen sich. Seine Ehefrau war ihm so fremd wie im Krankenhaus. Kein Bruchstück von Erinnerung hatte sie ihm nähergebracht und dennoch war ihm dieser Kopf an seiner Schulter nicht unangenehm, als sie ein paar Knöpfe seines Hemdes öffnete, mit ihrer Hand seine Brust streichelte, war da ein vertrautes Gefühl.

Komm, ich schau mal deine Wunden an.

(Albert folgt ihr. Sie nimmt ihn bei der Hand und führt ihn ins Schlafzimmer, das er erst einmal bei der Hausbegehung zusammen mit Dr. Beck gesehen hat. Dort setzen sich beide aufs Bett, Albert mit offenem Hemd.)

Leg dich hin, nein, warte, zieh zuerst dein Hemd und deine Hose aus.

(Albert zieht Hemd und Hose aus, legt sich aufs Bett. Gerda denkt an die eindringlichen Worte Dr. Becks und lächelt. Alberts Erinnerungen sind ihr egal, sein Körper nicht. Sie hofft auf einen Neubeginn, rein und leer wie ein unbeschriebenes Blatt. Mit einer Hand fährt sie über Alberts Körper.)

Die Haare sind vollständig nachgewachsen, fühlen sich weich an, tut es hier noch weh? Die Narben werden langsam verschwinden, das hat der Arzt gesagt, es braucht ein bisschen Geduld, und hier, ach, da waren ja die Schläuche, schrecklich, wie das aussah, so verkabelt, und hier diese Narbe, ich zieh jetzt die Unterhose ein bisschen runter, diese Narbe hier, die ist wohl älter, noch vor dem Unfall, willst du nicht die Strümpfe ausziehen, gut, die Füße sehen schrecklich aus, wenn ich das so sagen darf, da ist die größte Verstümmelung.

(*Gerda legt sich neben Albert, streichelt mit der Hand langsam über seinen Körper, legt die Hand auf seinen Kopf.*)

Und das Kopfweh?

Albert

(*Nickt*) Manchmal, da klopft es im Kopf wie in einer Höhle.

Gerda

Auch das geht vorbei, vergiss die Medikamente nicht. (*Albert nickt.*)

Und jetzt drehen wir die Sache um.

(*Gerda steht auf, Albert öffnet die Augen, sieht Gerda vor sich knien, dann legt sie sich neben ihn aufs Bett.*)

Komm schon, Albert, leg dich auf mich.

(*Albert wirft zuerst einen Blick zur Tür, dann zum Fenster. Dunkle Wolken haben sich vor die Wolke geschoben.*)

Ach Albert, das ist nicht so schwierig. Das verlernt man doch nicht.

(*Albert betrachtet die neben ihm liegende Frau, dreht sich und legt sich auf sie.*)

Siehst du, geht doch.

(*Albert spürt ihren warmen Atem an seinem Ohr. Und dennoch ist ihm, als läge er auf einer Schneefrau.*)

Nun komm zu mir.

(Albert verharrt regungslos, hält die Augen geschlossen, spürt den schnellen Atem Gerdas, spürt eine Masse Fleisch, die riecht wie eine Mischung aus Beeren, Wermut und Fisch. Der Geruch dringt aus ihrem Mund, ihrer Haut, aus ihren Öffnungen, nimmt ihm den Atem. Außerdem liegt seine Nase in ihrem Haargestrüpp, wo noch etwas anderes zu riechen ist. Eine Frucht, ihr Name fällt ihm nicht ein, irgendeine Südfrucht wahrscheinlich, und wenn sie ihren Bauch noch fester an ihn herandrückt, so hat er den Eindruck, ihre Haut verschmölze mit seiner, als wäre er mit dieser Schneefrau vereint, auf ewig vereint, das ist ein Gedanke, der ihm augenblicklich wieder den Schmerz in den Kopf treibt, ein dumpfes Pochen, das auch dann nicht verschwindet, als sie seinen Kopf mit beiden Händen hält, ihm einen Kuss auf die Stirn drückt und ein paar Worte murmelt, auf die er gar nicht hört, weil die Worte ihm wie eine Art Geruch vorkommen, weshalb er die Worte abwehrt, sie vor seinen Ohren abperlen lässt, an diese Masse Fleisch denkt, die da unter ihm liegt, und wenn ich nicht aufpasse, werde ich genauso, worauf er sich auf beide Ellenbogen aufstützt, seine Haut vor ihrer Haut in Sicherheit bringt, damit keine Verschmelzung stattfindet, aber direkt in ihr Gesicht sehen kann, das ihn noch immer erstaunt und auch ein wenig erwartungsvoll anschaut, und er sich wieder auf sie, diesen riechenden Fleischkörper, fallen lässt, Haut auf Haut, was ihr ein leises Stöhnen entlockt, in dem er Fragmente unbekannter Worte entdeckt, als sie ihn plötzlich von sich wegdrückt, unter ihm wegrollt wie eine glitschige Wurst, ihn auffordert, sich umzudrehen, was er tut, und sie sich über ihn beugt und ihm mit dem Mund – aber als er einen Donner hört, zuckt er zusammen, öffnet die Augen, setzt sich auf und sieht aus dem Fenster. Er sieht dunkle Wolken, Blitze, die sich kreuzen, und vor der Stadt rauschen die Wälder leise und bedeutungsschwer. Die Ähren wiegen und neigen sich tief in den roten Mohn. Über den Hügeln rund um den See ballt sich etwas zusammen, und in einer Hütte, nicht weit vom See, prallen Insekten gegen das Fenster, irrsinnig geworden von der Spannung in der Luft.)

5. Die Intensivierung der Therapie

Wenn die Fliege, als wäre sie irrsinnig geworden, gegen das Fenster prallte, hörte das Summen für einen Augenblick auf, sodass die Geräusche des Hauses, wie etwa das Summen des Kühlschranks, das zarte Rauschen des Laptops oder das unregelmäßige Blubbern der Wasserleitung genauso zu hören waren wie die in einer endlosen Epoche immer wieder zerfließenden Stadtgeräusche, bis die Fliege ihren Flug wieder aufnahm und das die Haut, die Muskeln, die Knochen, die Seele durchdringende Summen sämtliche Geräusche im Innern des Hauses in das Reich hinter der Wahrnehmung verbannte, so wie es auch die Stadt auslöschte, indem es ihren akustischen Schatten mit einer beiläufigen, aber totalen Geste wegwischte, ausradierte, worauf Gerda, auf schmerzhafte Weise in dieses Intervall von Summen und Nicht-Summen eingesperrt, endlich aufstand, in einer Schublade eine Fliegenklatsche fand, und solcherart bewaffnet vor dem Fenster stand, bewegungslos, zum Schattenriss geschnitten.

Vor ihren Augen tauchte Albert auf, wie er auf ihr lag, scheinbar ohne zu wissen, was zu tun sei, eine reglose Masse Ehemann, unberührt von ihrer zitternden Nacktheit, sich abdrehte, ein paar Worte murmelnd, die sie nicht verstand, Hemd und Hose anzog und im Gästezimmer verschwand.

Der alte und der neue Albert haben sich vermengt, sind zu einem Amalgam geworden, das Gerda begleitete wie ein irisierendes Gestirn. Sie schlug die Fliege tot.

Der neue Albert hatte einen Sog erzeugt, der sie mitzog. Wohin, konnte sie zu diesem Zeitpunkt nicht wissen. Sein biografisches Gedächtnis war nicht wichtig, soll es leer bleiben wie eine weiße Leinwand, entscheidend ist die Zukunft, ihre gemeinsame Zukunft. Dafür braucht es keine Vergangenheit. Bloß nicht. Sie öffnete das Fenster, lächelte mit geschlossenen Augen in die Sonne hinein, deren Licht durch die zarte Haut ihrer Lider drang und grelle Schattenspiele hinterließ, die noch zu sehen waren, als sie die Augen bereits wieder geöffnet hatte.

Dieser therapeutische Mist kann mir gestohlen bleiben, weg mit dem Firlefanz, weg mit dem abstoßenden Gefasel und den peinlichen Aktivitäten, zur Hölle mit der Vergangenheit. Gerda spuckte aus, schloss das Fenster.

Seine Gegenwart ist mein Untergang.

Unterdessen war ihr Albert bei diesem Beck, Dr. Beck. Ein weiterer erfolgloser Versuch, ihrem Albert ein Gedächtnis einzupflanzen. Wieso beendet er diese Therapie nicht? Warum lässt er das Weiß nicht einfach weiß bleiben? Gerda suchte in ihrer Handtasche nach Zigaretten.

***

Das Gewitter war heftig. Um Mitternacht waren einige Keller überflutet. Äste und entwurzelte Bäume lagen auf den Straßen. Im nervösen Licht der Scheinwerfer hantierten Männer in orangen Westen mit schwerem Gerät. Ein paar Kilometer außerhalb der Stadt kollidierte ein Auto mit einem Lastwagen, der durch einen Erdrutsch auf die Straße geschoben wurde, überschlug sich und landete in einem Flüsschen. Bereits am Morgen schien wieder die Sonne.

Den Menschen, die sich verwundert die Augen rieben, kam das Gewitter vor wie eine Klammerbemerkung, die man getrost überlesen konnte, zumal die Wetterprognosen bis auf Weiteres schönes und heißes Wetter ankündigten.

Dr. Beck saß in einem Café auf einer Dachterrasse in der Altstadt, genoss den Blick über die Stadt, die nach dem reinigenden Gewitter so sauber und klar erschien wie eine nachgebesserte Fotografie. Auf dem Hügelzug, der die Stadt im Westen sanft umschloss, entdeckte er winzige, in der Sonne funkelnde Punkte, die wie Diamanten die Landschaft verzierten. Und noch weiter westlich, vom Hügelzug verdeckt, lag der See, an dem er lange Spaziergänge unternahm, wenn ihm nach Ruhe und Sammlung zumute war.

Die Sommerhitze entfachte nach und nach ein glasiges Vibrieren in der Luft. Ein Schleier legte sich über die Dinge, die ihm nun wie leicht zitternde, in einer raum- und zeitlosen Existenz schwebende Mikroben vorkamen und die, kaum hat man das Auge für einen Moment abgewendet, schon wieder in der Unsichtbarkeit verschwunden waren.

Er verließ die Terrasse, stieg in den Lift, betrat den Bürgersteig und ließ sich ein paar Minuten treiben vom Menschenstrom.

In seiner Praxis klappte er das Notebook auf, nahm den Notizblock aus der Hosentasche und skizzierte in groben Zügen die »neue Form der Erinnerungstherapie«, wie er die Datei vorerst nannte. Danach fuhr er zu Gerda.

***

Es war ein erster Versuch.

Der Geruch von frisch gemähtem Gras lag über der Hügelkuppe, die im Hintergrund von einem kleinen Wäldchen begrenzt wurde, darüber, nicht mehr als eine Handbreite über den Wipfeln, schwebten flache Cumuluswolken mitten in einem fröhlichen, hellblauen Himmel. Rechts von der Kuppe, vom Wäldchen halb verdeckt, war ein Gehöft zu sehen.

Dr. Beck hielt das Foto mit ausgestrecktem Arm über die Landschaft, es war fast wie damals: Albert trug Jeans, ein weißes Hemd, saß in sich zusammengesunken mit angewinkelten Beinen auf der Wiese, die rechte Hand auf das Kinn gestützt, die Füße leicht einwärts gedreht, auf dem Kopf einen Strohhut mit schwarzem Stoffband, die Augen hinter einer Sonnenbrille verborgen.

Die Stelle war einfach zu finden gewesen.

Nachdem sie das Auto bei einem Gasthof parkiert hatten, gingen sie noch etwa zwanzig Minuten auf einem gleichmäßig ansteigenden, hin und wieder von Weide- und Haselsträuchern gesäumten Schotterweg, bis Gerda ihre Tragtasche auf eine Bank stellte, stöhnte, nach ihren Zigaretten suchte und gelangweilt die Gegend betrachtete, Dr. Beck das Bild aus seiner Tasche zog und in die Landschaft hineinstreckte.

Albert zog Kleider von damals an, die Gerda in Brockenhäusern besorgt hatte und in ihrer Tasche mitgeschleppt hatte, und dann übernahm Dr. Beck die Regie.

Er fasste Albert mit der linken Hand an der Schulter, während er mit der rechten auf das Bild schaute, ließ Albert stehen, ging ein paar Schritte zurück, korrigierte die Position, wiederholte den Vorgang ein paar Mal, bis er schließlich stumm nickte, abwechselnd Albert und das Bild anschaute, und dann mit der Feinarbeit begann.

Dr. Beck modellierte Albert in die ironische Denkerpose, während Gerda auf der Bank saß, eine Zigarette rauchte und mit skeptischer Miene beobachtete, wie Dr. Beck an Alberts Strohhut rumzupfte, seinen Fuß noch ein wenig nach innen drehte und dann zufrieden war.

Dr. Beck stand auf, deutete Albert, sich jetzt nicht mehr zu bewegen.

Die Situation war exakt wiederhergestellt, einzig die Wolkenformation zeigte Unterschiede, ansonsten derselbe Monat, das gemähte Gras, Kleider und Geste absolut identisch.

Albert war in der Vergangenheit.

Dr. Beck rief Gerda herbei, nahm aus seiner Tasche einen

Fotoapparat und postierte sie ein paar Meter vor Albert. Wie ein Dirigent hob er beide Arme auf Kopfhöhe, die Handflächen nach oben ausgestreckt.

»Es ist der 17. Juli 1988, Sie sind seit zwei Jahren ein Paar, haben kürzlich ein Haus gekauft, in das Sie bald einziehen werden, und sind im Peugeot 406 zum Gasthof »Zur Mühle« gefahren. Dort parkierten Sie den Wagen und sind etwa zwanzig Minuten auf einem Schotterweg, der hin und wieder von Weide- und Haselsträuchern gesäumt ist, an diese Stelle spaziert, haben sich ins Gras gekniet, die Denkerpose eingenommen, und genau in diesem Augenblick, es ist etwa 15.30 Uhr, hat Gerda das Bild gemacht, nicht bewegen, Albert, und jetzt, Albert, ist es Sonntag, 17. Juli 1988. Ein Spaziergang, ein schöner Sommertag, leicht bewölkt, Sie riechen das frisch geschnittene Gras, hören vereinzelt den Ruf eines Vogels, möglicherweise eine Meise mit ihrem rhythmischen, leicht metallischen Gesang, schauen in Gerdas Kamera, sehen hinter ihr den blauen, nur wenig bewölkten Himmel, und klick, Gerda hat abgedrückt, und nun, Albert, sehr wichtig, Sie bewegen sich in den Sonntag, 17. Juli 1988, hinein, stehen Sie langsam auf, Gerda, Sie nehmen die Arme wieder runter, Albert, ja, Sie stehen langsam auf, Sonnenbrille und Hut bleiben, ja, sehr gut, Sie gehen auf Gerda zu.«

Dr. Beck schaute abwechselnd zu Gerda und Albert.

»Aufeinander zugehen.«

Albert schaute zu Dr. Beck, dann zu Gerda, machte ein paar Schritte, blieb stehen.

»Okay, das ist gut so.«

Albert legte Hut und Sonnenbrille ab, zog sich um. Gerda verstaute alles wieder in ihrer Tragtasche. Dann spazierten sie schweigend zum Parkplatz, fuhren zurück in die Stadt, wo Dr. Beck mit Albert ein langes Gespräch über das Erlebte führte.

***

Es war ein zweiter Versuch.

Und er war viel aufwendiger.

Dr. Beck drang weiter in die Vergangenheit ein.

In einem Restaurant sitzen sich Albert und sein Vater an einem quadratischen, mit einem weißen Tuch gedeckten Tisch gegenüber, auf dem Tisch drei Teller, darauf Essensreste, Besteck, zerknüllte Papierservietten, in der Mitte des Tisches eine leere Flasche Rotwein, vertikal gekerbte, leicht kelchförmige Wassergläser, ein mit einem hellbraunen Tuch zugedeckter Brotkorb, ein Kugelschreiber, ein runder, gläserner Aschenbecher, zwei silberne, etwa 30 Zentimeter hohe Kerzenständer mit brennenden Kerzen, im Hintergrund ein Mann in den Vierzigern mit Brille und schwarzem Jackett, der einen Schluck aus einer Kaffeetasse nimmt, dahinter eine glockenförmige Pendelleuchte und eine rosa gestrichene Wand mit hellbraunem, lackiertem Holzpaneel, am rechten Bildrand ein zur Hälfte abgeschnittenes Fenster, hinter dem schemenhaft ein Sonnenschirm zu sehen ist. Albert lächelt mit offenen, hellen Augen in die Kamera, das Gesicht seines Vaters ist nur zur Hälfte zu sehen.

Bevor Dr. Beck mit Gerda, Albert und seinem Vater einen Ausflug zum Restaurant »Sonnenblick« unternahm, eineinhalb Fahrstunden von der Stadt entfernt, hatte er es bereits in Augenschein genommen, Fotos gemacht, mit dem Wirt gesprochen, ein paar Dinge geklärt.

Nun saßen sie in seinem Wagen, Gerda vorne, Albert mit seinem Vater Paul auf dem Rücksitz. Der Regen hatte nachgelassen.

Dr. Beck stellte den Scheibenwischer aufs kleinste Intervall, warf einen Blick auf Gerda, die beharrlich geradeaus starrte, und fragte sich, wieso Frau Schütz, die ihre langen, blonden Haare offen trug, ihm einen skeptischen, ja unverschämten Blick zuwarf, als er Alberts Vater »für eine Spazierfahrt«, wie er mit freundlicher Stimme sagte, vom Altersheim abholte. Schließlich sollte sie froh sein, ihren Pflegling wenigstens für ein paar Stunden außerhalb des geriatrischen Schattenreichs zu wissen.

Der regelmäßig quietschende Scheibenwischer gab den Takt im Wagen.

Sie verließen die Autobahn, bogen in eine Landstraße, die zunächst zwei, drei Dörfer durchquerte, dann in weiten Kurven auf einen von Apfel- und Birnbäumen getüpfelten Hügelzug führte, von wo die Autobahn, die als helle Spur die Landschaft teilte, gut zu sehen war.

Es regnete nicht mehr, zwischen den Wolken zeigten sich sogar blaue Flecken. Dr. Beck schaltete den Scheibenwischer aus. Perfekt, dachte er, das Wetter nähert sich Pfingsten 1982 an.

Alberts Vater schaute aus dem Fenster, drehte von Zeit zu Zeit schnell seinen Kopf, als wollte er etwas nicht aus dem Blick verlieren. Gerda tippte in ihr Handy.

Pünktlich um 11 Uhr kamen sie an. Dr. Beck holte eine große Reisetasche und eine Kartonschachtel aus dem Kofferraum, blieb einen Moment stehen und betrachtete die Aussicht, die ihn an einen Ausflug erinnerte, den er vor mehr als zehn Jahren mit einer Frau unternommen hatte.

Gerda, Paul und Albert standen auf dem Parkplatz, unschlüssig, was zu tun sei, und hofften auf ein Zeichen von Dr. Beck. Dieser rieb sich die Hände, nahm das Gepäck und ging voran. Eine kurze Treppe führte zur Terrasse des »Sonnenblicks«, ein dreistöckiger, klassizistischer Bau der 1920er-Jahre, dessen Fassade, in der viersprossige, von dunkelvioletten Läden umrahmte Fenster einen süßlich rauchigen Duft ausatmeten, ziemlich vergilbt war.

Dr. Beck führte die kleine Gruppe ins Innere des »Sonnenblicks«, wo er bereits erwartet wurde. Es sei alles so eingerichtet wie gewünscht.

Die vier von ihm reservierten Tische waren gemäß seinen Vorgaben hergerichtet. Die Kerzenständer mit den halb abgebrannten Kerzen nahm er aus der Kartonschachtel, stellte sie auf den Tisch, ebenso einen in Alupapier verpackten Aschenbecher mit Kippen und einen Kugelschreiber. Dr. Beck geleitete Albert und seinen Vater in ein Nebenzimmer, wo das Personal gelegentlich Pause macht, und packte die Kleider aus. Unterdessen trank Gerda an der Bar einen Kaffee.

Während sich die beiden umzogen, hängte Dr. Beck ein rosa Tuch an die weiß gestrichene Wand, ging nach draußen und rückte auf der Terrasse den Sonnenschirm in die richtige Position. Dann winkte er Gerda an den Tisch, wo sie eine Weile wartete, bis Albert und sein Vater erschienen. Albert in weißen Leinenhosen und blauem T-Shirt. Paul trug braune Cordhosen und ein weißes Hemd. Die grau melierten Strähnen an Alberts Schläfen hatte er mit Gerdas Hilfe am Vortag mit einer Tönung erfolgreich gebräunt. Der Kellner, der sich ein bisschen wunderte, nahm die Bestellung auf.

Dr. Beck schaute auf die Uhr, er erwartete noch jemanden. Die Wahl der Speisen spielte keine Rolle, wichtig war vielmehr, dass auf zwei Tellern Reste übrig blieben. Und so war es denn auch.

Dr. Beck warf einen Blick aufs Drehbuch und nochmals auf die Uhr, flüsterte dem Kellner ein paar Worte zu.

Endlich traf der Mann in den Vierzigern ein, murmelte ein paar entschuldigende Worte, die Dr. Beck schweigend entgegennahm, ihm Kleider und Brille in die Hand drückte und ihn ins Nebenzimmer wies.

Aber kaum war der Mann, ein ehemaliger Patient Dr. Becks, verschwunden, war er auch schon wieder da. Er setzte sich an den Nebentisch. Dr. Beck drückte ihm eine Kaffeetasse in die Hand. Gerda war inzwischen aufgestanden, hatte die Position eingenommen, die Dr. Beck ihr zugewiesen hatte.

»Denken Sie daran, Sie sind seine Mutter, Sie haben das Bild gemacht. Versetzen Sie sich in diese Rolle.«

Der Moment war gekommen. Dr. Beck betrachtete das Foto »Pfingsten 1982«, rückte die Teller zurecht, verschob ein Wasserglas, nahm zwei Kippen aus dem Aschenbecher, zog das Tuch über den Brotkorb, zündete die Kerzen an, wies seinen ehemaligen Patienten an, die Kaffeetasse zum Mund zu führen, und drückte die Taste seines Tonbandgerätes. Restaurantgeräusche, im Hintergrund gedämpfte Musik.

Dr. Beck deutete Gerda, jetzt die Kamera bereitzuhalten. Albert und sein Vater setzten auf ein Zeichen Dr. Becks ein fröhliches Gesicht auf, Albert lächelte mit offenen, hellen Augen in die Kamera, »Pfingsten 1982« sagte Dr. Beck, warf einen Blick auf seinen ehemaligen Patienten, nickte Gerda zu.

Dann, völlig überraschend für alle Beteiligten, sagte Dr. Beck: »Still. Es ist Pfingsten 1982«. Sie sind noch an der Universität. Ein junger Student. Nicht bewegen. Mitte Mai 1982, warmes, freundliches Wetter, nachdem es ein paar Tage geregnet hatte, Sie, Albert, und Ihre Eltern machen einen Ausflug in diese schöne Gegend, haben einen Tisch im ›Sonnenblick‹ reserviert, wo Sie, Albert, und Ihre Mutter schon einmal gut gegessen haben, Mutter nimmt die Kamera, geht ein paar Schritte zurück, richtet die Kamera auf den Tisch, Sie, Albert, lächeln in die Kamera, nein, strahlen in die Kamera, Albert, bitte strahlen, so ist gut, und Sie, Paul, schauen in diesem Moment Ihren Sohn an, ja, so, schauen Sie Ihren Sohn an, machen Sie fragende Augen, noch keine Bewegung, bitte, keine Bewegung, wir sind im Jahr 1982, Sie, Paul, haben dieses Jahr Ihr Dienstjubiläum gefeiert, Sie erinnern sich (*Paul nickt.*), und Sie, Albert, sind mitten in Ihrem Studium (*Der ehemalige Patient Dr. Becks hält noch immer die Tasse am Mund.*), und jetzt klick, Gerda, also die Mutter macht das Foto, der Vater ist nur halb im Bild, Gerda, gehen Sie zurück zum Tisch, die Kamera legen Sie auf den Tisch, denken Sie sich in die Mutter hinein, Sie sprechen vom Falklandkrieg (*Gerda setzt sich an den Tisch.*), Paul, Sie klagen über Rückenschmerzen (*Paul schaut Dr. Beck mit großen Augen an.*), Paul, klagen Sie über Rückenschmerzen, ja, jetzt.«

Paul

Ich habe Rückenschmerzen.

Dr. Beck

Sie, Albert, wollen wissen, woher die Rückenschmerzen kommen. Fragen Sie.

Albert

Woher kommen die Rückenschmerzen?

Paul

Ein halbes Leben lang geschleppt, getragen, gebuckelt, dann ein halbes Leben lang den Arsch in einen Schreibtischstuhl gedrückt, und du fragst, woher der Scheiß stammt?

Dr. Beck

Sehr gut, sehr gut. Gerda.
(*Gerda schaut ihn fragend an.*)
Sie ignorieren das Thema, sprechen stattdessen vom Falklandkrieg.
(*Gerda schaut ihn fragend an.*)
Fragen sie Albert nach dem Falklandkrieg.

Gerda

Und, der Falklandkrieg?

Albert

Ach, der Falklandkrieg.

Dr. Beck

Gut, jetzt Paul, Sie beharren auf dem Thema Rückenschmerzen.

Paul

Ich beharre auf dem Thema Rückenschmerzen. Ein halbes Leben lang geschleppt, ge …

Gerda

Das hast du schon gesagt.

Paul

Das ändert nichts an der Tatsache (*Er wischt Speichel vom Kinn.*), dass …

Gerda

Was soll der Blödsinn?

Paul

Wenn du Rückenschmerzen als Blödsinn …

Gerda

Ich meine doch nicht dich, ich meine dieses blödsinnige Theater …

Paul

Wie kannst du meine Schmerzen als blödsinniges Theater …

Gerda

Nicht deine Rückenschmerzen, überhaupt hast du Pfingsten 82 keine Rückenschmerzen, die kamen erst später, als …

Paul

(*Schüttelt den Kopf.*)

Dr. Beck

Gut so. Albert, Sie sind verunsichert, Sie wollten eigentlich etwas zum Falklandkrieg sagen. (*Der ehemalige Patient Dr. Becks stellt die Kaffeetasse auf den Tisch.*)

Albert

Ich wollte eigentlich etwas zum Falklandkrieg …
(*Gerdas Handy piepst, sie steht auf.*)

Dr. Beck

Handy ausschalten, wir sind im Jahr 1982, Pfingsten, es ist Mai, schönes Wetter, warmes …

Gerda

Was für ein Affentheater.
(*Mit dem Handy am Ohr geht sie Richtung Ausgang. Leinstadt hat Fragen zum Catering, und außerdem benötige er dringend Zitate zum Thema Sinnlichkeit, ob sie denn nichts gefunden habe in der Frühaufklärung zum Thema Sinnlichkeit, da müsse es doch etwas geben, sie solle nun endlich diese Epoche gründlich durchkämmen, sagte Leinstadt, und Gerda hörte, wie er Rauch durch seine schneckenartigen Lippen, zu wundersam ineinandergekringelten Kreisen geformt, in seine Schreibstube hineinblies, wo diese, wie in einer silbrig schimmernden Blase gefangen, eine Weile verharrten, bevor sie sich auflösten und nichts an sie erinnerte, derweil Leinstadt Gerda wegklickte, die Füße vom Tisch nahm und jemand anders anrief.*)

***

Sein Blick schweifte über ein Mosaik aus Leben.

Zwei, drei Personen auf den Bildern, ein Fisch in der Hand, ein Ball vor dem Kopf, zwei Beine auf Skiern, im Sommer, im Winter, zu allen Jahres- und Tageszeiten, mal lachend, mal grin-

send, meistens nachdenklich, ja mürrisch, vom Kind zum Er-
wachsenen in wenigen Bildern, eingezwängt in Anzüge, kratzige
Pullover, kurze Hosen, mit Hund ein paar Mal, und vor einer
aus mächtigen Baumstämmen aufgeschichteten Waldhütte mit
einem Stock in der Glut einer Feuerstelle stochernd, die Beine leicht gespreizt, den Blick, an dem Troddeln von Traurigkeit
herunterhängen, zur Kamera gerichtet, und in der Tür der Hütte verschwinden ein Frauenkopf und ein Frauenbein, an dem,
weil es zuvor heftig geregnet hatte, ein von pampiger Erde ver-
dreckter Turnschuh steckt, und die Äste nicht wie ein Schirm das
Wasser fernhielten, sondern zu einer dunkelgrün aufgefächerten
Traufe wurden, in der das Wasser in den weichen Waldschatten
strömte, wo die Frau mit den Turnschuhen einsank, »Mist« und
»verdammt« sagte, die Hosen, so gut es ging, mit beiden Händen hochzog, zurück zum Weg watete, wo ihr der Geruch der
Würste, die Albert auf den Grill gelegt hatte, in die Nase stieg,
und Albert jetzt den Kopf so schnell drehte, dass das Leben für
einen Augenblick verwischte, ein paar bunte Schlieren ziehend,
und als er innehielt, sah er in einem Wald oder in einer Waldlichtung, vielleicht an einem Rastplatz am Rande einer durch
den Wald führenden Straße, einen Mann vor einem Tischchen
sitzen, wahrscheinlich eines jener dünnbeinigen, wackeligen
Campingtischchen, die zusammengeklappt wunderbar in jeden Kofferraum passen. Der Mann wirkte auf den ersten Blick
gelassen, beim genaueren Hinsehen etwas gelangweilt, sogar
skeptisch. Sein Alter konnte Albert nicht abschätzen, weil die
Konturen seines Gesichts undeutlich waren, und trotzdem hat
er, dachte Albert, seine Jugendlichkeit nicht verloren, trägt Jeans,
weiße Turnschuhe, ein schwarzes Oberteil, möglicherweise ein
Sweatshirt, eine Jacke mit bis zum Ellenbogen zurückgerollten
Ärmeln, beide Hände entspannt auf die Knie gelegt.

Ein Mosaik aus Leben. Ein Mosaik aus Zeit. Aus verlorener
Zeit. Aber was, dachte Albert, verbindet diese Bilder, und lehnte

sich an die Wand. Das Gedächtnis. Und ist das Gedächtnis verschwunden, bleibt nur noch ein Name. Albert. Und davon gibt es viele. Er ist einer von vielen. Er kann jeder sein, ist überall und in jeder Lücke dazwischen. Nichts verbindet die Teile des Mosaiks. Albert schlug die Augen auf, schaute Dr. Beck an, ob es ohne Gedächtnis eine Zukunft geben kann, wollte er fragen.

Aber Dr. Beck kam ihm zuvor, es sei der Versuch einer Ordnung, sagte er, weil in seinem Kopf zumindest in dieser Sache, er meine die biografische, alles in Unordnung sei, deshalb dieser selbst gebastelte Ansatz einer Ordnung. Die Bilder seien, so gut es ihm möglich gewesen sei, chronologisch geordnet, auch seien nur jene ausgewählt worden, die eine gewisse Relevanz hätten, selbst wenn er einige Personen auf den Bildern nicht hätte identifizieren können. Und hier, Dr. Beck legte den Zeigefinger auf ein Foto, hier das Bild von Pfingsten 1982, Dr. Beck machte einen Schritt zurück, und trotzdem kaum mehr als ein paar Tage, als sie letzte Woche im »Sonnenblick« von der Gegenwart in die Vergangenheit übergetreten seien, da sei nicht mehr als ein Schritt dazwischen, hops, und man ist in der Vergangenheit, schwups, und man ist wieder zurück in der Gegenwart, sie hätten ja bereits darüber gesprochen.

»Die Resultate sind vielversprechend.«

Albert nickte und betrachtete das Mosaik.

»Wollen Sie sich nicht setzen?«

»Nein, danke, geht schon. Meine Beine sind wieder in Ordnung.«

»Wir werden weitere Rückführungen veranstalten, temporale Transgressionen, wie ich den Vorgang nenne, derselbe Raum, unterschiedliche Zeiten, fantastisch, absolut fantastisch, die Identität des Raums erlaubt die Überschreitung der Zeit, und Sie, lieber Albert, tauchen in Ihre Erinnerungen ein, schreiten buchstäblich in Ihre Vergangenheit, erkunden Sie mit allen Sinnen der Gegenwart und entlocken auf diese Weise Ihrer verlorenen Zeit ein zunächst fast unhörbares Ticken, dann, wenn wir diesen Prozess weiterführen, dann kommt die verlorene Zeit wieder in Gang, und das Uhrwerk schwingt und gedeiht und alles im genauen Takt.«

Dr. Beck atmete laut aus, beobachtete Albert, der vor dem Mosaik stand, sich vorbeugte, wieder gerade streckte, als es draußen krachte und splitterte, Dr. Beck ans Fenster eilte, den Vorhang zur Seite schob und am Straßenrand ein an der Seite aufgeschrammtes, helles Auto sah, dessen Kühlerhaube, woraus eine dünne Linie schwarzer Rauch wie ein letzter Atem entwich, fast vollständig eingedrückt und zerknittert war, darum herum Scherben und Teile von Metall und Kunststoff, die weit verstreut herumlagen bis auf die andere Straßenseite, wo schräg versetzt ein an der Seite zerbeulter und aufgeschlitzter Lastwagen stand, in dessen Führerkabine ein Mann herumfuchtelte und etwas schrie, das Dr. Beck ebenso wenig verstehen konnte wie die Rufe der Menschen, die jetzt von allen Seiten auf den Unfallplatz strömten, sich zögernd und gestikulierend dem Auto näherten, mit Telefonen hantierten, und sah, wie ein junger Mann, der an der Vordertür des Autos zerrte, von einer Frau an den Schultern zurückgehalten wurde.

Dr. Beck zog den Vorhang zu. Rieb sich die Augen.

Albert stand noch immer vor der Fotowand, vom Unfall schien er nichts mitbekommen zu haben, sein Blick richtete sich auf eine Stelle, wo Dr. Beck die undatierten und unklassifizierten Bilder hingehängt hatte, am Ende des Tableaus, wie er die Anordnung nannte.

»Wenn wir diese Fotos entschlüsselt haben, sind Sie geheilt.«

Dr. Beck setzte sich in den Lounge Chair, hörte das Crescendo der Sirenen.

Die Rückführungen sind der richtige Ansatz, Dr. Beck war sich sicher, denn sowohl »Pfingsten 82« wie »Juli 88« waren grandiose Inszenierungen, mit einer Präzision und Dramatik, die alle Beteiligten in den Bann gezogen hatten, selbst die dumpfe

Gerda, die ihren Zynismus unverhohlen zur Schau stellte, wurde vom Schauspiel unmittelbar erfasst, vom Schauspiel Rückführung, das Dr. Beck weiterhin aufführen wollte, und zwar in erweiterter, ausgedehnter Form, die Bühne sollte gewaltige Ausmaße haben, Landschaften, Städte, gigantische soziale Milieus würde er inszenieren, unendliche Opern, und mittendrin Albert, der sich dieser Zeitmaschine nicht wird entziehen können, ein historischer Sog wird ihn erfassen, seine Synapsen zerfasern, zerteilen und wieder rekombinieren, bis ihn der Schlag des Gedächtnisses trifft, die Mosaiksteinchen seiner Welt auf einmal in Bewegung geraten und solcherart aufeinandertreffen, dass ihr Gesamtbild ein Leben bildet. Alberts Leben.

Aus Alberts Verlust wird Alberts Leben. Und darin funkelt seine Vergangenheit millionenfach. Die Sirenen verschwebten. Albert kratzte sich am Ohr. Da fiel ihm etwas ein, etwas, das er schon seit letzter Nacht in seiner Hosentasche trug.

»Wer ist das?«

Dr. Beck schnellte hoch.

»Wer?«

»Sie, auf diesem Bild.«

Die Frau trägt einen knielangen, dunklen Rock, eine violette Bluse und sitzt im Gras. Mit dem linken Arm stützt sie sich ab, der rechte liegt über ihrem Schoß, der Blick ist gegen den linken Bildrand gerichtet. Ihre Beine sind gestreckt, vor ihren Füßen liegt ein Rucksack. Rechts von ihr sitzt Albert in Jeans und rotem T-Shirt im Schneidersitz, die Hände lose über den Beinen gefaltet, und betrachtet die Frau. In der Bildmitte ist der von Blättern halb verdeckte Stamm eines Baumes zu sehen, links davon ein weiterer Baum, an dem ein Fahrrad lehnt, auf dem Gepäckträger eine Plastiktasche. Im Bildhintergrund ein Waldrand und ein von hellem Grün fast verdeckter heller Fleck, vielleicht eine kleine Hütte. Wenig blauer Himmel. Ein Sommer vor Jahren.

»Ich weiß nicht, wer das ist.«

»Die Frau ist sehr schön.«

»Ja, sie ist schön. Ich werde herausfinden, wer sie ist.«

Albert machte einen Schritt auf die Fotowand zu, streckte den rechten Arm, bewegte ihn langsam auf das Bild zu, während er gleichzeitig den linken Arm nach hinten abspreizte, streckte den Zeigefinger und hielt inne, den Finger ein paar Millimeter vor der schönen Frau.

Dr. Beck stockte der Atem, beobachtete bewegungslos den bewegungslosen Albert, seine Hände an die Armlehnen des Lounge Chair geklammert.

Der Funke war gesprungen. Durch den Weltraum war ein Zeitblitz gezuckt. Ein unendlich kleines Licht, exakt an der Wahrnehmungsgrenze, war im großen, schwarzen Reich aufgeflammt – lichterloh.

***

»Ja, Frühaufklärung, das sollte doch möglich sein, hier was Passendes zu finden, dann müssen sie halt Übersetzungen finden, heute ist jeder Mist übersetzt, durchkämmen Sie die Epoche, allzu lang war sie ja nicht, das ist zumutbar.«

Gerda hörte, wie Leinstadt Rauch durch seine schneckenartigen Lippen, zu wundersam ineinandergekringelten Kreisen geformt, in seine Schreibstube hineinblies.

Sie legte das Handy auf den Schreibtisch, lehnte sich zurück, streckte den Rücken.

Also in die Bibliothek, dachte sie, erneut in diese von griesgrämigen Studenten bevölkerte Staubhölle, wo ich tagelang für ein, zwei Zitate recherchiere, die er in der Schlussredaktion wieder streicht.

Erst recht, wenn ihr Albert wie ein gewitztes Erregungswindchen dauernd in die Gedanken fiel und sie in die Unkenntlichkeit hinein zerwuselte. Ach Albert.

Gerda ging ins Bad, stellte sich vor den Spiegel und zog sich sofort aus.

Das Bild der Frau wirkte dämmrig, die Haare um ihren runden Kopf und zwischen den Beinen zeigten sich in einem verblichenen, milchigen Braun, das sie an Lehm erinnerte, mit dem sie als Kind Figuren formte, die immer wieder zu einer konturlosen Masse zerflossen. Selbst wenn sie mit ihren Fäustchen das Wasser aus dem Lehm presste, das langsam zwischen ihren Fingern herausfloss, auf ihre Hosen und den Boden tropfte, gelang ihr keine stabile Figur, alles Geformte wurde von einer unsichtbaren Kraft niedergedrückt, in die elementare Ausgangslage zurückverwandelt, die nichts anderes war als ein Haufen Dreck.

Gerda schaute sich in die Augen. Sie konnte sich nicht erkennen.

Oder wie ein Haufen Scheiße.

Hinter ihrem Fleisch, das ihr vorkam wie eine zerfaserte, rosarote Masse, entdeckte sie auf einmal einen kleinen Körper, der aus der Tiefe des Spiegels herauszutreten schien, einen Arm ausstreckte, auf sie zukam, größer wurde.

Alberts Körper.

Er war nackt, sein Penis erigiert, und bewegte sich sehr langsam auf sie zu.

Gerda blieb still, betrachtete fasziniert das Schauspiel, wie Alberts Silhouette immer konkreter wurde, sich immer mehr der Oberfläche näherte, ihre schemenhafte Form allmählich auffüllte, bis er gänzlich mit ihr verschmolzen war, sie ausfüllte, sodass nichts mehr die beiden Körper trennte.

Sosehr Gerda den einen vom anderen Körper unterscheiden wollte, so sehr kippte die eine Figur immer wieder in die andere.

Sie blieb bewegungslos stehen. Versuchte, diesen unmöglichen Zustand so lange wie möglich zu erhalten.

Wenn es ihr gelang, Albert für den Bruchteil einer Sekunde zu fixieren, bemerkte sie in seinem Gesicht ein verstohlenes Lächeln.

Bevor Alberts Bild wieder verschwand, nahm sie ihn mit sich, wandelte mit kurzen Schritten ins Schlafzimmer und legte sich hin, Mund auf Mund, Wimper an Wimper.

Als ein Geräusch sie weckte, wusste sie nicht, wie lange sie so dalag. Die Lampe, die Decke, der Schrank waren eingetrübt, von feinem Gewächs verhüllt, ihre eingesunkenen Augen zitterten im Zwielicht, aber die Wärme schwand, vom Kopf her durchfloss eine kühle Strömung ihren Körper, erreichte ihre Brust, ihren Schoß, ihre Füße.

Wieder ein Geräusch.

Die Umarmung zerfiel trümmerlos. Aus der Ferne vernahm sie die Stimme Alberts. Benommen eilte sie ins Bad, zog sich an, ohne einen Blick in den Spiegel zu werfen.

Da war wieder Alberts Stimme.

»Bist du da, Gerda, bist du da?«

Dr. Beck. (*Er steht im Wohnzimmer. Einen Schritt hinter ihm Albert.*)
Haben wir Sie gestört?

Gerda
Habe mich einen Moment hingelegt. (*Sie richtet ihre Frisur.*)

Dr. Beck
Ich bin auch gleich wieder weg, es geht nur um ein Foto.

Gerda
Soll ich Kaffee machen?

Dr. Beck
Nein danke, wie gesagt, es geht schnell, nur eine Auskunft. (*Sie setzen sich an den Tisch. Albert macht einen munteren, erwartungsvollen Eindruck, Gerda beobachtet ihn aufmerksam. Dr. Beck zieht einen Umschlag aus seiner Tasche, nimmt das Foto hervor, legt es auf den Tisch.*)

Die Frau da, sie sitzt im Gras, ihr Blick ist gegen den linken Bildrand gerichtet, Albert im Schneidersitz nebenan, er betrachtet sie, ein Sommer vor ungefähr zehn Jahren.

Albert
  Wer ist diese Frau?

Gerda
  (*Zuckt zusammen, schließt die Augen, presst beide Hände auf den Tisch.*)

Dr. Beck
  Gerda? Sie erkennen sie? (*Albert lehnt über den Tisch.*)

Gerda
  (*Schüttelt mit geschlossenen Augen den Kopf.*)

Albert
  Gerda, du kennst sie?

Gerda
  (*Öffnet die Augen, starrt auf das Foto.*)
  Woher haben Sie dieses Bild?

Dr. Beck
  Albert hat es entdeckt. In einem Buch. Ein Buchzeichen. Das Bild war ein Buchzeichen.

Gerda
  (*Legt beide Hände vors Gesicht.*)

Albert
  Gerda, ich muss das wissen.

Gerda

Nein, das musst du nicht.

Albert

Wieso nicht?

Gerda

Du hasst sie.

Dr. Beck

(*Reißt die Augen auf, lehnt sich zurück, atmet laut aus. Beugt sich vor.*)

Umso wichtiger, umso wichtiger. Das bringt uns voran.

Gerda

Das wirft uns zurück, um Jahre zurück.

Albert

Wer ist sie?

Gerda

Du hasst sie! (*Schweigt*) Deine Schwester.

Albert

Ich habe eine Schwester?

Gerda

Gehabt. Du hasst sie! Du wolltest sie vergessen.

(*Albert, Dr. Beck und Gerda sitzen schweigend am Tisch, Gerda fährt sich durch die Haare, Dr. Beck holt Notizblock und Schreibstift hervor, Albert schaut abwechselnd auf das Foto und zu Gerda.*)

Albert
Wie heißt sie?

Gerda
Du wolltest sie vergessen. Auch den Namen.

Albert
Bitte!

Gerda
(*Schweigt. Dann murmelt sie.*)
Ulrike.

Albert und Dr. Beck
Ulrike!

Albert
Wo wohnt sie?

Gerda
Sie ist weggezogen. Vor Jahren ist sie weggezogen. Vor vielen Jahren.

Albert
Wohin?

Gerda
(*Schüttelt den Kopf, stöhnt leise.*)

Dr. Beck
(*Steht auf.*)
Wohin?

Gerda
Nach Frankreich, glaube ich.

***

Iwan zog an der Leine, ruckte ein paar Mal, streckte seinen Kopf in eine Thujahecke, die er aufgeregt beschnupperte, kroch rückwärts zurück, verwedelte den verstaubten Rand des schmalen, mit Verbundsteinen bepflasterten Weges, bevor er erneut in der Hecke verschwand.

Es öffnete sich eine weite, im Osten von einem lichten Wald gesäumte Wiesenlandschaft mit vereinzelten Apfelbäumen.

Iwan trottete neben Gerda her, blieb hin und wieder stehen. Aus der Ferne war das fröhliche Brummen eines Kleinflugzeuges zu hören.

Bei einer Weggabelung blieb Gerda stehen, sah ein junges Paar mit Hund vom Waldrand herkommend, zog Iwan mit einem Ruck in die entgegengesetzte Richtung.

Ihre Säuberungsaktion war unvollständig, die Bereinigung gescheitert. Sie hatte die Wohnung nach Zeichen unliebsamer Vergangenheit durchsucht, unter Betten geschaut, Schränke und Schubladen durchwühlt, sämtliche Dateien auf Alberts Computer geöffnet, Briefe gelesen. Die Bücher hatte sie nicht aufgeblättert. Leider. Dann wäre diese Katastrophe nicht passiert. Schullektüre wahrscheinlich.

Sie blieb stehen, legte den Kopf in den Nacken, atmete laut ein und aus.

Was für eine Katastrophe.

Nach vielen Jahren Verdrängungsarbeit hatten sie und Albert es geschafft, den Körper dieser Frau zu vernebeln, mit allerlei Sprühdosen und Pinseln zu verwischen, aus den Unmittelbarkeiten des Alltags zu schieben und ihr einzig, sofern überhaupt eine Möglichkeit dafür vorgesehen war, zu erlauben, von Zeit zu Zeit als ergrauter, schief lächelnder Gedankenblitz in ihren Köpfen aufzutauchen, eine herumzottelnde Schattengestalt, die bereits wieder verschwunden war, bevor man ihrer gewahr wurde.

Und nun hat dieser unglückselige Dr. Beck eine Lawine in Gang gesetzt, die früher oder später sie alle begraben wird.

Das bringt die Therapie voran, hat er gesagt, und seine Wangen leuchteten wie nie zuvor, das ist möglicherweise der große therapeutische Glücksfall, eine Bestätigung des eingeschlagenen Weges. Ihre Einwände erreichten weder Beck noch Albert, beide sind ahnungslos, stehen blind vor einer einstürzenden Wand.

Iwan bellte, zog an der Leine. Gerda konnte nichts entdecken, da war kein Tier. Da war nur Wiese und ein schmaler Weg aus festgestampfter Erde, der sich irgendwo vor dem Horizont verlor, wo die grüne Fläche nahtlos in das helle Blau des Himmels überging. Zwei monochrome Teile eines langweiligen Bildes.

Und wenn das Gedächtnis wiederkommt?

Gerda wischte eine Mücke vom Gesicht, spuckte auf den Boden, zupfte an ihrem T-Shirt, das ihr auf dem Leib klebte, zog das Handy aus der Hosentasche und wählte die Nummer von Dr. Beck, der in diesem Moment die Kaffeetasse auf das quadratische, weiße Metalltischchen stellte, einen Blick auf sein Telefon warf und den Anruf wegdrückte.

In Hyères war es noch ein paar Grad wärmer als zu Hause. Und diese Wärme führte die Menschen in der Fußgängerzone wie von einer unsichtbaren sommerlichen Macht gesteuert in einen langsamen, unschlüssigen und leicht schlenkernden Gang. Eine peinliche Kombination, Fußgängerzone und Sommer, dachte Dr. Beck, aber Ulrike hatte diesen Ort bestimmt, La Régence, sagte sie am Telefon, Avenue des Illes d'Or 2, direkt am Platz, wiederholte sie, haben Sie verstanden? Vous avez compris?

Oui, sagte Dr. Beck, j'ai compris.

Sie sei oft dort, sagte Ulrike, vor allem im Sommer.

Dann hatte er sich auf den Weg gemacht, eine Kleinstadt in der Nähe von Toulon.

Ulrikes Adresse zu finden, war einfacher als befürchtet. Französische Telefonbücher, ein paar Telefonate, und schon hatte er sie gefunden. Zum Glück war sie nicht verheiratet.

Genf, Lyon, Marseille, Toulon, Hyères. Wenig Verkehr.

Er hörte einen Hund bellen. Ein älterer Mann am Nebentisch blickte auf, schob die Brille auf die Stirn, dann las er weiter in seiner Zeitung. Gibt es hier irgendwo goldene Inseln? Wieder das Hundegebell. Dr. Beck schaute auf die Uhr, bald wird sie hier sein.

Das Handy klingelte. Gerda. Anruf verweigert.

Dr. Beck winkte dem Kellner, bestellte ein Glas Weißwein, de la Région, bien sûr, sagte der Kellner, er hieß Laurent, bien sûr, warf einen Blick auf den Platz, wo eine Gruppe Schülerinnen laut über etwas lachte, schüttelte den Putzlappen aus und verschwand im Café.

Wie sie wohl aussehen wird? Sieht sie ihm ähnlich?

Dr. Beck nahm den Notizblock aus der Reisetasche, überflog die Gesprächsstrategie, die er sich zurechtgelegt hatte.

C'est ridicule, war ihre erste Reaktion, Ihre Stimme war weich und leise, und je länger das Gespräch dauerte, waren kleine Risse in ihrer Stimme zu hören, vielleicht Unebenheiten, die von wuchtigen Verwerfungen in der Tiefe zeugten.

Am Ende des Gesprächs: C'est fou.

Dr. Beck legte beide Hände auf die Lehnen des Korbstuhls. Die Sonne war hinter der grünen Markise verschwunden. Auf dem mit Verbundsteinen belegten Platz lag helles, stilles Licht. Ein Erkennungszeichen hatten sie nicht vereinbart.

Ich rieche Psychologen, sagte Ulrike.

Am Nebentisch hatte ein Paar mit einem Kleinkind Platz genommen. Der Kellner kam an den Tisch und wollte einkassieren, remplaçent, flüsterte er, oui, oui, sagte Dr. Beck, bezahlte und schaute auf die Uhr.

Vous êtes Monsieur Begg?

(Er klappt das Notizbuch zu, schaut auf. Die Frau trägt eine hell-braune Hose und ein weißes T-Shirt, war groß gewachsen und hatte breite Schultern.)

Dr. Beck
Oui, je suis Beck, Dr. Beck.

Ulrike
Wusste ich es doch. Meine Nase täuscht mich nie. *(Sie lächelt.)* Puis-je …?

Dr. Beck
Oui, bien sûr, setzen Sie sich, je vous prie. *(Dr. Beck räumt Notizbuch und Stift zur Seite, betrachtet die Frau. Ein schmales Gesicht, dünne Lippen, Wangengrübchen, markantes Kinn, blaue Augen, hell-braune, kurze Haare, ein paar Strähnen im Gesicht. Sie sieht Albert ähnlich.)*

Ulrike
Sie sind gut gereist? Unterkunft bezogen?

Dr. Beck
Oui, alles bestens, bin im Hotel Soleil, keine fünf Minuten …

Ulrike
Kenne ich. Das mit den Zierreben. Un peu mièvre.

Dr. Beck
(Schaut sie fragend an.)

Ulrike
Ah, naturellement, c'est kitschig.

Dr. Beck

Oui, un peu, c'est vrai, naturellement.

Ulrike

Alors, weshalb sind Sie hier?

(Die Kellnerin kommt an den Tisch, Dr. Beck murmelt, ein Glas Weißwein de la région, Ulrike bestellt la même chose, während Dr. Beck in seiner Reisetasche wühlt, eine gelbe Heftmappe hervornimmt, den Elastikverschluss aufklappt und das Dossier »Alberts Verlust« auf den Tisch legt. Während sich aus der Avenue Gambetta eine Schar Touristen nähert, angeführt von einer kleinen Frau in den Dreißigern in kurzen Shorts und gelber Bluse, die laut und ungeduldig ihre in die Länge gezogene Herde über den Platz in Richtung Rue Portalet dirigiert, erläutert Dr. Beck »Alberts Verlust«, wobei er sich strikt an die medizinischen Fakten hält, beginnend beim Unfall, dann Alberts Entwicklung schildert von der Intensivstation bis zur Rückkehr in sein Haus, den therapeutischen Ansatz erklärt und von der Unmöglichkeit spricht, das Vergangene im Dunkel zu belassen.)

Dr. Beck

Mit dem Biografischen verhält es sich wie mit dem Historischen.

Ulrike

Das kann ich irgendwie nachvollziehen. *(Sie nippt an ihrem Glas, denkt an die Frau mit der gelben Bluse, die inzwischen ihre Gruppe über den Platz gelotst und in die Rue Portalet geführt hat, weil sie, so vermutet Ulrike, schon längstens in einem Café beim Place Massillon sein müsste, wo die Gruppe Plätze reserviert hat.)*

Dr. Beck

Albert will Sie, Madame Ulrike, sehen, will mit Ihnen eine Situation erleben, die sich vor vielen Jahren ereignet hat, eine banale, alltägliche Situation, ein Picknick auf einer grünen Wiese, wahrscheinlich ein Ausflug mit dem Fahrrad, das ist mein therapeutischer Ansatz, von der Gegenwart in die Vergangenheit, oder anders gesagt, die Vergangenheit in der Gegenwart erschließen, darum meine Bitte, diese Situation zusammen mit Albert so zu gestalten, in genau dieser Weise zu gestalten, nur so kann Albert sein biografisches Gedächtnis wiedererlangen.

Ulrike
Ah, vous êtes un Régisseur, très intéressant, très intéressant. (*Sie schließt die Augen. Dr. Beck betrachtet sie. Ihr Gesicht schläft. Und mit jedem ihrer Atemzüge fliegt ein bisschen Gesicht davon.*)

Dr. Beck
Nun, wenn Sie damit einverstanden sind (*Ulrike öffnet die Augen, ihr Gesicht kehrt allmählich zurück.*), dann kann ich also auf Sie zählen. (*Ulrike nickt, lächelt.*) Dann werde ich Ihnen also die Einzelheiten, doch vielleicht zuerst noch, wie soll ich sagen …

Ulrike
Parler, Monsieur Begg.

Dr. Beck
Alors, wie ist Ihr Verhältnis zu Albert, man sagt …

Ulrike
Ah, hören Sie nicht auf on dit, c'est un bruit, c'est … (*Ulrike schaut über Dr. Beck hinweg.*)

Dr. Beck
Sie haben ihn lange nicht gesehen?

Ulrike
C'est vrai.

Dr. Beck
Er scheint Sie nicht zu mögen.

Ulrike
Hat er das gesagt?

Dr. Beck
Nein, naturellement pas, er kann sich ja nicht …

Ulrike
C'est ça, c'est ça. (*Ulrike hält die Hände vors Gesicht. Ockerfarbenes Licht fällt auf den Platz. Schräg gegenüber rasselt ein Rollladen herunter, was ein paar Tauben aufschreckt, die weit gefächert über das La Régance flattern, zwei, drei Tauben setzen sich auf ein Dach, andere fliegen weiter Richtung Place Massillon, landen auf dem Platz, wo bunte Touristen in den Cafés sitzen, andächtig, mit hellen und offenen Gesichtern in den Speisekarten blättern, und nicht bemerken, dass eine Taube, kaum hat sie eine Brotkrume aufgepickt, mit ihrer Beute augenblicklich wegfliegt, zunächst in alle Himmelsrichtungen zirkelnd, hin und wieder auf einem Dachfirst kurz aufsetzt, sogleich weiterzieht, die untergehende Sonne im Nacken, angetrieben von der Lust zu fressen sich auf der Terrasse des Hotel Soleil niederlässt, im Rücken von Dr. Beck, der den Sonnenuntergang betrachtet und kaum glauben kann, was an diesem Tag geschehen ist, und in seiner Aufregung sogar vergisst, die Sonnenbrille abzunehmen, derweil die Taube am Brot herumrupft, schließlich in einer Mauernische unweit des Hotels einen Unterschlupf findet, wo sie ein paar Stunden schläft.*)

***

Ihr Fuß blieb auf dem Gaspedal, war dort irgendwie angewachsen, als wäre an ihrem unteren Körperende ein Gewicht, das sie nicht loswerden konnte, ein Gewicht im Körper drin, 90 km/h inzwischen. Der Peugeot 206, den sie nach dem Unfall gekauft hatte, beschleunigte einwandfrei und stufenlos, jeder kleine Druck am unteren Ende ihres Körpers erhöhte die Geschwindigkeit, 100 km/h auf der Landstraße, rechts unendliche Felder von Parkplätzen wie Soldatenfriedhöfe, dazwischen in die Länge gezogene Industriebauten, hin und wieder bunt verziert, links ein Wald. Die Geschwindigkeit verzog ihre Gedanken zu schlierigen Fetzen. Ein Zerren nun in der linken Kopfhälfte, eine kurzzeitige Verwischung des Blicks. Rechts bot sich ein graues Bild, links ein grünes, dann, im Kopf wieder Klarheit, ein bisschen über den Mittelstreifen einer Kurve hinausgeraten, aber immerhin kein Gegenverkehr. Das ist gut, dachte Gerda, mit 110 km/h unterwegs auf einer Landstraße. Rechts jetzt Felder in einem gräulichen Orange, auf denen Landmaschinen herumkrochen wie riesige Insekten auf einer borstigen Oberfläche, links eintöniges Grün, von Zeit zu Zeit ein aufblitzender Fluss oder eher Bach, dachte Gerda, der sich mehr oder weniger parallel zur Straße schlängelt. Woher kommt plötzlich dieser Rauch, das kann ja nicht Nebel sein. Nebel ist im August hierzulande so selten wie Schnee. Nebel kann es also nicht sein. Gerdas Fuß fühlte sich schwer an. Schwierig, von der Geschwindigkeit wegzukommen, noch immer etwa 110 km/h, noch immer dieses Unebenheiten verwischende Tempo. Also ist es Rauch. Die Bauern brennen Stroh ab auf den Feldern, das wird es sein, was mir die Sicht nimmt, dieses blödsinnige Abbrennen von Stroh auf den Feldern, das sollte verboten werden, nicht nur gefährlich, auch umweltschädlich ist das Verbrennen von Stroh auf Feldern, doch wo ist die Stadt, dachte Gerda, wie finde ich aus diesem Landstraßenlabyrinth wieder heraus, dieser odysseischen Unübersichtlichkeit, dieser Ansammlung von hässlichen Nicht-Orten. Ich will wieder in die Stadt, will zu diesem verdammten Beck, damit die Sache mit der Vergangenheit geklärt werden kann, damit sie und Albert sich nie wieder begegnen. Bis dereinst in der Hölle. Gerda grinste. Noch immer 110 km/h, das ist genau die richtige Geschwindigkeit. War da eine Abzweigung oder nur ein Rastplatz? Gerda war sich nicht sicher und drückte vorübergehend auf 120 km/h, warf einen Blick auf den Bach links der Straße, schaltete das Radio ein, hörte nach einer kurzen schweigenden Unterbrechung irgendwas von Bruckner, etwas Symphonisches, Schweres, Verzweifeltes, das sich immerzu steigerte und wieder hinabfiel in ein Thema. Eine Variante des Schweren. Da blitzte auf einmal ein Licht in den Schwaden auf, ein blinkendes Licht. Sie drückte auf die Bremse, zunächst vorsichtig, dann, als das Licht plötzlich sehr nahe war, energisch. Der Wagen kam ins Schlingern, wedelte mit dem Hinterteil wie ein aufgeregtes Tier. Sie nahm Druck von der Bremse. Der Rauch hatte sich verzogen. Da war auf einmal die Ampel und sprang in diesem Moment auf Grün. Der Lastwagen vor ihr gab Gas, beschleunigte schnell. Gerdas Peugeot kam ihm näher. Sie ging sorgfältig auf die Bremse, lenkte den Wagen nach links, erneut ein kurzes Schlenkern, dann touchierte der Wagen etwas. Sie hörte ein aufheulendes Kratzen, doch nach einem Bruchteil einer Sekunde waren nur noch das Motorengeräusch und Bruckner, der jetzt im geheimnisvollen, fast schweigenden Adagio hin und her brummte. Gerda atmete auf, passte ihre Geschwindigkeit dem Lastwagen an, der, kaum war die einstreifige Verkehrsführung beendet, stark beschleunigte, als wollte er dem hellblauen Peugeot entfliehen, dieses Gefährt für immer aus seiner Rückspiegelsicht verbannen.

Gerda nahm die nächste Ausfahrt, die zu einem Waldweg führte, hielt an, stellte den Motor ab, wischte sich mit einem Taschentuch den Schweiß von der Stirn, ordnete ihre Haare, legte die Hände aufs Lenkrad und sah auf dem Rastplatz einen orangen Audi, davor einen Mann in einer schwarzen Jacke an einem Campingtischchen sitzend. Erst als sie den Motor startete, wendete und wieder in die Straße einbog, bemerkte sie im Rückspiegel einen zweiten Mann mit einer Kamera in der Hand.

Gerda fuhr dieselbe Strecke zurück, bis sie wieder wusste, wo sie sich befand. Sie folgte den Schildern bis zur Autobahn und erreichte bald die Stadt.

Vor der Praxis waren alle Parkplätze besetzt. Gerda fuhr langsam weiter, spähte in die Seitengassen, entdeckte schließlich einen freien Platz vor einem Supermarkt.

Es dauerte eine Weile, bis die Tür surrend aufsprang.

Noch bevor Dr. Beck etwas sagen konnte, betrat Gerda die Praxis, ging schnurstracks an ihm vorbei in den Therapieraum, stellte sich breitbeinig hin und sagte, dass er die Therapie sofort abbrechen müsse, eine Begegnung mit ihr hätte fatale Folgen, das könne er gar nicht abschätzen, was für Folgen eine solche Begegnung hätte, sie als Alberts Ehefrau verlange den sofortigen Abbruch der Therapie, seine Methoden seien lächerlich, halsbrecherisch, ja verbrecherisch, sie würde beim Ärzteverband intervenieren, Meldung erstatten. Er könne dann seine Approbation vergessen, ob er sie verstanden habe?

Dr. Beck machte einen Schritt zurück, stützte sich mit einer Hand am Türrahmen, hielt die Luft an.

Ob das so verstanden worden sei?

Sie solle sich doch bitte setzen, so könne man die Angelegenheit in Ruhe …

»Ich will mich nicht setzen«, rief Gerda, »schon gar nicht hier, Sie brechen die Therapie ab, keinen Kontakt mehr zu Albert.«

Dr. Beck machte eine beruhigende Geste.

»Das können Sie nicht entscheiden, Albert ist mündig.«

»Albert weiß gar nichts. Er hat sein Leben vergessen, er ist krank, und Sie sprechen von Mündigkeit, Sie haben ja keine Ahnung«, Gerda schlug mit der Faust auf das Flipchart, »oder ich setze eine rechtliche Lawine in Gang, dann vergeht Ihnen das Therapieren.«

»Ich werde die Therapie fortsetzen, über einen Abbruch kann alleine Ihr Mann entscheiden.« Gerda schüttelte den Kopf, schaute aus dem Fenster.

»Das werden Sie nicht, ich werde mit Albert sprechen.«

»Tun Sie das, es wird nichts ändern, er will seine Schwester unbedingt sehen.«

Gerda ging auf Dr. Beck zu.

»Das will er nicht! Er hasst sie. Er hat es bloß vergessen.«

»Das sagen *Sie*, mir hat er nichts davon erzählt. Und überhaupt, nennen Sie mir den Grund für das Zerwürfnis.«

»Das ist kein Zerwürfnis, das ist viel mehr. Er hasst sie.«

»Dann möchte ich gerne den Grund wissen. Oder soll ich Ulrike fragen?«

»Sie wird es Ihnen ganz bestimmt nicht sagen.«

»Wieso nicht?«

»Sie sind ein widerliches Arschloch! Sie haben kein Recht, Albert mit einer Person zusammenzuführen, die er verabscheut. Das ist gegen seinen Willen.«

»Er will sie sehen, *das* ist sein Wille.«

Gerda machte einen Schritt auf Dr. Beck zu, rempelte ihn im Vorbeigehen an.

»Das geht zu weit, verlassen Sie sofort …«

Da drehte sich Gerda um und schlug Dr. Beck mit der flachen Hand ins Gesicht. Dr. Beck torkelte, machte zwei, drei Schritte rückwärts, bedeckte mit beiden Händen sein Gesicht, während Gerda zum Flur rannte, vor das Haus trat, den Kopf in den Nacken warf, die Wärme der Sonne auf ihrem Gesicht spürte, das gefurcht war von Tränen, eine Weile stehen blieb, zu ihrem Auto ging, sich auf den Hintersitz legte und dort ein paar Stunden schlief.

***

Gerda stand auf, rieb sich die Augen, ging in die Küche, öffnete den Kühlschrank, nahm eine Dose Bier und trank sie aus, ohne abzusetzen. Iwan stand neben ihr, wedelte mit dem Schwanz und schaute sie erwartungsvoll an. Sie kraulte ihn hinter den Ohren, schüttete Futter in den Napf.

Im Wohnzimmer setzte sie sich auf einen Stuhl, wippte hin und her, betrachtete die goldig schimmernde Schale auf dem Tisch. Der Erinnerungsweg. Sein Arbeitskollege auf dem Campingtischchen sitzend. Albert mit Skiern vor einem Wintergebirge im Sonnenschein.

Aus dem Gästezimmer war ein Geräusch zu hören. War er aufgewacht?

Keine Erinnerung, kein Treffen mit ihr. Der Vater musste her! Er hasst sie genauso wie Albert, schließlich hat sie ihm seine – er wird ihm diese Idee austreiben. Ich will meinen Albert zurück. In reinem Zustand. Er ist so schön geworden inzwischen.

Auf seinen Vater wird er hören. Auch wenn er sich nicht mehr an ihn erinnert, so weiß er doch, dass es sein Vater ist, und das allein genügt, das allein ist Grund genug, ein bisschen Respekt zu haben, immerhin ist es sein Vater, und auch wenn er ihn als Person vergessen hat, seine Bedeutung kennt er sehr genau, deshalb wird er auf ihn hören und diese Frau niemals treffen, das wird sein Vater niemals erlauben, denn er hasst sie noch viel mehr, als Albert sie hasst, weil er den Grund für diesen Hass im Gegensatz zu Albert nicht vergessen hat, sondern ihn jeden Tag, jede Stunde in seinem Herzen trägt wie einen schwarzen, nadeldünnen, eisigen Stachel, der ihm das Atmen erschwert, das Lachen erschwert, das Leben überhaupt erschwert, und deshalb wird er Albert jeglichen Kontakt mit dieser Frau verbieten, ja er wird ihm jeglichen Gedanken, jeglichen Gedankensplitter an diese Frau austreiben, weil er Alberts Vater ist, gerade deswegen wird er das tun, weil er noch da ist im Gegensatz zur Mutter, die, aber lassen wir das, darüber nachzudenken, treibt mir auch einen schwarzen, nadeldünnen und eisigen Stachel ins Herz, was fast nicht möglich ist, stecken so viele Stachel schon in meinem Herzen, da ist gar kein Platz mehr für weitere Stachel, da ist schon genug eingespitzt worden mit scharfer Feder, da will ich gar nichts mehr haben, und schon gar nicht so einen Stachel, wie Alberts Vater ihn schon seit Jahren, seit bald fünfzehn Jahren mit sich herumträgt, ich sollte vielmehr nach Albert schauen, der, scheint mir, wach geworden ist, jedenfalls war da ein Geräusch vorher, nun, vielleicht kam es von draußen, im Sommer ist einiges los draußen, viel mehr als im Winter, wo gar nichts los ist, der Winter ist so still, aber ich sollte nach Albert schauen, der auf dem Bett lag und zur Decke schaute, wo er matt schimmernde, wie hinter Milchglas verborgene Bilder beobachtete, die, je länger er schaute, in Bewegung kamen, bebten, bis Albert die Augen schloss. Die Bilder waren ruhig geworden. Eines nach dem anderen präsentierte sich ihm, zeigten einen mürrischen Jungen am Rand eines Fußballfeldes, zeigten ihn mit seiner Mutter Rücken an Rücken sitzend an einem Strand, und auf dem Meer, das im Hintergrund ruhig und rosig erschien, schwammen Möwen wie gelbe Blütenblätter, zeigten seinen Arbeitskollegen an einem Campingtischchen sitzend. Die Bilder kutschelten an ihm vorbei, und es war zuweilen ein fröhliches Promenieren, zuweilen ein lässiges Schlendern, hin und wieder sogar ein frivoles Entblößen, aber ernst zu nehmen waren die Bilder nicht, vielmehr erschien ihm die Schau wie ein Spiel mit Mosaiksteinchen, die in zufälliger Anordnung immer wieder andere Geschichten erzählten, die er sogleich wieder vergaß, kaum hatte das eine Bild das andere abgelöst. Bis das Bild auftauchte, auf dem Ulrike in einem knielangen, dunklen Rock und violetter Bluse im Gras sitzend zu sehen ist, mit der linken Hand sich abstützt, die rechte über ihren Schoß gelegt, und zum linken Bildrand schaut.

Albert öffnete die Augen, sah den Rucksack, der bei ihren Füßen liegt, den von einigen Blättern halb verdeckten Stamm eines Baumes, im Hintergrund ein Waldrand und ein von hellem Grün fast umschlossener heller Fleck. Aus einer Seitentasche des Rucksacks ragt eine Flasche mit einem Bügelverschluss, wahrscheinlich Bier, dachte Albert, wahrscheinlich haben wir eine Flasche Bier mitgenommen, die wir vor dem Nachtessen in einem Brunnen oder Bach gekühlt und anschließend getrunken haben.

Ulrike nahm einen Schluck, reichte mir die Flasche, ich nahm einen Schluck, gab ihr die Flasche zurück. Unsere Lippen auf derselben Flasche. Anschließend sind wir im Städtchen ein bisschen gebummelt, die Fahrräder ließen wir beim Hotel. Am nächsten Morgen machten wir uns früh auf den Weg. Der Sommer war schön und warm.

Er schloss die Augen, bemerkte eine traumhafte Müdigkeit, die irgendwo aus seinem Innern hervorquoll, allmählich seine Glieder erfasste. Als Gerda das Gästezimmer betrat, schlief Albert tief.

6. Ulrike macht einen Besuch

Als der Zug in Avignon hielt, erwachte Ulrike.

Die drei in Marseille zugestiegenen Jugendlichen waren verschwunden, einzig der Geruch nach Zigaretten und billigem Aftershave hing noch im Abteil. Sie streckte ihren Rücken, betrachtete die Menschen auf dem Perron, erinnerte sich an einen Ausflug nach Avignon, den sie vor Jahren mit Andrée gemacht hatte, ein paar Stunden in der Altstadt herumirrte, dann, ohne die geplanten Museumsbesuche absolviert zu haben, wieder in den Zug Richtung Süden stieg. Ein paar Monate später ging Andrée alleine nach Avignon. Und jetzt ging es in den Norden, seit Jahren wieder einmal nordwärts, zurück in der Zeitrechnung, zurück ins Albert-Land.

Nachdem der Zug den Bahnhof verlassen hatte, betrat ein Mann mit zwei großen Koffern das Abteil. Ulrike nahm ihre Reisetasche vom Sitz und stemmte sie gemeinsam mit dem Mann auf die Gepäckablage. Als der Zug in einem Tunnel war, blickte Ulrike in die Scheibe, lächelte, strich sich die Strähnen aus der Stirn.

Dieser Dr. Beck war ein Botschafter einer untergegangenen Welt, einer Welt, die sie für immer verlassen hatte und die inzwischen so dunkel und fern war wie ein Planet im All. Hin und wieder tauchte diese Welt in ihren Träumen auf, wo sie und Albert zusammen unterwegs waren, Eis aßen im Sommer, Kastanien im Winter, schlüpfrige Witze erzählten und sich über ihre Eltern lustig machten.

Als er ins Gymnasium ging, wurde sie seine kleine Schwester. Sie wurde so klein, dass er sie gar nicht mehr sah. Verschwindend klein bin ich damals geworden, dachte sie. Und Mutter war dann die große Schwester.

Albert schaute über sie hinweg. Sah Dinge, die sie nicht erkennen konnte. Selbst wenn sie sich streckte. Später wuchsen sie einander wieder zu. Aber sie aßen kein Eis mehr und auch keine Kastanien, denn das waren Kindereien.

Es war ein festes Land, das sie trug, ein Land mit eigenem Namen. Eines Tages ging dieses Land unter. Das Albert-Land. Sie rettete sich auf eine Insel.

Der Mann mit den zwei Koffern war eingeschlafen. Sein Kopf lehnte gegen das Fenster, aus dem leicht geöffneten Mund tropfte etwas Speichel. In der Hand hielt er eine Zeitung.

Die Geschwindigkeit des Zuges verwischte die abgeernteten Getreidefelder zu einem riesigen impressionistischen Bild. Ulrike betrachtete es gebannt und bemerkte, wie das Bild sie anrührte, ihren Körper in Besitz nahm. Eine Gruppe Menschen erstarrte vor dem vorbeifahrenden Zug.

Was wird werden?

Und wenn Albert nicht alles vergessen hat, wenn da noch ein kleiner Erinnerungsrest übrig geblieben ist? Vielleicht eine Scherbe mit ein paar Kritzeleien, ein Fragment eines Gedankens, und auf einmal ergibt sich eine Verbindung zwischen Scherbe und Gedanken, auf einmal zeichnen sich Konturen einer großen Erinnerungslandschaft ab, die sich Schritt für Schritt aus kleinen Punkten zusammenfügt, bis das Panorama wieder da ist, in dem Albert wieder verschwinden wird, das Albert-Land mit sich nimmt und sie sich wieder retten muss.

Aber ein zweites Mal würde sie es nicht auf die Insel schaffen. Beim zweiten Mal würde sie untergehen. Im Eis einbrechen.

Der Zug bremste. Ulrike warf einen besorgten Blick auf die Gepäckablage, hielt ihre Handtasche fest. Der Mann ihr gegenüber erwachte, rieb sich die Augen, schaute aus dem Fenster. Auf der parallel zur Bahnstrecke verlaufenden Landstraße hatte sich ein Unfall ereignet.

Ulrike sah zwei Rettungswagen, Männer in orangen Sicherheitswesten, die schweres Gerät über eine Leitplanke hievten, einen Hund, der im Gebüsch verschwand. Über dem Hügelzug am Horizont hingen dunkle, fast schwarze Wolken. Da zieht ein Gewitter heran, dachte Ulrike, lächelte den Mann an, der leise vor sich hin fluchte.

»Ceci est en cours.«

»Porca miseria«, zischte der Mann, ballte beide Hände zu Fäusten, schaute auf die Uhr, »che porcheria.«

Ulrike wühlte in ihrer Handtasche, als ob sie etwas suchen würde. Der Mann stand auf, öffnete die Schiebetür und betrat den Gang. Essensgeruch zog ins Abteil.

Sobald sie die Augen schloss, sah sie Albert. Wie er heute aussieht?

Was wird werden? Und – lebte der Vater noch?

Drei Tage sollte der Aufenthalt dauern, mit Beck war das so besprochen, nach drei Tagen wird sie zurückkehren. Keinen Tag länger, sagte sie, pas plus d'un jour.

Bei Dijon war es Abend geworden. Ulrike stand auf, zerrte an ihrer Reisetasche. Der Mann mit den zwei Koffern legte sein Sandwich auf das kleine Tischchen zwischen den Sitzen, packte ihre Tasche mit beiden Händen und stellte sie vor die Schiebetür.

»Grazie.«

Sie stieg aus, fuhr die Rolltreppe runter, wechselte den Perron.

Der Mann hatte sich hingesetzt, nahm sein Sandwich und aß weiter. Zwischendurch schaute er auf seine Uhr.

Ulrike entfaltete das Papier, auf dem Beck die Adresse ihres Hotels notiert hatte.

Im Takt des rollenden Zuges schlief sie ein.

***

Was ihr einfalle, sie möchte jetzt sofort ihren Schwiegervater sehen, ob sie das verstanden habe?

Frau Schütz stand breitbeinig, mit zusammengekniffenen Augen vor dem Lift des Altersheims.

Das gehe nicht, sagte sie, ihr Schwiegervater sei gerade in der Schmerztherapie und müsse sich nachher erholen, brauche Ruhe, sie solle morgen kommen, um 10 Uhr wäre passend.

Passend?

Gerda machte einen Schritt auf Frau Schütz zu, morgens um 10 Uhr sei zu spät, also sehr, sehr unpassend, ob sie das verstehe, passend sei gerade jetzt, sie müsse mit ihm reden, und zwar jetzt. Sie schüttelte den Kopf, streckte ihre Arme aus in Richtung dieser Person, die ihre Hände vor ihrer Brust verschränkte und leider nein sagte, leider nein, da gibt es Vorschriften. Ich scheiße auf Ihre Vorschriften, rief Gerda, die Hände zu Fäusten geballt, verstehen Sie das, es gibt Wichtigeres als Ihre Vorschriften, und jetzt gehen Sie zur Seite, ich will zu meinem Schwiegervater.

Frau Schütz versuchte, mehrere gleichzeitig in ihrem Kopf auftauchende Bilder auseinanderzuhalten, was ihr nicht gelang, ein lautes Lachen unterdrücken musste, ihre Lippen zusammenpresste, gluckste, an ihren Haaren herumnestelte, an ihre Freundin dachte, der sie unbedingt vom größtmöglichen Widerspruch ihrer beruflichen Tätigkeit erzählen musste, das Gerede von Qualitätsansprüchen im Gegensatz zur bitteren Realität, was sie zu körperlicher Abwehr gegen wild gewordene Angehörige zwingt, als das Handy in Gerdas Tasche klingelte, sie es, ohne ihren Blick von Frau Schütz abzuwenden, hervorkramte, den Anruf wegdrückte, und Frau Schütz einen Moment mit weit aufgerissenen, die halbe Welt spiegelnden Augen ansah, bis diese, der Ausweglosigkeit der Situation bewusst, einen Schritt zur Seite und damit den Weg für Gerda frei machte, die den Lift laut schnaufend betrat, in den zweiten Stock fuhr, mit großen Schritten bis ans Ende des Flurs ging, wo sich das Zimmer ihres Schwiegervaters befand. Er lag auf dem Rücken, und Gerda sah mitten im eingefallenen, die Schädelform obszön freilegenden, bleichen Gesicht einen geöffneten Mund ohne erkennbare Atembewegungen, als wäre er tot, dachte sie, näherte sich langsam dem Bett, da klingelte erneut ihr Handy. Gerda sah Leinstadts Nummer, nahm den Anruf entgegen, nein, keine Zeit, sie sei gerade beschäftigt, eine heikle Situation, eine Besprechung, aber Leinstadt ließ nicht locker, verwies mit lauter, verärgerter Stimme auf ihren Auftrag. Gerda drückte ihn weg, schaltete das Handy aus.

Er hätte tot sein können.

Ihr Schwiegervater war aufgewacht, rückte das Kissen unter seinem Kopf zurecht. Sein Gesicht hatte wieder ein bisschen Leben.

»Wo ist Albert?«

»Er ist heute nicht da.«

»Wo ist er denn?«

»Zu Hause, wahrscheinlich.«

Paul setzte sich auf, holte ein Taschentuch aus der Schublade und schnäuzte sich die Nase.

»Es wird etwas Schlimmes passieren.«

Gerda fasste sich kurz. Paul schnellte hoch, verbarg das Gesicht hinter seinen Händen. Als er die Hände wieder wegnahm, war sein Gesicht ein anderes geworden.

»Das kann nicht sein. Das darf nicht sein.«

Gerda setzte sich aufs Bett, legte ihren Arm um Pauls Schultern und flüsterte: »Du musst das verhindern, auf dich hört er.«

Wortlos stand Paul auf, zog sich an und verließ zusammen mit Gerda das Altersheim. Weder sah er die herumfuchtelnde Gestalt von Frau Schütz, noch hörte er ihre Worte.

***

Den Namen des Hotels hatte sie vergessen, kaum war sie an der Lobby, die Zimmernummer hatte sie vergessen, kaum war sie im Zimmer. Den Koffer stellte sie in eine Ecke, die Handtasche legte sie aufs Bett. Sah sich um. Ein Gespinst grau-blauer Pastellfarben. Leises Rauschen. Als sie den Vorhang zur Seite zog, erschien die Stadt in der Morgendämmerung. Funkelnde, schweigende Lichterschlangen, gepunktete Strahlen und dahinter, wie eine mächtige Kulisse, hervordringendes Orangerot. Ulrike schaltete die Klimaanlage aus, das Rauschen verschwand.

Sie nahm die Handtasche, ging ins Bad, zog sich aus, legte die Kleider über den Rand der Badewanne, betrachtete sich im Spiegel, drehte sich zur Seite, ja, wenig Hüfte, wenig Busen, burschikos hieß es früher, à l'allure garçonnières hörte sie hin und wieder, als Kompliment gedacht, dazu die kurzen Haare mit Fransen bis fast zu den Augen, ein wenig aus der Zeit gefallen, oui, c'est possible, dachte sie. Doch jetzt? Ein Traum war es nicht, und trotzdem erschien dieser Beck wie ein Wesen einer unwirklichen, längst entschwundenen Zeit, das sie hierhergeführt hatte, als wäre sie eine Marionette.

Aber ich bin nicht zwei.

Ulrike legte ihre Hände auf den Spiegel, berührte ihre kalte Haut, nein, zwei bin ich nicht. Sie presste ihre Hände gegeneinander, berührte ihre warme Haut. Dann nahm sie ihren Lippenstift aus der Handtasche und schrieb ein großes A auf ihren Bauch. Gespiegelt sah es aus wie ein A. Der Anfang bleibt Anfang. Sogar gespiegelt, dachte sie, bleibt der Anfang ein Anfang. Mit dem L wurde es schwieriger, das B bereitete Schwierigkeiten. Schließlich hatte sie es geschafft.

Albert gespiegelt auf ihrem Bauch.

Mit beiden Händen verdeckte sie den Namen. Nahm die Hände wieder weg. Albert vor weißem Hintergrund. Ulrike bewegte ihren Bauch, streckte ihn vor, rollte ihn ein, musste lachen, als sie sah, was für bizarre Formen Albert annahm. Quelle étrangeté.

Sein Name wie eine Narbe.

Sie riss die Überdecke vom Bett, legte sich hin und schlief sofort ein.

***

Der honigfarbene Cockerspaniel schnupperte an einem weggeworfenen, halb zerlaufenen Eis, streckte die Zunge, da zog ihn die Leine weiter, bis er nach ein paar Schritten einen Mülleimer entdeckte, stehen blieb, allerdings nur für einen Augenblick, denn schon wieder wurde er über den Gehsteig gezogen, wo er Hunderte Beine und andere Vertikalitäten umschlängelte, was Iwan vom Rücksitz mit angespitzten Ohren und laut hechelnd beobachtete, allerdings nur, bis die Ampel auf Grün schaltete, der honigfarbene Cockerspaniel immer kleiner und heller wurde und schließlich im bunten Menschenwald verschwand.

Gerda hupte und fluchte sich durch den Mittagsverkehr. Paul saß schweigend und mit geschlossenen Augen neben ihr, die Hände flach auf seine Beine gepresst. Hin und wieder bewegte er still trommelnd ein paar Finger auf und ab. Gerdas Handy klingelte. Sie holte es aus ihrer Handtasche, drückte den Anruf weg. Iwan hatte sich wieder hingelegt, atmete schnell und laut. Paul roch das Tier, sagte aber nichts.

Und jetzt wieder diese Parkplatzschweinerei. Gerda schlug mit der Faust aufs Lenkrad. Iwan zuckte zusammen, legte seinen Kopf auf die Kopflehne. Paul stieß ihn mit dem Ellenbogen zurück, ja, willst du jetzt raus oder nicht, Mann, du bist doch ein Vollidiot.

Paul öffnete die Augen, sah einen unentschlossenen blauen Golf in einem Parkfeld, rechts davon eine Wohnsiedlung mit kleinen, erkerartigen Balkonen, na also.

Gerda parkte den Peugeot in einem Zug in die Lücke, nahm ihre Handtasche, öffnete Paul die Tür und half ihm aus dem Wagen. Iwan winselte und wedelte, du bleibst drin, Stinker, dauert nicht lange. Nein, nicht schon wieder Leinstadt. Sie ließ es klingeln, nahm Paul mit der linken Hand und drückte mit der rechten auf die Klingel »Psychotherapeutische Praxis Dr. M. A. Beck«, der, kaum hatte Gerda das zweite Mal geklingelt, bereits in der Tür stand, mit großen Erwartungen die Tür geöffnet hatte, denn Albert sollte jeden Moment kommen, und nun das. Gerda und ihr Schwiegervater. Was wollen die denn hier?

Was wollen Sie hier?

Gerda
    Das Treffen darf nicht stattfinden.

Dr. Beck
    Welches Treffen?

Gerda
    Keine Phrasen jetzt, Sie wissen, um was es geht.

Dr. Beck
    Die Therapie erfordert …

Gerda
    Keine Phrasen, sagte ich. Hören Sie, was Alberts Vater zu sagen hat.

Paul (*Schaut auf den Boden. Holt Atem, richtet seine weit aufgerissenen Augen auf Dr. Beck.*)

Diese Frau hat unsere Familie zerstört. Ich bitte Sie, Herr Doktor, sie darf Albert nicht sehen. Das kann nicht sein. Das darf nicht sein. (*Paul schließt die Augen.*)

Dr. Beck

Ich verstehe Ihre Bedenken, aber in diesem Fall hat die Therapie Vorrang, meine Aufgabe ist es, Albert wieder zu einem …

Gerda

Verstehen Sie denn nicht, was Alberts Vater sagt, eine Begegnung ruiniert alles, auch Ihre verdammte Therapie, überhaupt alles, was noch da ist. Sie haben hier das Veto seines Vaters, eines von mehreren Opfern, live vor Ihnen, schauen Sie, wie dieser Mann leidet, Sie haben eine gottverdammte Verantwortung …

Dr. Beck (*Schaut zur Straße.*)

Bitte, darf ich Sie bitten zu gehen, das bringt nichts, Sie haben kein Recht …

Gerda

Im Gegenteil, mein lieber Beck, ganz im Gegenteil, das Recht liegt auf unserer Seite, denn wir wollen weiteres Unheil verhindern, das ist Recht, während Sie weiteres Unheil provozieren, das ist Unrecht, und wenn Sie das nicht begreifen, werden wir tatsächlich rechtlich, da haben wir schon unsere Mittel, kommen mit dem ganz großen Besteck, dann können Sie Ihr Büro für Hochstapelei irgendwo betreiben, bloß nicht hierzulande, also: Wenn Sie das Treffen nicht verhindern, dann werden wir Sie vernichten, haben Sie das verstanden? Haben Sie das verstanden?

Dr. Beck

Auf Drohungen reagiere ich grundsätzlich …

Gerda

Das ist keine Drohung, das ist ein Versprechen. Paul ist mein Zeuge. Paul? (*Paul weint, reibt sich die Augen, nickt. In diesem Moment entdeckt er Albert, der vor dem Haus steht, die Szene beobachtet. Aus der Ferne ist das gedämpfte Bellen Iwans zu hören. Paul starrt Albert an. Nun sieht auch Dr. Beck Albert, holt Luft für ein Wort, einen Satz, aber da geht eine Frau mit Kinderwagen vorüber und verdeckt Albert für einen Moment.*) Haben Sie das, ja, was ist denn eigentlich … (*Gerda dreht sich um, sieht Albert. Ihr Handy klingelt, sie beachtet es nicht, geht auf Albert zu, redet auf ihn ein. Albert schaut zu Dr. Beck, der ihm zuzwinkert, worauf Albert auf den Hauseingang zugeht, doch Gerda breitet die Arme aus, hält ihn auf, redet auf ihn ein. Ein Jugendlicher rollt mit einem Skateboard vorbei, Gerda und Albert lassen ihn vorbei. Paul geht sehr langsam auf Albert zu, der seinen Blick weiterhin auf Dr. Beck richtet, legt ihm eine Hand auf die Brust. Man hört eine Kirchenglocke schlagen. Albert schiebt seinen Vater sanft zur Seite, geht an ihm vorbei. Gerda drängt sich vor, schreit Albert an. Dr. Beck verlässt den Hauseingang, geht auf Gerda zu, die ihn aber nicht beachtet, sondern weiterhin Albert anschreit, der an ihr vorbeigehen will, aber Gerda geht auf die Knie, umfasst Albert an den Beinen, hält ihn fest, worauf Dr. Beck mit beiden Händen Gerda an den Schultern wegzieht, bis sich Albert mit einem Ruck aus der Umklammerung löst. Gerda bleibt erstarrt auf den Knien, die Hände auf Brusthöhe zusammengepresst. Paul stützt sich mit einer Hand an die Fassade des Hauses. Ein junges Paar auf der anderen Straßenseite bleibt stehen. Gerda fällt längsseits auf den Gehsteig, der ihr vorkommt wie alter, ekliger Schorf. Dr. Beck schließt die Tür.*)

***

Breit gefächertes Licht fiel ins Zimmer. Ulrike rieb sich die Augen, entrollte ihren Körper.

Ein Schlaf wie ein Traum.

Sie drehte den Kopf. Die dreibeinige Stehlampe mit dem weißen Baumwollschirm. Zurückgezogene Vorhänge in durchscheinendem Blau. Und als sie sich ans Kopfteil des Bettes lehnte, entdeckte sie auf dem Laken einen roten Fleck.

Albert auf ihrem Bauch war verwischt, unlesbar geworden über Nacht. Mit dem Zeigefinger fuhr sie über ihren Bauch und, langsam und behutsam, über ihre Lippen. Holte sich eine Ration Rot. Wenigstens für ein paar Stunden. Heute würde sie es sehen. In weniger als zwei Stunden. Das Albert-Land. Noch konnte sie abreisen. Einen Zug nehmen in Richtung Süden. Genf, Lyon, Marseille, Toulon, Hyères.

Da bin ich schon wieder. Ihre Angestellten würden sich nicht wundern. Ulrike konnte nicht von der Arbeit lassen. So ist sie, würden sie denken. Und nichts wäre geschehen. Weniger als ein Traum. Viel weniger.

Sie hörte eine Kirchenglocke schlagen. Beim sechsten Schlag stand sie auf, zog sich an, nahm ihre Handtasche und verließ das Hotel.

Und sofort war das Albert-Land zum Leben erwacht. Die Straßensprache stammelte ihr Dinge entgegen, die sie sofort entschlüsseln, mit anderen Dingen verbinden und sogar deren innere Triebwerke erkennen konnte, diese fast unsichtbare Mechanik aller Bewegungen um sie herum.

Ulrike setzte die Sonnenbrille auf, betrachtete die Auslagen in den Schaufenstern und horchte der Sprache dieses Landes.

Manchmal, wenn sie das Glück hatte, einen längeren Abschnitt zu hören, musste sie lachen, bis es ihr Tränen in die Augen trieb.

Da war eine Frau. Sie kam ihr entgegen. In der einen Hand hielt sie die Hand eines Jungen, er war fünf, sechs Jahre alt und hatte schmutzige Tränenstriemen im Gesicht, mit der anderen Hand trug sie eine weit gewölbte, feuerrote Einkaufstasche. Die Frau warf ihr einen Blick zu wie ein Kieselstein, der in ihr Auge, ihren Kopf und ihr Gehirn eindrang, wo er sich rasend schnell in die engen, schattigen Gänge bohrte und Bilder ans Licht zerrte, von denen Ulrike gar nichts wissen wollte.

Verwüstungen, dachte sie, schaute der Frau und ihrem Kind nach, das nach ein paar Metern stehen blieb, sich umdrehte und Ulrike anstarrte, als wären diese Bilder auf ihrem Körper zu sehen. Doch bald war sie wieder umgeben von den lebhaften Bildern eines leichten, warmen Sommers.

Im Schatten einer Linde blieb sie stehen, hörte die vorüberziehenden Stimmen.

Hinter einer Häuserfront tauchte ein Kirchturm auf, hell und klar im Licht. Ulrike lächelte, als lägen keine Jahre zwischen diesem Turm und jenem damals, so wenig hat ihm die Zeit etwas anhaben können.

Immer kehrte sie zu diesem Turm zurück, er beherrschte alles, wies ihr die Richtung. Morgens, kaum war sie erwacht und noch im Schlafanzug, warf sie einen Blick über die Dächer der Stadt, die der Turm wie eine Zinne krönte, und am Abend, nachdem ihr Vater eine Geschichte erzählt hatte, schlich sie nochmals zum Fenster und betrachtete den Turm im sinkenden Licht des Tages. Je länger sie dastand, desto rätselhafter erschien er ihr, mächtig und schweigend und außerhalb der Zeit.

Später trat sie in den Chor ein, warf ihre Stimme hoch zum Turm, der ihren Gesang in den Himmel geleitete. Hin und wieder holte Albert sie von der Probe ab. Auf dem Heimweg erzählte sie von den neuen Liedern, die sie einstudierten, und Albert machte Witze über die alten Frauen im Chor. Als Albert sie nicht mehr abholen konnte, trat sie aus dem Chor aus. Doch der Turm blieb ihr Zentrum der Stadt.

Ulrike bog ab, verließ die geschäftige Straße und ihre Stimmen. Zwischen den Wohnblocks lagen schon Schatten. Sie überquerte zwei Kreuzungen und erreichte den kleinen, mit bunten Platten gepflasterten Platz, der zwischen Straße und Schule lag. Außer ein paar Kindern, die »Himmel und Hölle« spielten, war niemand zu sehen. Die Schule lag still hinter dem von ein paar Ulmen gesäumten Platz.

Ulrike betrat den Platz, ging an den Kindern vorbei, die sie nicht beachteten, stellte sich vor den mächtigen, von zwei, das oberste Geschoss überragenden Türmen gerahmten Eingang. Sie erinnerte sich an den Dreiklang der Pausenglocke und den augenblicklich hervorbrechenden Lärm im Flur, der sich nur Sekunden später ins Freie ergoss. Ihr erstes Klassenzimmer befand sich zuoberst im dritten Stock. Zwei Jahre später wurde sie von Fräulein Meier im ersten Stock unterrichtet, im Zimmer gleich neben den Toiletten.

Sie hörte, wie ein Kind mit einer Kreide am Boden kritzelte, und sogleich war der Geruch nach feuchter Kreide, süßlichem Kinderschweiß, Putzmittel und altem Papier in ihrer Nase. Der Geruch des Zimmers im ersten Stock, wo sich Fräulein Meier um die wichtigen Dinge im Leben bemühte.

Ulrike beobachtete die Kinder bei ihrem Spiel.

Einmal wurde sie auf dem Pausenplatz von zwei anderen Mädchen angerempelt, »dumme Schnepfe« sagten sie und »blöde Gans« und rissen an ihrem Pulli, bis Albert herbeigerannt kam und die Mädchen verscheuchte. Er war ein paar Klassen über ihr, ein guter Schüler. Wenn er auf dem Flur war, erkannte sie ihn an seinem synkopisch verhüpften Gang.

Ein junges Paar mit einem Hund überquerte den Platz. Der Hund ging auf Ulrike zu, wedelte mit dem Schwanz, das Paar zog ihn zurück.

Ulrike ging an den spielenden Kindern vorbei. Ihre Augen waren auf die zitternden Lichtflecke am Boden gerichtet, die durch die Äste fielen wie helle, weiche Kissen. Es rückte näher, das Albert-Land.

Sie ging zügig durch die Straßen, bog in eine löchrige, mit Abfall übersäte Seitenstraße ab, vorbei an alten Lagerhallen, die von Brombeerbüschen umwuchert waren, hörte einen Hund bellen, überquerte den dünnen, dunklen Fluss, wo sie damals kleine Papierschiffchen aussetzte und sich vorstellte, wie sie nach ein paar Stunden den See erreichten, hinaustrieben ins offene Wasser und lustige Formationen bildeten.

Kurz vor dem Marktplatz passierte sie zwei kleine Gassen und hatte schon die Straße erreicht.

Hin und wieder zeigte sich der Turm zwischen den Häusern, sein Dach leuchtete wie Honig. »Psychotherapeutische Praxis Dr. M. A. Beck«, sie zögerte, hielt den Finger eine Weile auf der Klingel, dann drückte sie zweimal.

***

Dr. Beck stand am offenen Fenster seiner Praxis, hörte die Kirchenglocke schlagen, schloss das Fenster, setzte sich an sein Tischchen und betrachtete die Fotos. Die entscheidende Phase der Therapie hatte begonnen. Wenn nicht jetzt, wann dann?

Natürlich hatte er andere Patienten, eine Frau mittleren Alters war akut suizidgefährdet, ein junger Lehrer tief verzweifelt über die Ausweglosigkeit seiner beruflichen und privaten Situation, ein Polizist geplagt von Alkoholproblemen, eine Künstlerin hatte vor Kurzem die Diagnose MS erhalten, doch Albert war sein König, sein Hauptpatient, der Schlüssel für eine der grundlegenden Fragen des Menschseins überhaupt. Mit Albert konnte er Fragen klären, die bis in die Antike zurückreichten, und die das gesamte psychologische und philosophische Feld im Kern berührten, das Problem der unsichtbaren Vergangenheit, das Problem der Kontinuität der Zeiten, ja, es war die Frage nach Zeit und Ordnung, nach Sinn und Dasein, ein gigantischer Berg. Er war schon fast auf dem Gipfel. Das Gedächtnis ist die Grundlage der Gegenwart, die Grundlage jeglicher Vernunft, und wenn er es wiederherstellen konnte, dann schließt sich eine enorme und bedeutsame Lücke. Albert würde zu einem großen Patienten der Medizingeschichte, er wäre seine »Anna O.«, ewig erforscht. Und er legte nun das Fundament.

Dr. Beck legte die Beine aufs Tischchen. Und doch war da eine Traurigkeit, die er sich nicht erklären konnte. Eine Traurigkeit, die ihn bislang verschont hatte. Bringt das Schürfen in der Vergangenheit diese Traurigkeit hervor oder vielleicht doch das baldige Erreichen eines ersehnten Ziels? Was verbirgt sich hinter dem Sternenschleier, in dem er wandelt Nacht für Nacht? Angst oder die Melancholie des Glücks?

Er blätterte in einer Zeitung, legte sie wieder aufs Tischchen. Dieser Raum hier, dachte er und schaute sich um, dieser Raum ist im Grunde so gesichtslos, wie ich es bin. Oberflächlich ausstaffierte Leere. Und da klingelte es zweimal. Dr. Beck schoss hoch, öffnete Ulrike die Tür.

»C'est jolie ici«, sagte sie, »oui«, sagte Dr. Beck, »ziemlich hübsche Praxis. Setzen Sie sich doch.«

Ulrike setzte sich und schaute sich um.

»Ja, das ist meine Praxis. Sind Sie gut gereist?«

»Alles bestens.«

»Und das Hotel?«

»Ist okay, ruhiges Zimmer.«

»Ja, das ist wichtig. In so einer Situation, meine ich.«

»Oui, important, da haben Sie recht.«

»Er ist noch nicht …«

»Oui, je le vois bien.«

Dr. Beck nahm einen Ordner vom Gestell, setzte sich ebenfalls ans Tischchen.

»Das sind die Protokolle, das ist – Alberts Verlust.«

Ulrike strich eine Strähne aus dem Gesicht, nahm den Ordner und fuhr mit einem Finger darüber. Das ist mein Gewinn, dachte sie, mein Albert-Land.

»Schauen Sie mal«, Dr. Beck streckte ihr ein Foto entgegen, »deswegen wissen wir überhaupt, dass Sie existieren.«

Ja, klar, die Fahrradtour, vier Tage schönes Wetter, Hügel rauf, Hügel runter, Albert stets voran, und hier in der Nähe war die Herberge, Auberge de l'Ours, da haben wir doch. Ulrike drehte das Foto um.

»Ein holländischer Tourist hat uns fotografiert.«

Dr. Beck schaute sie verblüfft an.

»Ein holländischer Tourist?«

»Ein holländischer Tourist. Juni 1983.«

Ulrike stand auf, stellte sich ans Fenster, begann zu lachen. »Een Foto maken. Stellen Sie sich vor, een Foto maken.«

Gerda lachte weiter, legte beide Hände aufs Gesicht. »Een Foto maken.« Was haben wir gelacht, und jetzt zeigt mir Monsieur Begg dieses gemakte Foto, was für eine Ironie. Ich glaube, ich sollte nach Hause gehen, rentrer à la maison.

Ulrike drehte sich um, schaute Dr. Beck an, der auf die Tür starrte. Es hatte geklingelt. Albert stand vor der Tür. Dr. Beck öffnete. Albert betrat den Raum, und sein Gesicht war offen und hell.

»Du bist Ulrike.«

»Oui, c'est moi, Ulrike.«

»Du siehst noch genauso aus.«

»Eh bien, tu es gentil.«

»Noch besser als auf dem Foto.«

»Tu es très gentil.«

Albert ging auf Ulrike zu und umarmte sie. Ulrike schaute Dr. Beck an, der ihr zunickte, machte einen Schritt zurück. Der heutige Albert. Ein paar graue Strähnen an den Schläfen, das Gesicht etwas runder, ein Bäuchlein, aber er riecht noch wie damals. Dr. Beck machte sich an die Arbeit.

***

146

Der weiße Audi fuhr mit etwas erhöhter Geschwindigkeit über die Kreuzung einem Ziel entgegen, das Dr. Beck inspiziert und mit großer Erleichterung festgestellt hatte, dass der Ort tatsächlich identisch war mit jenem fast romantisch anmutenden Idyll, wo ein holländischer Tourist die beiden seinerzeit fotografiert hatte. Im Sommer 1983. Nun erneut diese stundenlange Fahrt ins fast romantische Grün.

Ulrike und Albert saßen auf den Hintersitzen, hin und wieder stellte Albert eine Frage, die Ulrike kurz und leise beantwortete. Dr. Beck konnte nichts verstehen außer ein paar Worten ohne Bedeutung. Nur einmal hörte er, wie Albert Witze machte über Ulrikes neue Frisur. In der Auberge de l'Ours hatte Dr. Beck drei Zimmer reserviert.

Ulrike und Albert nahmen ihr Gepäck und verschwanden sofort in ihren Zimmern, während Dr. Beck das Gepäck und das Fahrrad aus dem Wagen holte und anschließend mit der Chefin der Herberge, Madame Lefrançois, den nächsten Tag besprach. Mit der Zimmereinteilung hatte es geklappt. Albert und Ulrike konnten dieselben Zimmer beziehen wie 1983.

Kaum eine halbe Stunde später erschien Albert in der Bar, setzte sich zu Dr. Beck.

»Sie haben sich ein bisschen ausgeruht?«

»War gar nicht nötig, die Fahrt war angenehm. Außerdem ist das alles neu für mich. Das hält wach.«

Albert lächelte, gab Madame Lefrançois ein Zeichen und bestellte ein Bier. Dr. Beck klappte sein Notebook zu. Alles Milchige und Bröckelige an Alberts Stimme war verschwunden, seine Worte glänzten wie glänzendes Kupfer, das auf der Theke einen hellen, unmissverständlichen Schatten warf, und zogen durch den finsteren, mit allerlei vergilbten Fotos geschmückten Raum, vorbei an zwei vernarbten Tischchen mit Wiener Kaffeehausstühlen, vorbei an einem Sekretär mit aufgeblättertem Furnier, auf dem ein paar touristische Prospekte lagen, vorbei an einem grünen Kachelofen hinaus ins Freie, wo die Worte Alberts an ein Ende gekommen waren und ihre Strahlkraft verloren, in ihre unbestimmbar kleinen, geheimnisvollen Einzelteile zerfielen. Dort, wo viele Jahre zuvor Ulrike und Albert ihre Fahrräder abstellten, als ein holländischer Tourist mit einer riesigen Sonnenbrille wie aus dem Nichts auftauchte, ein paar Worte murmelte, die die beiden nicht verstanden, mit strammen Schritten weiterging, als Albert plötzlich aufstand, den Fotoapparat aus dem Rucksack nahm, dem Holländer hinterherrannte und ihm in die Hand drückte.

Der Holländer nahm die Brille ab, und sein Gesicht, das an eine mit feinem Staub überzogene Gletscherlandschaft erinnerte, hellte auf und sagte laut: »Een Foto maken.« Albert trank das Glas in großen Schlucken leer, bestellte noch ein Bier.

»Seize soixante-quatre«, sagte Dr. Beck. Albert nickte ihm verschmitzt zu, wischte den Schaum vom Mund, beugte sich vor, betrachtete das Foto, das auf der Theke lag.

»Wie lange waren wir unterwegs?«

»Vier Tage.«

»Nur. Bei diesem Wetter.«

»Geplant waren zwei.«

»Haben wir das öfter gemacht? Ich meine – eine Fahrradtour.«

»Nein, das war die einzige.«

»Schade.«

Ja, warum eigentlich, dachte Dr. Beck, wie kam es zu dieser Tour, warum wurde der Ausflug nicht wiederholt? Das sind ein paar von vielen Fragen, die sich jetzt stellten. Er notierte sie, warf einen Blick auf das Drehbuch, auf die Materialliste.

Kurz vor 23 Uhr ging er ins Zimmer, schaltete das Radio ein, hörte den Wetterbericht, der vielversprechend war. Bewölkung war erst am frühen Nachmittag zu erwarten, also sollten sie das Bild vor Mittag abgeschlossen haben.

Nach dem Frühstück drückte Dr. Beck Ulrike und Albert eine Tragtasche mit den Kleidern in die Hand. Danach zogen sich die beiden in ihren Zimmern um. Die Kleider hatte Dr. Beck ein paar Mal gewaschen.

Nach ein paar Minuten erschien Albert in Jeans und rotem T-Shirt, kurz darauf Ulrike. Die beiden sahen sich an, lachten dann laut los.

»Zum Glück ist die Größe angepasst, in die originalen Jeans hätte ich nicht mehr gepasst.«

»Ich finde, du siehst gut aus.«

»Tu es très gentile.«

»Grauenhaft, so waren wir unterwegs damals. Der Rock ist scheußlich, diese violette Bluse noch scheußlicher. Horrible.«

Ulrike machte ein paar tänzelnde Schritte.

»Horribile dictu.«

»Ach, schau an, Latein geht noch.«

»Glücklich ist, wer vergisst.«

»Was nicht mehr zu ändern ist. Zitate bitte vollständig. Johann Strauß, übrigens.«

»Schon klar, auch das habe ich nicht vergessen. Fledermaus. Und woher ist das: Es grünt so …«

»Wir sollten, es ist alles bereit.« Dr. Beck gab das Zeichen zum Aufbruch. Madame Lefrançois machte große Augen.

Das Fahrrad hatte er in einer Werkstatt umspritzen, den Sattel durch einen alten, abgewetzten Ledersattel ersetzen lassen, auf dem Gepäckträger war eine helle Plastiktasche eingeklemmt. Aus einer Seitentasche des Rucksacks ragte eine Flasche mit Bügelverschluss.

Und da war schon die Komposition: Die beiden Bäume, im Hintergrund ein Waldrand und eine von hellem Grün fast vollständig verdeckte Hütte.

Während Dr. Beck das Fahrrad an den Baum lehnte, setzte sich Ulrike ins Gras, winkte Albert herbei, der sich zu ihr setzte.

Ulrike streckte die Beine, zu ihren Füßen legte Dr. Beck den Rucksack.

»Wunderbar«, sagte Dr. Beck, »ein entscheidender Moment, Juli 1983, sehr warm, Sie beide sind seit zwei Tagen mit dem Fahrrad unterwegs, heute Abend soll es mit dem Zug nach Hause gehen, unterwegs haben Sie aber darüber gesprochen, den Ausflug zu verlängern, denn das Wetter bleibt für die nächsten Tage schön und warm, man spricht über die Hitler-Tagebücher und Aids, bei Ihnen Albert, haben die Semesterferien begonnen, Sie, Ulrike, haben vor Kurzem das Abitur gemacht und Albert, mit dem Sie seit einiger Zeit kaum noch Kontakt hatten, zur Fahrradtour überredet und …«

»Mutter fand das eine dumme Idee, sie wollte …

»Nun gut«, Dr. Beck warf einen Blick auf seinen Notizblock, »Ihre Zimmer in der Auberge de l'Ours haben Sie bereits bezogen, mit Madame Lefrançois haben Sie ein Gläschen Schnaps getrunken, jetzt wollen Sie die Umgebung erkunden, suchen vielleicht einen Aussichtspunkt, ein Restaurant fürs Nachtessen, steigen auf ihre Fahrräder, aber kaum haben Sie den Vorplatz der Herberge verlassen, entdecken Sie diesen schönen Ort, stellen ihre Fahrräder ab, setzen sich, plaudern, als ein holländischer Tourist mit einer riesigen Sonnenbrille wie aus dem Nichts auftaucht, ein paar Worte murmelt, die Sie nicht verstehen, dann mit strammen Schritten weitergeht, als Sie, Albert, plötzlich aufstehen, den Fotoapparat aus dem Rucksack nehmen, dem Holländer hinterhereilen, der die Brille abnimmt …«

»Een Foto maken«, sagte Ulrike und lachte.

»Ja, genau so, das sagt er, Sie, Albert, setzen sich wieder, der Tourist steht ein paar Meter vor Ihnen, die Kamera in der Hand, und bald drückt er ab, Ulrike, ziehen Sie den Rock übers Knie, ja, so, dann die Hand auf den Schoß, perfekt, schauen Sie jetzt nach rechts, und Sie, Albert, betrachten Ulrike, ich nehme jetzt die Kamera …«

»Sind Holländer geworden.«

»Gewissermaßen, nicht bewegen, Moment, Albert, den Kopf ein wenig zur Seite, Ulrike, bitte still, die Beine noch gestreckter, wir sind im Juli 1983, stellen Sie sich das vor, Juli 1983, man spricht über die Hitler-Tagebücher und Aids, Fahrradausflug, still, ein Zeitsprung, nach dem Klick gebe ich Ihnen die Kamera zurück und verschwinde, Sie sind wieder zu zweit, der Holländer weg, alles klar? Also. Klick.«

Albert nickte ihm zu.

»Thank you.«

Der Holländer gab ihm die Kamera zurück.

»Was hat er gesagt? Graag gedaan? Seltsam, wenn eine Sprache lustig klingt.«

»Nicht für die Holländer.«

»Hast du sein Gesicht gesehen? Das war gar nicht lustig.«

Ulrike stand auf, holte aus dem Rucksack eine Flasche Bier.

»Willst du auch einen Schluck?«

»Ja, gern.«

Ulrike reichte ihm die Flasche.

»Mist, die ist ja warm.«

»Ach komm, Weichling, das ist gut für die Blase.«

»Meine Blase ist gesund.«

»Und in zehn Jahren?«

»In zehn Jahren? Wer weiß, was da ist. Tot oder krank oder gelangweilt.«

»Dann am liebsten tot.«

Albert ließ sich theatralisch ins Gras fallen, Arme und Beine ausgestreckt. Ulrike rollte neben ihn, zupfte einen Grashalm und streichelte damit seine Nase. Albert begann zu niesen, entriss ihr den Grashalm.

»Aha, schon zum Leben erweckt. Wie war denn der Tod, Brüderchen?«

»Ich kann mich nicht erinnern.«

Ulrike lachte, riss ein Büschel Gras aus, warf es über Albert, rollte zurück, legte sich aufs Gras.

»Jetzt hast du Grasnarben.«

Die beiden lagen mit ausgebreiteten Armen und Beinen im Gras wie Kinder im frischen Schnee, schauten zum Himmel, wo allmählich Schleierwolken aufzogen. Aus der Ferne war Hundegebell zu hören. Lange fiel kein Wort.

***

Noch bevor Albert den Hauseingang betrat, schreckte Iwan auf, eilte die Treppe hinunter und bellte an der Haustür. Gerda ging ihm hinterher.

Albert war leicht gebräunt, nickte ihr lächelnd zu, ging am bellenden Iwan vorbei die Treppe hoch.

»Lass dich nicht zum Clown machen, bleib doch stehen, Albert.«

Gerda folgte ihm. Iwan stürmte voraus.

Gerda holte Albert ein, der in seinem Zimmer verschwinden wollte, stellte sich vor die Tür.

»Lass mich durch, das ist mein Zimmer.«

»Das ganze verdammte Haus ist deins, aber das hast du wohl auch vergessen. Albert, so warte einen Moment.«

Gerda öffnete die Tür zum Gästezimmer, schob Iwan rein und machte sie wieder zu.

»Jetzt ist verdammt noch mal Ruhe, dieses Drecksvieh habe ich auch noch am Hals, hat wohl auch eine Amnesie. Ist wahrscheinlich ansteckend.«

Iwan bellte ununterbrochen.

»Lass mich rein.«

»Da ist Iwan drin, und der mag dich neuerdings nicht mehr. Hör zu, du bist mein Mann, du liebst mich, du hasst diese Frau, und das aus gutem Grund, das kann ich dir sagen. Du darfst sie nicht mehr treffen.«

»Ich treffe, wen ich will. Lass mich rein.«

»Nein, ich lass dich nicht rein«, schreit Gerda, »ich lass dich nicht rein, du gehörst zu mir, in mein Bett, du bist kein Gast hier, hast du das verstanden, und diesen Kurpfuscher solltest du auch nicht mehr sehen, bei dem ist doch ein Sparren locker, da gibt's überhaupt keinen Zweifel, der Typ will nur Aufsehen erregen mit seinen grotesken Methoden, dieses Affentheater, so ein …«

»Gehen Sie jetzt zur Seite.«

»Du bist ein intelligenter Mann – oder hast du das auch vergessen.«

Albert drängte Gerda zur Seite, öffnete die Tür, Iwan sprang ihm entgegen, Albert machte einen Schritt zur Seite, versetzte Iwan einen Tritt in den Hintern, betrat sein Zimmer, drehte den Schlüssel, legte sich aufs Bett und sah Bilder.

Heraufziehende Schleierwolken, das Fahrrad am Baum, die lachende Ulrike, der Grashalm an seiner Nase, Grasnarben, immer wieder Bilder wie Schleierwolken an ihm vorbeiziehen. Das Poltern an der Tür wurde immer leiser und dumpfer und wurde schließlich wie auf Flügeln weggetragen in das ewige Nachtjahr.

***

Es hat tatsächlich funktioniert. Während Dr. Beck an der Bar stand, an einem Pastis nippte und Madame Lefrançois zuhörte, die ihm von den »seelischen Problemen« ihres Sohnes erzählte, denn sie hatte von Dr. Becks Beruf erfahren, standen Ulrike und Albert vor ihren Zimmern 21 und 19, die einander gegenüber lagen.

Ja, sagte Albert, das könne er sich vorstellen, er hätte sich der aktuellen Zeit entrückt gefühlt, irgendwie fremd, also hätte die Rückführung, wenn dies überhaupt das richtige Wort sei, funktioniert, die Gegenwart sei verblasst, fast vollständig weiß geworden und hätte einer anderen, vergangenen Gegenwart Platz gemacht. Das sei richtig, sagte Ulrike, eine Gegenwart werde von der anderen verdrängt, es komme nur darauf an, welche stärker sei. Der Holländer sei stärker gewesen, lachte Albert, also Dr. Beck, sagte Ulrike, sie hätten also ein Durcheinander, sagte Albert, nein, ein Übereinander. Ulrike zupfte an seinem T-Shirt.

»Zieh was drüber, und du bist wieder im August 99, so einfach ist das.«

»Und du«, sagte Albert, »willst in dieser violetten Scheußlichkeit bleiben.«

»Wieso nicht, die Fahrradtour habe ich in guter Erinnerung, wir waren seit der Kindheit nicht mehr so lange zusammen.«

»Und danach?«, fragte Albert.

Sie sollten sich jetzt umziehen, der Holländer warte bestimmt schon.

Kurze Zeit später standen beide wieder zeitgleich im Flur und waren sich einig, weitere Rückführungen, wenn dies überhaupt das richtige Wort ist, durchzuführen, und sich am Mittwoch dieser Woche in der Praxis Dr. Becks zu treffen.

Albert hatte sich nach einem langen, unruhigen Schlaf durch den Kellerausgang aus dem Haus geschlichen, um eine weitere Konfrontation mit Gerda und Iwan zu vermeiden.

Ulrike war bereits um 5 Uhr wach gewesen, wälzte sich im Bett hin und her, ohne den Bildern zu entgehen, die sie bedrohten wie apokalyptische Erscheinungen. Sie sah gehäutete oder vom Rumpf abwärts skelettierte Menschen mit ausgestochenen Augen und abgetrennten Geschlechtsteilen, von wilden Vögeln zerfetzte und ausgeweidete Säuglinge, in einem Meer aus wurstigen, perlmutt schimmernden Innereien herumschwimmende Ratten, die erst verschwunden waren, als sie die Praxis Dr. Becks betrat, der sie mit einem warmen Handschlag und einem offenen Gesicht begrüßte.

Albert erhob sich vom Lounge Chair, wo er mit Dr. Beck ein anregendes Gespräch über das Verhältnis von Gedächtnis und

Erinnerung geführt hatte, ging auf Ulrike zu und küsste sie auf die linke und rechte Wange.

»Mein lieber Albert, d'abord la joue droite.«

Albert lächelte sie verständnislos an. »Je ne comprends …«

»Bist eben doch kein Franzos, immer zuerst die rechte Wange.«

Albert küsste sie auf die rechte Wange, dann auf die linke. »So, jetzt stimmt's.«

»Ja, jetzt stimmt's, mon frère.«

Dr. Beck staunte erneut über das, was er sah.

»Sie wollten mich sprechen?«

Er führte die beiden mit einer leichten Berührung an den Schultern in den Therapieraum, holte aus dem Nebenzimmer einen zusätzlichen Stuhl.

»Bitte, setzen Sie sich.«

Albert streckte seine Beine, sah Ulrike an, die gerade jetzt wieder mit den Traumbildern kämpfte, die Hände aufs Gesicht legte, die Beine zusammengepresst, eine weite Ebene, auf der Tausende brennende Menschen auf andere brennende Menschen zurannten, einige waren bereits verkohlt, aus ihren schwarzen, grotesk verrenkten Körpern ringelte manchmal noch dünner, dunkler Rauch, während bei anderen helle Flammen aus den ausgeschädelten Köpfen drangen, Lippen, Nasen, Ohren weggebrannt, das Gebiss gänzlich entblößt, derweil Unterleib und Beine noch funktionstüchtig, höchstens ein wenig angesengt waren, was sie unentwegt gegen ihre Feinde anrennen ließ, bis eine Leibfackel sie unglücklich traf, und derart die Flammen von den Füßen her an ihnen herauflodernten, das Fleisch zunächst schwärzte, anschließend ablöste und schließlich in ätzenden Rauch auflöste, der Ulrike in den Kopf stieg, ihre schönen Bilder, die sie in scheinbar sichere Ecken platziert hatte, vernebelte, einschwärzte, weshalb sie sich die Augen rieb und versuchte, den Gestank aus ihrer Nase zu vertreiben.

»Ulrike, geht es Ihnen nicht gut?«

Ulrike schüttelte den Kopf, strich ein paar Strähnen aus ihrem Gesicht.

»Alles gut.«

»Ja«, sagte Albert, »wir sind an weiteren Nachbildungen interessiert, das Bild ›Pause mit Fahrrad‹, wie wir es nennen«, er warf einen Blick zu Ulrike, »hat uns Spaß gemacht ...«

»Spaß?«, unterbrach ihn Dr. Beck. »Auch Erkenntnisse, ich meine, Anzeichen von Erinnerungen?«

»Das ist schwierig zu sagen, wir haben uns ja gerade darüber unterhalten, jedenfalls, als ich so auf der Wiese saß, Sie, also den Holländer, kommen sah und wir danach weiterredeten, Ulrike und ich, da war es mir, als lägen wir außerhalb der Zeit, aber in welcher Zeit, das ist schwierig zu sagen.«

»Immerhin«, sagte Dr. Beck, »scheint mir Ihr allgemeiner Zustand deutlich verbessert, das ist bereits ein therapeutischer Fortschritt, das kann man so sagen.«

»Ja, das kann man so sagen«, sagte Albert und lächelte.

»Bien, wir sind bereit für weitere Bilder.«

Dr. Beck lehnte sich zurück, strich seine Krawatte gerade.

»Das geht leider nicht, ›Pause mit Fahrrad‹ ist das einzige Bild, auf dem Sie beide zu sehen sind. Ihre Frau hat wohl ...«

»... die anderen Bilder vernichtet.«

»Ja, leider, davon müssen wir ausgehen.«

Albert schüttelte den Kopf.

»Und nun?« Ulrike schaute Dr. Beck fragend an.

»Die Therapie hat neuen Schub bekommen, da besteht kein Zweifel, der Zustand Alberts hat sich verbessert, ein Grundstein, mindestens ein Grundstein ist gelegt. Auch ohne Nachbildungen, wie Sie es nennen, werden wir allmählich seinen Erinnerungen näher kommen, wir werden weiter arbeiten, Sie können nach Hause gehen, brauchen sich keine Sorgen zu machen, ich werde Ihnen den alten Albert wiederherstellen, wann reisen ...?«

»Morgen um 6.48 Uhr.«

»O là là, das ist früh.«

Ulrike stand auf, sah aus dem Fenster. Albert richtete seinen Blick auf sie.

»Ulrike?«

»Hier ist es schöner als bei uns.«

»Ich werde Ihnen von Zeit zu Zeit berichten, wie es mit der Therapie läuft, Ihre Nummer habe ich ja«, Dr. Beck ordnete die Papiere auf dem Tischchen, »dann sind Sie immer auf dem neuesten Stand.«

Er ging zu seinem Schreibtisch, öffnete eine Schublade.

»Hier«, sagte er, hielt einen Umschlag in der Hand, »Pause mit Fahrrad‹ zweimal kopiert, hängen Sie es sich übers Bett«, er nahm ein Bild aus dem Umschlag und hielt es hoch, als wär's ein Beweisstück, »sogar in Farbe.«

»Magnifique, etwas fürs Poesiealbum.«

Albert betrachtete das Bild, das Dr. Beck noch immer in die Luft streckte.

»Wir hängen es übers Bett.«

Ulrike drehte sich vom Fenster ab.

»Und«, fragte Dr. Beck, »gehen Sie noch in die Stadt, genießen das Sommerwetter, wer weiß …«

»Non, ich gehe ins Hotel, ich muss endlich schlafen. Dormir. Dormir.«

»Schlafen Sie gut und grüßen Sie Hyères von mir.«

* * *

Gerda fiel ein, dass sie mit Albert manchmal Badminton gespielt hatte, in irgendwelchen Parks hatte sie mit ihm Badminton gespielt, eine Zeit lang war das ihr Zeitvertreib an Samstagen oder Sonntagen gewesen, Badminton spielen in irgendwelchen Parks, danach einen Kaffee oder ein Bier, bis diese lockere Gewohnheit, mehr war es nie gewesen, diese belanglose Möglichkeit des Zeitvertreibes aus ihrem Leben verschwand, ohne dass Albert oder sie jemals wieder davon sprachen, so wie ein vergangener Tag am nächsten kein Thema mehr ist, weil Dinge verbleichen und vergehen, weil die Zeit verstreicht und allerhand mit sich nimmt, so war es mit dem Badmintonspielen in irgendwelchen Parks ergangen, aber die Schläger und Federbällchen waren noch im Keller, eingepackt in einer hellblauen Hülle. Gerda wischte den Staub von der Hülle, nahm einen Schläger, stieg die Treppe hoch, schlug mit dem Schläger auf den Fahrradsattel beim Eingang, ging ins Wohnzimmer, öffnete das Gästezimmer, wo ihr Gast, ihr Ehemann, seit Neuestem logierte, schlug mehrmals aufs Bett, als würde sie Teppich klopfen, aber wer klopft heute noch Teppiche, das tut doch keiner mehr heute, das ist eine total ausgestorbene Tätigkeit, zertrümmerte die Deckenlampe, die Nachttischlampe, machte ein paar Schritte über die Scherben, dass es knackte, als würde sie am Strand über Muscheln gehen, nahm den Schläger in beide Hände wie im Mittelalter die Krieger die schweren Zweihänder und hieb auf den Schrank ein, Lack und winzige Metallteile stoben in das milchige Licht und erinnerten im Widerschein der hereinfallenden Sonne an festlichen Zauber, und als die Schranktür einen Spalt weit offen war, stieß sie den Schläger in die Lücke, zerrte den Schrank auf, fegte die Wäsche, die überraschend schön geordnet dalag, weg, hieb auf sie ein, zerfledderte und zerkratzte, was ihr vor die Augen kam, nahm sich dann das Radio vor, den Schläger umgekehrt in den Händen haltend, und mit dem Griff auf das Radio einstach, als müsste sie es töten, es in seine atomaren Bausteine zerlegen, dass nie mehr ein Wort aus ihm kam, diese ekelhaften Wörter im Keim ersticken, und legte sich rücklings aufs Bett, schnell atmend, verschwitzt bis unter die Haut, den Schläger immer noch in der Hand, stand ein paar Minuten später auf, ging mit langen Schritten aus dem Zimmer, ließ den Schläger beiläufig fallen wie Iwan manchmal einen alten, zerbissenen Knochen, eilte die Treppe hinunter, verließ das Haus, stieg ins Auto, schaltete das Handy aus und fuhr los.

***

Über den ockerfarbenen, in schiefen Rechtecken angeordneten Feldern schwebten zierliche Nebelschwaden. Ein erster Fingerzeig des Herbstes.

Vor einem Hügelzug, der von tiefen Klüften durchschnitten war, schlängelte sich ein von wuchtigen Baumreihen fast vollständig verborgenes Flüsschen durch die Felder. In schönen Abständen lagen Ortschaften verstreut in der Landschaft, einige herzförmig geballt, andere an die Straße geschmiegt. Strommasten warfen lange Schatten westwärts.

Und mitten durch diese Landschaft war eine Eisenbahnlinie gelegt, die zunächst dem Flüsschen folgte, in die Geometrie der Felder drang und eine klare Linie Richtung Süden legte. Vom Zugfenster aus waren Weinberge zu sehen, dunkelgrün verwischt, zuweilen erschienen azurne Fetzen, die, kaum waren sie im Blickfeld, schon wieder verschwunden waren.

Die Bilder in ihrem Kopf wechselten im Takt des rollenden Zuges. Ulrike presste die Augen zusammen, öffnete sie, und dann weitete sich die Landschaft nach und nach und offenbarte ein impressionistisches, etwas schlieriges Bild bis zum Horizont.

Ab und zu zeigten sich helle, kaum bemalte Flecken, die, je länger Ulrike dieses Bild betrachtete, größer wurden, da in die Senkrechte wuchsen, dort in die Horizontale. Es blendete sie. Ulrike schloss die Augen.

Das Albert-Land. Würde sie es je wiedersehen? Dieses Land, sie öffnete die Augen, erschien ihr wie eine Fata Morgana, ein hauchzart in der Luft schwebendes Land, das nicht existiert und trotzdem ausreichend Boden bietet, um darauf den Weg

Richtung Heimat einzuschlagen. Sollte sie diesen Weg begehen? Hinein in die Impression? Wo viele helle Lücken sind, in die sie hineintappen kann und in einem ewigen Decrescendo verschwindet, ohne eine Spur, ohne einen Punkt in diesem Land zu hinterlassen?

Sie nahm die Kopie von »Pause mit Fahrrad« aus ihrer Tasche, hielt sie mit beiden Händen vor ihr Gesicht, kippte das Bild nach vorn, dann zurück. Die Verhältnisse änderten sich. Albert schaute mal ein wenig mürrisch, danach erschien auf seinem Gesicht ein Schimmer von Fröhlichkeit, vielleicht Ironie. Ja, was denn nun?

Ulrike legte das Bild auf die Ablage, nahm einen Apfel aus ihrer Tasche und biss hinein. Hin und wieder etwas über den therapeutischen Fortschritt erfahren? Und wenn die Therapie gelingt? Albert sein Gedächtnis wiederfindet? Das wäre dann der kalte Untergang.

Sie legte den Apfel auf das Bild.

Der Zug durchschnitt eine Ortschaft. Zersägte sie mit einem schneidenden Ton wie eine Säge ein Holz, und schlagartig fiel der Ton eine Oktave tiefer. Von der Ortschaft blieb kein Name, kein Bild, nicht mal ein flüchtiger Eindruck. Vielmehr war da wieder dieses fleckige, gegen den Horizont heller werdende, von Weinbergen und Feldern hervorgebrachte Grün, über dem ein lichter, vom späten Sommer geformter Himmel lag – als wäre er getragen von einer unumstößlichen, nicht mehr erinnerbaren Erkenntnis – wo die letzten Fetzen frühmorgendlichen Nebels nicht mehr zu sehen waren. Vielleicht wurden sie hinaufgetragen in einen hohen Wind, der diese etwas wirren Nebel und mit ihnen alle Ankündigungen des Herbstes nordwärts trug, langsam nordwärts, in einer hohen Schicht nordwärts, wo sie allmählich der Wirrnis entflohen, zueinanderströmten, und nach einem kilometerlangen Beschnuppern und Befühlen schließlich zu einer Fläche fanden, die schließlich wie eine trübe und undurchschaubare Landschaft über der Stadt schwebte und dem Turm das Sonnenlicht nahm, ihn in eine etwas grimmig anmutende Sphäre hüllte, als wäre ein fröhliches Glück vom kalten Licht verdeckt. Selbst mit zwei, drei, vier Augenpaaren wäre der Turm nicht zu sehen. Er lag im herbstlichen Dämmerschein verborgen.

Albert marschierte mit großen Schritten und ohne Ziel durch die Straßen. Zum ersten Mal seit dem Erwachen auf der Intensivstation fühlte er sich frei, ohne Narben der Vergangenheit, schritt leicht und schwebend in eine Zukunft hinein, die keinen Schatten hinter sich herzog und ruhig war wie ein See am Morgen.

Der Abschied von Ulrike fiel leicht. Er war sicher, sie würde bald wiederkommen, würde bald wieder mit ihm eine lustige Szene aus einer unbekannten Zeit spielen. Das war in ihrem Blick zu sehen, den sie ihm zuwarf, als sie die Praxis verlassen hatte.

Adieu, murmelte er ihr hinterher, doch sie war bereits aus der Tür verschwunden.

Au revoir, dachte er eine Sekunde später.

Albert bestellte in einem Café am großen Platz mitten in der Stadt einen Cappuccino, schrieb mit dem Löffelchen ein »U« in den Schaum und fand sich kindisch.

Als er den ersten Schluck nahm, war der Kaffee schon lauwarm. Vor dem Café standen Taxis, Menschen mit Einkaufstaschen gingen vorbei, jemand telefonierte aufgeregt.

Albert stellte die leere Tasse auf den Tisch, legte seinen Kopf auf die gefalteten Hände.

Ein junges Paar am Nebentisch sprach Holländisch, er schmunzelte, dachte an den Holländer, der sie fotografierte, als sie gerade die Herberge verlassen hatten und im Gras saßen, der Holländer seine Sonnenbrille abnahm und sie ihn etwas erstaunt anschauten. Danach zog Ulrike den Rock übers Knie und – Klick. So sollte es wieder sein. Leicht und schwebend. Also zurückgehen, aber nicht zu Gerda. Mit dieser Frau wollte er nichts mehr zu tun haben.

Albert bezahlte, verließ das Café.

Sondern weiter zurück. In jene Welt.

7. Albert zieht aus

»Auf unbestimmte Zeit, haben Sie gesagt? Also Dauermiete?«

Die Frau an der Rezeption schaute Albert skeptisch an.

»Ja. Vielleicht Wochen, vielleicht Monate, vielleicht länger.«

»Das lässt sich machen. Wir benötigen allerdings eine Voraus …«

»Selbstverständlich, ich komme morgen vorbei.«

»Gut. Wir können Ihnen ein ruhiges Zimmer mit Blick auf den Hinterhof anbieten. Oder möchten Sie Blick auf die Stadt?«

»Stadtblick, gerne ein Zimmer mit Blick auf die Stadt.«

Albert verließ das Hotel mit langen, schnellen Schritten, erreichte den großen Platz, wo ihm Düfte frisch wie junge Haut entgegenströmten, dazwischen üppige, festliche Gerüche, als wären sie der Atem einer tiefen Endlichkeit, und schließlich, als er in die Gasse bog, die zum Turm führte, die Ausdünstungen eines mürben Kellers. Dort blieb er stehen. Richtete seinen Blick gegen oben, wo Himmel und Turm zusammenkamen. Das Sonnenlicht hatte den Turm wieder. Seine Grimmigkeit war verschwunden.

Und ging weiter.

Mitten in seine Heimatlosigkeit.

Er ging in den Keller, nahm zwei Koffer, stieg die Treppen wieder hinauf, in sein Zimmer, sah die Zerstörung, Scherben, die ausgeräumten Schränke und Schubladen, auf dem Boden verstreute Kleider, das zertrümmerte Radio, packte eine Handvoll

Hemden, Hosen, T-Shirts, legte alles in die beiden Koffer, setzte sich für einen Augenblick aufs Bett, klappte die Koffer zu und ging damit ins Bad, wo er seine Utensilien in den Koffer stopfte, als Gerda nach Hause kam.

Albert hörte sie sofort. Sie sprach mit lauter Stimme auf Iwan ein, der nach einem Moment der Stille plötzlich bellend vor dem Bad war.

»Iwan, lass das! Komm von der Tür weg!«

Iwan bellte weiter. Albert drehte den Schlüssel. Setzte sich auf einen Koffer.

»Scheißköter, nun sei endlich still!«

Albert hörte, wie Gerda Iwan, der nun in den knurrenden Zustand gewechselt hatte, von der Tür wegzerrte, was ein scharrendes, kratzendes Geräusch verursachte, und ihn in der Küche mit einem Napf Frischfutter ruhigstellte.

Gerda (*Klopft an die Tür.*)
Iwan tut dir nichts, er ist bloß ein wenig … (*Sie klopft erneut.*) Albert, mach doch auf, bitte. (*Sie poltert an die Tür. Albert öffnet die Tür.*)
Albert! Da bist du ja. (*Gerda betritt das Bad. Geht auf Albert zu, der aufsteht und zurückweicht.*) Albert, ich will ja bloß … aber was soll denn das? Wieso hast du die Koffer? Aha. (*Auf ihrem Gesicht zeigen sich Fährten tänzelnder Schritte.*) Wir werden ein paar Tage? Verreisen? Wo uns niemand? Aber das ist ja. Großartig.

Albert (*Schließt die Augen.*)

Gerda
Du schaust so …

Albert
Ich ziehe aus.

Gerda

Was?

Albert

Ich ziehe aus.

Gerda

Du? Willst? Mich verlassen?

Albert

Ich ziehe aus.

Gerda

Das ist dasselbe. Das kannst …

Albert

Ich ziehe aus.

Gerda

Das kannst du nicht machen. (*Sie macht ein paar Schritte auf Albert zu.*)

Albert (*Streckt beide Arme aus.*)

Bleib, wo du bist.

Gerda

Du weißt ja nicht, was du tust. Du bist verloren ohne Gedächtnis, sieh dich doch an! Ein verlorener Mensch ohne Weib und Welt, was willst du denn tun? Die Welt erkunden und auf irgendwelche Erlösung hoffen? Die von deinem Doktor? (*Sie setzt sich auf einen Koffer.*) Diesem schleimigen Kurpfuscher? Diesem neurotischen Psycho? (*Albert setzt sich auf den Rand der Badewanne.*) Oder hoffst du auf sie? (*Sie steht auf. Geht hin und her.*) Da kann

ich eine Geschichte erzählen. Da würdest du diese … sagen wir
– Elende am liebsten in irgendeinem Höllenkreis schmoren lassen, du würdest ihr die Haut vom Leibe … (*Auf dem Fenstersims
steht eine fingerlange, von herabtropfendem Wachs geschrundete Kerze.
Albert öffnet einen Koffer, klappt ihn auf, legt die Kerze mitsamt ihrem
Ständer vorsichtig hinein, schaut in den Raum. Mit jeder Hand packt
er einen Koffer, geht an Gerda vorbei, die, zunächst erstarrt, danach in
heftige Bewegungen ausbricht und ihm Worte an den Körper wirft, die
er gar nicht versteht, vollkommen leere Worte, die er wegscheucht wie
aufsässige Fliegen, und den Raum verlässt. Gerda geht ihm hinterher,
hält ihn an der Schulter fest, schreit. Aber Albert geht weiter. Wortlos
trägt er die Koffer über das helle Parkett des Wohnzimmers, das im Licht
der von der Hofseite hereinfallenden Sonne spiegelglatt erscheint, vorbei
am Tisch aus bläulich schimmerndem Milchglas und vier verchromten
Freischwingerstühlen aus schwarzem Leder, vorbei am lederbezogenen
Salontischchen, die Treppen hinunter zur Haustür, wo er beide Koffer
abstellt, die Tür öffnet, sie mit einem Fuß offen hält, beide Koffer energisch packt und das Haus verlässt. Die Tür fällt ins Schloss. Gerda ist
nicht mehr als ein Schwellenwort, das er bald nicht mehr verstehen kann.
An der Rezeption erledigt er die Formalitäten, bezahlt ein paar Wochen
Aufenthalt und steigt im zweiten Stock aus dem Lift. Er legt sich aufs
Bett und wartet auf Ulrike.*)

***

Safrangelbes Licht fiel auf den Platz.

 Schräg gegenüber rasselte ein Rollladen herunter, was ein
paar Tauben aufschreckte, die weit gefächert über das La Régance
flatterten. Zwei, drei Tauben setzten sich auf ein Dach, andere
flogen weiter Richtung Place Massillon, landeten auf dem Platz,
wo bunte Touristen in den Cafés saßen, in den Speisekarten
blätterten und nicht bemerkten, dass eine Taube, kaum hatte
sie eine Brotkrume aufgepickt, mit ihrer Beute augenblicklich

wegflog, zunächst in alle Himmelsrichtungen zirkelnd, hin und wieder auf einem Dachfirst für einen Augenblick aufsetzte, die untergehende Sonne im Nacken, eine große Runde über die terrakottaroten Dächer zog, an ihren Ausgangspunkt zurückflog und auf der grünen Markise vom La Régance aufsetzte, unter der Ulrike mit geschlossenen Augen in die letzten Sonnenstrahlen dieses Tages hineinlächelte.

Sie gab Laurent ein Zeichen.

Wortlos stellte er ihr ein Glas Weißwein aufs Tischchen, warf einen Blick auf den Platz und murmelte ein Wort, das Ulrike nicht verstand.

Zu Hause, in ihrem kleinen Häuschen an der Rue Auguste Renoir, hatte sie sich nackt vor den Spiegel gestellt, wieder und wieder hatte sie sich vor den Spiegel gestellt, sich gedreht, gebückt, Arme gestreckt und Beine gehoben, aber keine Unterschiede entdeckt.

Und trotzdem, dachte sie und betrachtete ein paar auffliegende Tauben, bin ich eine andere, eine andere geworden, seit ich das Albert-Land betreten habe. Was soll denn jetzt aus mir werden?

Das Büro hatte sie früher als gewohnt verlassen, »un entretien« geflüstert und ihren zwei Mitarbeiterinnen einen schönen Abend gewünscht.

Vor etwa fünfzehn Jahren war sie hier angekommen. Allein und sogar einsam. Die Haare trug sie damals lang. An ihr Gesicht konnte sie sich nicht erinnern. Mit Pass, Geld und einem Koffer in jeder Hand einen Zug Richtung Süden genommen. Den Zug nach Norden hatte sie knapp verpasst. Dann Genf und irgendwo um- und eingestiegen. Auf den Feldern lag ein wenig Schnee. Im Abteil war es kalt. Wenn der Zug in eine Stadt einfuhr, bemerkte sie hin und wieder leuchtende Weihnachtsbäume in den Wohnungen. Ein Leben lag hinter ihr und vor ihr wahrscheinlich auch eins. Sicher war sie sich damals nicht. Es hätte auch anders sein können. Lyon im Schoß der Nacht, stunden-, tagelanges Lyon und auf einmal Marseille, auf einmal Toulon, auf einmal Hyères. War schon Februar? Zum ersten Mal hatte sie eine Vergangenheit. Und darin befand sich ihre Familie. Auch Albert. Ewig eingeschlossen. Den Schlüssel hatte sie weggeworfen. Sie hätte auch in der Normandie oder sonst wo ankommen können. Jahrelang war ihr die Gegenwart so fremd wie ihre Vergangenheit. Sie nahm Jobs an, an die sie sich später nicht mehr erinnern konnte. Hatte Affären, an die sie sich später nicht mehr erinnern konnte. Immer wieder neue Vergangenheiten. Eines Tages arbeitete sie als Stellvertreterin in einem Immobiliengeschäft. Einfache Büroarbeiten, mit dem Französischen hatte sie keine Schwierigkeiten mehr. Das Geschäft ging pleite, sie kaufte es für wenig Geld und lernte bald darauf Lucie kennen. Sie suchte eine Wohnung für sich und ihren Hund und kannte sich aus im Kauf und Verkauf von allem Möglichen. Eines Tages trank sie mit Lucie nach Feierabend ein Glas Wein und spürte Heimat unter ihren Füßen. Ihre Spaziergänge wurden länger. Die Geschäfte gingen gut. Hyères. Tauben auf Dächern und Plätzen, das Meer vor ihren Augen. Kajakfahrten um die Ile d'Or.

So sehr war Alberts Angesicht in den letzten Jahren verblasst, dass sie von Zeit zu Zeit ein paar Fotos hervornahm und sich sein Bild wieder einprägte. Aber es hielt nicht lange an. Albert war kaum zu halten.

Und jetzt trug jedes Gesicht sein Gesicht. Nur ihres blieb das alte.

Laurent fragte stumm, ob er noch ein Glas bringen solle, sie schüttelte den Kopf. Er deckte mit der einen Hand die Sonne ab und fächelte mit der anderen Hand die Speisekarte gegen sein Gesicht.

Laurent legte die Karte wieder aufs Tischchen, wischte mit dem Handrücken Schweiß von der Oberlippe.

Sie dachte an den Holländer und musste lachen.

Laurent drehte den Kopf, schaute sie verwundert an.

Wie sie da im Gras saßen und auf einmal dieser Mensch mit

dem komischen Gesicht auftauchte. Und sie den Rock übers Knie zieht, nach rechts schaut, die Hand auf den Schoß gelegt.

Leider hatte Dr. Beck dann abgebrochen.

Sollte sie ihn anrufen? Sich nach dem Stand der Therapie erkundigen? Und dann?

Ulrike bezahlte, wählte nicht den direkten Heimweg, sondern schlenderte durch die Gassen, schaute Häuser und Plätze an, als wäre sie das erste Mal hier. Und wohin sie auch schaute, entdeckte sie Albert. Sie nahm sein Bild mit in den Schlaf.

Und am nächsten Morgen war sie noch lange von einem Traum umnebelt. Egal, dachte sie, der Entschluss war gefasst.

***

Erst allmählich wusste er, wo er war.

Nachdem er Bruchstücke eines Traums aus seinen Augen gerieben hatte, traten die Konturen und Farben des Hotelzimmers aus dem Hintergrund, erschienen in einer nüchternen Klarheit, und ihm war, als hätte es den Traum nie gegeben.

Nach nur einer Nacht in diesem Zimmer fühlte er sich heimisch, die Welt geordnet zu einer fugenlosen Harmonie.

Albert zog sich an, warf einen Blick aus dem Fenster, bemerkte den über einen Wohnblock hinausragenden Turm, noch eingefärbt vom Morgen, und sofort spürte er eine Gänsehaut auf seinen Armen, die ihm unerklärlich vorkam. Ein tiefes, glückliches Schaudern.

Er öffnete seine Koffer, legte Socken, T-Shirts, Unterhosen in Schubladen, hängte Hemden, Hosen, Jacketts über Bügel, stellte seine Toilettensachen ins Bad. Die Dinge waren an ihrem Platz. Danach ging er, wie immer in diesen Tagen, zur Lobby, wünschte der Frau an der Rezeption einen schönen guten Morgen, frühstückte und machte Spaziergänge. Manchmal in den Hügeln jenseits der Stadt, manchmal am Fluss, an stacheligen

Brombeerbüschen vorbei, an Weißdorn, abgeblühtem Flieder. Er flanierte, manchmal mit einer Zeitung, und wenn es regnete, mit einem Schirm in der Hand.

Eines Tages kaufte er in einer Buchhandlung ein paar Landkarten, ging später an seiner Schule vorbei, wo er noch sechs Wochen beurlaubt war, wartete hinter parkierten Autos auf die Pause und beobachtete drei, vier Personen, die vor dem Schulhaus rauchten. Das sind wohl meine Kollegen, dachte er. Kurz bevor der Unterricht wieder begann und die Personen hinter einer Tür verschwanden, erkannte er Klaus. Er und Christian waren auf einem Foto zu sehen, das Dr. Beck ihm gezeigt hatte. Christian starb einen plötzlichen Herztod. Er war erst achtunddreißigjährig und im Kollegium sehr beliebt. Klaus sah genauso aus wie auf dem Foto, einzig die Haare waren etwas kürzer. Auf einmal waren sie im Gebäude verschwunden.

Albert spazierte zurück zum Hotel, begrüßte die Frau an der Rezeption, ging auf sein Zimmer und legte sich hin. Ein heftiger Wind schlug Zweige ans Fenster. Irgendwo klopfte ein metallischer Gegenstand einen unruhigen Takt.

Gerda suchte ihn.

Sie schrie Dr. Beck wütende Worte in den Hörer, verärgerte Leinstadt, weil sie Aufträge immer wieder verschob, Sitzungstermine nicht einhielt, sodass er sich sogar überlegte, sie zu entlassen, aber das Projekt war viel zu weit gediehen, und letztlich liefen alle Fäden bei Gerda zusammen, sie war unentbehrlich geworden. Leinstadt fluchte leise.

Doch Gerda konnte ihn nicht finden.

Eines Tages drückte sie Iwan in ironischer Verzweiflung eine getragene Unterhose Alberts, die noch im Wäschekorb lag, an die Nase und sagte: »Such! Suche meinen Albert, der uns verlassen hat, suche unser Herrchen. Los, du Dreckskötter, nimm die Spur auf und führe mich zu meinem Albert.«

Aber Iwan, es war vorauszusehen, zog seinen Kopf zurück,

machte ein paar Schritte rückwärts und legte sich neben Gerdas Beine, wo er schnell einschlief. Denn Iwan hatte vergessen, dass er eigentlich ein Jagdhund war.

Gerda stand unschlüssig neben dem schlafenden Iwan. Bewegungslos betrachtete sie die Küche, die Zeitungen auf dem Tisch, die angebrochene Flasche Rotwein, den verstaubten Kerzenständer und drückte Alberts Unterhose auf ihre Nase. Inhalierte tief. Und augenblicklich tauchten in ihrem Kopf Albert-Bilder auf, wie er in diesem Hotel auf Kreta seine Unterhose abstreifte, mit dem Fuß in die Höhe warf und mit dem Kopf auffing. Gerda applaudierte, stand auf, tat es ihm gleich, aber das Kunststück gelang nicht. Und wie sie beide in Florenz auf den Treppen vor der Kathedrale saßen, rauchten und nicht wussten, was sie noch besichtigen sollten. Und wie Albert über den Direktor der Schule schimpfte, der ein bildungsfernes, kaltes Arschloch sei, eine komplett lächerliche Figur, sagte Albert. Und wie sie beide irgendwo im Engadin über ein Moor wateten, immer wieder bis zu den Knien eintauchten, während Albert Witze machte über Iwan, den Hund von Baskerville.

Aber die Geruchsprobe blieb wirkungslos, weder Gerda noch Iwan konnten Albert finden, der, wie immer in diesen Tagen, der Frau an der Rezeption einen schönen guten Morgen wünschte, kurz stehen blieb, nachdem er das Hotel verlassen hatte, einen Blick zum Himmel warf und losmarschierte.

Er roch eine zarte Fäulnis, vermischt mit Rauch und kellerhaftem Nebel. Das war der Herbst.

Im hellen Licht eines Restaurants beobachtete er einen Mann mit langen, blütenweißen Haaren.

Der Mann löffelte eine Suppe, drehte hin und wieder den Kopf, schaute nach draußen. Albert war sich nicht sicher, ob der Mann ihm zunickte. Kannte er ihn? Er konnte sich nicht erinnern, ihn auf einem der Bilder gesehen zu haben. Aber das will ja nichts heißen.

Albert wollte schon weitergehen, da entdeckte er im Hintergrund des Lokals eine Frau mit einer leicht gewölbten Nase. Sie saß an einem kleinen Tischchen, hantierte mit dem Telefon, blätterte in einem Stoß Papier. Und augenblicklich tauchte das Bild Gerdas vor seinen Augen auf. Schnell ging er aus dem Blickfeld des Restaurants. Sie hatte ihn nicht gesehen, aber ihr Bild blieb in seinem Kopf. Zunächst unscharf und verwackelt, dann formte sich ein Gesicht. Er schloss die Augen. Das Bild verschwand nicht.

Im Blumenladen »Les Roses d'Isabelle« kaufte er einen blauen Strauß, eilte mit großen Schritten zurück zum Hotel. Als er ankam, goss es in Strömen. Der Regen hatte das Bild weggewaschen. Die Frau an der Rezeption brachte ihm eine Vase, die er aufs Nachttischchen stellte.

Er redete sich ein, Ulrike wäre hier, bevor die Blumen welkten.

***

Und tatsächlich.

Der Boden trug sie nicht mehr. Sie hielt inne, schwebte bodenlos über einem grünen Grund. Die Koffer lagen wie Luftballons in ihrer Hand, fast schwerelos segelten sie hin und her im Wind wie zarte Blüten, und selbst als sie sie vor dem Schalter hinstellte, war ihr, als trieben sie von ihr fort und nähmen sie mit in ein Land, wo alle Stimmen nicht mehr waren als wegfliegende Erinnerungen.

Ja, sagte sie, ich möchte dorthin. Oui, simple.

Sie ging zum Perron und setzte sich auf eine Bank.

Der Zug hätte wenige Minuten Verspätung, meldete eine blecherne, in alle Richtungen verfliegende Stimme.

Sie sei eine unbestimmte Zeit weg. Ihre zwei Mitarbeiterinnen warfen sich einen Blick zu, schauten zu Ulrike, unsicher, ob dies einer ihrer trockenen Witze war, doch ihre Chefin löste die

Spannung nicht wie gewöhnlich mit einem herzhaften Lachen auf, sie blieb ernst und wirkte abwesend. Ja, unbestimmt, vielleicht sei sie bald wieder hier, vielleicht etwas später. Lucie schob sich mit ihrem Stuhl vom Pult weg, verschränkte ihre Arme. Später als bald?

Erst jetzt hörte sie diesen Satz. Sie lächelte. Lucies Fähigkeit, die Dinge auf den Punkt zu bringen. Ohne Lucie gäbe es die Agentur nicht. Lucie war ihre Freundin.

Ja, dachte sie, vielleicht später als bald. So weit, wie mich das Albert-Land tragen wird.

Ulrike stand auf, warf einen Blick auf die Anzeigetafel. Nachdem ihr der Boden unter den Füßen weggezogen wurde, sank sie zunächst in eine bösartige, traumhafte Tiefe, wo sie stunden- und tagelang nichts anderes wahrnehmen konnte als diese bösartige, traumhafte Tiefe, bis sie, von einer unbekannten Kraft getrieben, ihre Wohnung auflöste, die Arbeit kündigte, sich krankmeldete und mit Pass, Geld und zwei Koffern einen Zug bestieg und die Stadt verließ. In Hyères wohnte sie ein paar Wochen in einer Pension unter lauter Nomaden, fand schließlich eine kleine Wohnung an der Rue Auguste Renoir. Eines Tages ging sie in einen Coiffeursalon in der Nähe und ließ sich eine Kurzhaarfrisur schneiden. Incroyable, sagte Lucie, als sie ihr später davon erzählte. Als Inhaberin einer Immobilienfirma hätte es genügend Gelegenheiten gegeben, eine größere Wohnung zu beziehen, doch Ulrike blieb in der Rue Auguste Renoir. Als eine der ersten Firmen hatte Ulrike eine Homepage einrichten lassen. Der Umsatz stieg. Sie stellte Emilia ein und hatte immer noch viel zu tun. Praktikantinnen gingen ein und aus, organisierten die Wohnungsbesichtigungen, schrieben die Inserate, verbesserten den Internetauftritt. Eines Tages trank sie mit Lucie nach Feierabend ein Glas Wein und spürte Heimat unter ihren Füßen.

Ulrike setzte sich, legte ihre Arme auf die Koffer. Heimisch, das sagt man so, damit die Sehnsucht ein Ende hat, und weiß genau, dass es eine Lüge ist. Dieses Wort. Und Albert und Gerda und ihre Eltern und andere waren Teil dieser Lüge.

Ein fester Lügenbestandteil.

Sie hievte ihre Koffer in den Zug, drängte an Menschen vorbei in ihr Abteil. Hyères war schnell vorbei. Aus einer Heimat war in wenigen Minuten eine Fremde geworden. So was kommt vor. Manchmal später als bald, manchmal früher.

Ulrike musterte die Frau auf dem Sitz gegenüber, die ihrem Kind Brei in den Mund löffelte. Im Gang stand ein Mann mit langen, weißen Haaren und aß ein Sandwich. Für einen Moment berührten sich ihre Blicke.

Ulrike schloss die Augen, versuchte zu schlafen, vernahm im Keller ihres Bewusstseins ein Rumpeln und Rascheln und fand keine Ruhe.

***

Gerda rief Dr. Beck an, wollte wissen, wo er Albert versteckt hielt. Schnurstracks sei er zu ihm gerannt, seinem Guru, seinem sogenannten Therapeuten. Gerda holte Luft, er solle ihr Albert auf der Stelle zurückbringen, sonst würde sie ihn anzeigen wegen Entführung und Menschenraub, was Dr. Beck zu der Bemerkung veranlasste, die Hysterie sei ja doch nicht ausgestorben und überhaupt ..., und überhaupt könne er sich seine Süffisanz sparen oder irgendwohin stecken, ich will jetzt wissen, wo mein ..., das ist er schon lange nicht mehr, sie hänge einer Illusion nach. Albert habe sie vergessen.

Gerda unterbrach das Gespräch. Dr. Beck legte sein Handy aufs Tischchen.

Er ist also weg.

Dr. Beck schaute auf die Uhr, in fünf Minuten kommt eine Patientin. Er nahm das Handy und rief Ulrike an, die aufschreckte, in ihrer Tasche wühlte, einen Blick auf das Display warf, einen

Moment zögerte und den Anruf annahm. Nein, sie wisse nicht, wo Albert sei, er hätte sich nicht gemeldet, sie sei auf dem Weg zu einem Geschäftstermin, ja, sie würde sich melden, falls.

Neben ihr hatte ein junger Mann Platz genommen. Ulrike schaute aus dem Fenster.

Bei Dijon war es Abend geworden. Ulrike zerrte ihre Koffer aus dem Abteil, rollte sie Richtung Ausgang. In einem Abteil bemerkte sie den Mann mit den langen, weißen Haaren. Sie stieg aus, fuhr die Rolltreppe runter, wechselte den Perron.

Im Takt des rollenden Zuges schlief sie ein.

Und dann, wie im Traum, stand sie vor dem Hotel, torkelte, die Koffer hinter sich herziehend, an die Rezeption, nannte ihren Namen und verlangte wieder dasselbe Zimmer. Die Frau an der Rezeption lächelte sie an, klapperte mit ernster Miene auf der Tastatur, und sagte, erneut lächelnd, das Zimmer sei leider besetzt, aber gleich gegenüber sei ein sehr schönes Zimmer frei, Hügelblick.

Bien, dann Hügelblick.

Sie zog die Schuhe aus, legte sich ins Bett und schlief weiter.

***

Die Uhr schlug neun Mal, dann folgte eine zweite Glocke, die sich in die erste mischte, und schon ertönte die dritte. Das ist die Turmuhr. Wie eine Erinnerung. Unweit davon stand Albert und zählte die Schläge der Uhr. Und endlich bin ich wieder bei den Lebenden, dachte er, in der lebendigen Welt. Setzte seinen Spaziergang fort. Vor einem Gasthaus blieb er stehen, beobachtete die Menschen im hell erleuchteten Raum. Das Bild wie ein wärmendes Feuer. Da ist Leben drin. Albert drehte seinen Kopf langsam hin und her, schnupperte in den Herbstabend hinein, hörte dumpfes Lachen junger Männer. Albert ging weiter. In der Luft lagen süße Gerüche. Ich bin über vierzig, und mein Leben hat erst gerade begonnen. Ist das nicht ein ungeheures Glück? Da hat die Psychologie nichts zu suchen. Sie greift ins Leere. Albert lächelte. Er sah einen rauchenden Taxifahrer, zwei an ihre Fahrräder gelehnte Frauen in einem stummen Streit, hörte eine Sirene, das Bellen eines Hundes. Der Frau an der Rezeption wünschte er einen guten Abend. Er stieg in den Lift. Der Lift hielt, Albert wollte aussteigen und stand vor Ulrike. Die beiden erstarrten. Schauten sich bewegungslos an wie zwei Statuen.

Ulrike
    Albert! Du hier!

Albert
    Da bist du ja.

Ulrike
    Im selben Hotel, incroyable, c'est fou. Albert.

Albert (*Tritt aus dem Lift.*)
    Bist du gut gereist?

Ulrike (*Schüttelt den Kopf. Schweigt lange.*)
    Na ja, konnte nicht schlafen.

Albert (*Die Lifttür schließt.*)
    Das ist gut! Wer will denn schlafen.

Ulrike
    Sind wir in derselben Etage? Wohnst du auch hier?

Albert
    Ich wohne nun hier. Ja. Komm, ich zeige dir mein Zimmer.

(*Albert küsst Ulrike auf die rechte Wange, dann auf die linke. Ulrike legt ihren Arm um seine Schulter. Sie betreten Alberts Zimmer.*)

Ulrike

Sind das Kornblumen?

Albert (*Lacht*)

Keine Ahnung. Da kenn ich mich nicht aus. Mir gefiel das Blau. Du hast doch früher …

Ulrike

Das Blau ist wunderschön.

Albert

Willst du was trinken? Da gibt's eine Minibar.

Ulrike (*Nimmt die Flasche, die Albert ihr reicht.*)

Ce n'est pas soixante-quatre.

Albert

Eine heimische Marke. Gibt's noch nicht lange. Schmeckt gut. (*Er öffnet das Fenster, stellt die Flasche aufs Fensterbrett und stützt sich mit beiden Händen auf den Fensterrahmen.*)

Zum Wohl, Ulrike, komm her. (*Ulrike stellt sich neben ihn, nimmt hin und wieder einen Schluck aus der Flasche. In unregelmäßigen Abständen berühren sich ihre Schultern. Als die Turmuhr zehn Mal schlägt, dreht Ulrike den Kopf, schaut Albert verstohlen an, der keine Regung zeigt und mit seinen leichten, hellen Augen irgendwo in weiter Ferne einen Punkt fixiert.*)

***

Die Septembertage brachten kühles Wetter. Der Nebel, der wie feuchte Wattebäuschchen zwischen den Hügeln hing, atmete einen muffigen Atem aus. Und im Sommergesicht, das trüb und blass hinter einer Wolke hervorlugte, waren schrundige Narben zu sehen.

Albert verließ das Geschäft, wo er einen blauen Pullover gekauft hatte, ging ein paar Meter, blieb vor einem Immobiliengeschäft stehen, betrachtete sein Spiegelbild. Danach ging er weiter, beschwingt, mit breiten Schritten, warf einen Blick zurück, kreuzte ein junges Paar mit Hund, hörte vor einem Hauseingang eine Stimme, die gleich wieder wegflog wie ein Vögelchen im Frühling, betrat eine Schreibwarenhandlung, kaufte eine Schachtel Schreibpapier und eine Füllfeder und betrat ebenso beschwingt wieder die Straße.

Vor einer Kreuzung blieb er stehen. Berührte mit der einen Hand die andere und fragte sich auf einmal, ob er der Berührte oder der Berührende sei, ob er sich selber ein Objekt sein könne, sodass das eine im anderen sich wiege, ohne in dieser seltsamen Überkreuzung voneinander zu lassen oder überhaupt zu unterscheiden sei.

Die Ampel schaltete auf Grün, doch Albert blieb stehen, zog die eine Hand zögernd von der anderen zurück, fügte die Arme seitlich an seinen Körper und widerstand so den Menschen, die zu einer dunklen, bald auseinanderfallenden Mauer die Straße überquerten. Er fühlte sich wie ein Widerstand im allgemeinen Getriebe. In einer weltfremden Mechanik. Und gerade deshalb kehrte er um.

Vor dem Schaufenster des Immobiliengeschäfts sah er sich gespiegelt wie neu. Unter seiner Haut zeigte sich eine Anordnung fest gefügter Nerven und Muskeln, ein im festen Takt schlagendes Herz, es erschienen Tiefen und Schatten, unüberschaubare Höhlengänge, Töne wie vorbeifliegende Atemzüge. Sein Körper durchbrach hellen, harten Stein und wurde lebendig.

Albert machte ein paar tänzelnde Schritte, lachte sich an und verlor sich nicht aus dem Blick, schwenkte die Tragtasche hin und her, weshalb einige Passanten Albert verwundert betrachteten, nicht sicher waren, ob es sich hier um eine Form von Kunst oder Geisteskrankheit handelte, schließlich etwas unschlüssig weitergingen und diesen Troll bereits nach wenigen Schritten vergessen hatten.

Ähnlich verliefen die nächsten Tage.

Das Wetter blieb wechselhaft, zuweilen zeigte sich die Sonne, die eine flüchtige Wärme über die Stadt legte, zuweilen zogen sich die Wolken zusammen, und der Geruch von angesäuertem Laub und Rauch drang in Straßen und Häuser.

Ulrike kam ihn jeden Abend kurz vor zehn besuchen.

Sie standen am offenen Fenster, tranken eine Flasche Bier, horchten auf die Geräusche der Stadt, die von den Glockenschlägen der Turmuhr viertelstündlich unterbrochen wurden.

Nachdem Ulrike das Zimmer verlassen und ihren Duftschleier achtlos fallen gelassen hatte, atmete ihn Albert noch eine Weile ein, legte sich ins Bett, wo er tief und traumlos lange schlief.

Beim Frühstück saß Albert allein an einem Tisch in der Nähe des Buffets. Ulrike sah er tagsüber nie. Er fragte sich, wo sie war und was sie tat.

An einem Morgen, er war grau und nass, kaufte sich Albert einen Hut. Vor dem Immobiliengeschäft betrachtete er sich, schob den Hut ein wenig in den Nacken und kehrte, nachdem er ein paar Schritte gegangen war, zurück, betrat das Geschäft. Als einige Formalitäten erledigt waren, bestaunte er ein paar Tage später das Foto seines Hauses im Schaufenster.

Ein schönes Haus. Albert beugte sich vor, die Hände in die Hüften gestemmt, sah ein grau getünchtes, doppelstöckiges Reihenhäuschen mit weiß gestrichenen Fenstern. Die Stockwerke wurden von einem markanten Balken getrennt. In den gekippten Fensterscheiben im zweiten Stock widerspiegelte sich das

Blau des Himmels, während die anderen Fenster ausschauten wie monochrom anthrazitfarbene, von zwei Sprossen horizontal durchbrochene Bilder. Wahrscheinlich war das Bild im Frühsommer gemacht worden. Ein schönes Haus.

Bei diesem Preis werde er keine Schwierigkeiten haben, das Haus zu verkaufen, sagte der Händler, und außerdem bleibe ja noch ein bisschen Zeit bis zum 31. Dezember.

Albert nickte ihm lächelnd zu, überreichte ihm den Hausschlüssel und unterschrieb die Vollmacht. Der Händler nickte ebenfalls, rückte seine Brille gerade, nahm die Vollmacht und wünschte Albert einen schönen Tag. Albert setzte den Hut auf und trat auf die Straße.

Der leichte Nieselregen erschien ihm wie eine Liebkosung des Herbstes. Die Straße wie ein sanft dahinfließender Kanal. Und sein Körper ein blanker Kiesel drin.

Vor dem Hotel schüttelte er das Nass vom Hut, sagte ein paar Worte zur Frau an der Rezeption, deren Augen eine Weile brauchten, bis sie ihn trafen, und stieg in den Lift. Vor Ulrikes Zimmer blieb er stehen, drückte sein Ohr an ihre Tür.

In seinem Zimmer zog er den blauen Pullover an, betrachtete sein Bild im Spiegel, setzte sich an den Schreibtisch, öffnete die Schachtel mit dem Schreibpapier.

»Kündigung«, lautete der Titel, er unterstrich ihn zweimal.

»Hiermit kündige ich meine Stelle als Lehrperson«, lautete der erste Satz. Albert setzte ein paar Sätze hinzu, unterschrieb, faltete das Blatt und steckte es in einen Umschlag. Noch wenige Glockenschläge, dann kommt Ulrike.

***

Wird die Katastrophe schlimmer und schlimmer, kippt sie auf einmal ins Lächerliche.

Gerda saß mit angewinkelten Knien in der Küche vor dem

geöffneten Kühlschrank, spürte die Kälte im Rücken und warf ein Ei an die gegenüberliegende Wand.

Der Herr vom Immobilienbüro hat sie freundlich um einen Termin für eine Hausbesichtigung gebeten. Der Eigentümer beabsichtige zu verkaufen. Sie habe Zeit bis Ende Jahr, sich eine neue Bleibe zu kaufen.

Bleibe, dachte Gerda, was für ein idiotisches Wort, und knallte ein weiteres Ei an die Wand, an der das Eigelb langsam, das Eiweiß etwas schneller herunterlief und sich in die Trümmer der anderen Eiruine mischte.

Sie starrte mit weit geöffneten Augen an die verspritzte Wand, fuhr mit der flachen Hand über ihr Gesicht, wischte Tränen weg.

Sein verlorenes Gedächtnis hat mich gleich mitgezogen. Ist ja klar, dachte sie, ich bin Teil seiner Erinnerungen. Sind diese tot, bin ich es auch. Wieder knallte sie ein Ei an die Wand, es war das zweitletzte.

Hätte ich doch eine 12er-Packung gekauft.

Iwan, aufgeschreckt von diesen seltsamen Geräuschen, trottete in die Küche, blieb einen Moment stehen und begann, die Eier aufzulecken. Weitum war Stille. Nur das Schmatzen Iwans war zu hören.

Gerda schüttelte den Kopf und fühlte sich auf einmal wie eine Figur in einem Roman. Oder in einem Film. Lange war klar, was die Wirklichkeit ist, nun ist auch diese Gewissheit verloren gegangen. Mit Alberts Gedächtnis den Bach runter. Bin ich überhaupt noch da?

Gerda stand auf, wischte mit einem Küchentuch ihr Gesicht sauber, nahm das letzte Ei aus dem Kühlschrank und warf es im Wohnzimmer an die sechste Station des Erinnerungsweges, riss alle Bilder und Texte von der Wand, ging in Alberts Zimmer, unser Gästezimmer, sagte sie laut, unser Gästezimmer, und musste lachen, zog sich aus, kauerte auf Alberts Bett, unser Gästebett, sagte sie noch etwas lauter, und pisste ungefähr eine halbe Minute.

Wieder und wieder gelang es ihr nicht aufzustehen. Eine ominöse Schwerkraft hinderte sie daran, zog sie nieder, in die Tiefen des Bettes, wo sie schließlich versank und in einem Zustand genau zwischen Wachen und Schlafen eine unbestimmte Zeit verbrachte.

Nackt wankte Gerda durch das fremde Haus.

Bevor sie das Haus verließ, malte sie mit ihrem Lippenstift das Wort »Albert« in großen Buchstaben auf den Spiegel im Schlafzimmer. Auf der Straße fiel ihr etwas ein. Sie kehrte zurück und spuckte das Aigu auf das E. Da erst bemerkte sie ihr Gesicht im Spiegel. Über ein Auge lief Spucke.

**

Albert nahm seine Hände von Ulrikes Schultern, schloss das Fenster.

»Die Nacht riecht würzig.«

»Das ist der Herbst«, sagte Ulrike, »der Winter drückt die Gerüche auf den Boden. Bis sie im Frühling genug stark sind und sich wieder aufrichten.«

Albert grinste. »Was machst du in Südfrankreich?«

»Immobilien«, sagte Ulrike, »kaufen und verkaufen.«

Albert setzte sich zu ihr aufs Bett.

»Und jetzt? Wer kauft und verkauft?«

»Ach, das läuft von selber, meine Mitarbeiterinnen machen eine gute Arbeit. Ich muss nicht dort sein.«

»Wie lange musst du nicht dort sein?«

»Solange ich will.«

»Hast du Fotos?«

Ulrike betrachtete Albert, schmunzelte, nickte mit dem Kopf.

Sie ließ sich aufs Bett fallen, Arme und Beine ausgestreckt . In ihrem Kopf formten sich Bilder. Leichter Schneefall. Im Hintergrund eine Luftseilbahn vor verschneiten Gipfeln. Einige kahle, hell glänzende Felsen wie Metall. Zwei T-förmige Masten. Links, schräg abgeschnitten, eine Aussichtsterrasse. In den Schnee gesteckte Skier und Stöcke, zwei wegfliegende Alpendohlen. Albert in einer eigelben Jacke und schwarzen, eng anliegenden Hosen. Ulrike vor ihm im Schnee liegend mit ausgestreckten Armen.

Albert stand vor dem Bett, breitbeinig, in die Alpensonne blinzelnd.

Ulrike betrachte die Decke, wo sie matt schimmernde, wie hinter Milchglas verborgene Bilder beobachtete, die, je länger sie schaute, in Bewegung kamen, bebten, bis Ulrike die Augen schloss. Die Bilder waren ruhig geworden.

Sie öffnete die Augen. »Ich habe einige Fotos dabei.«

»Das ist gut«, sagte Albert, »dann werden wir sie nachbauen.«

Später, vielleicht, es sei schon spät. Sie sei müde.

In dieser Nacht fiel in den Bergen der erste Schnee.

***

In dieser Nacht fiel in den Bergen der erste Schnee. Gerda schloss das Fenster. Es war kalt geworden. Und die Kälte reichte weit in die Träume hinein. Sie nahm den Korken von einer angebrochenen Flasche Wein, schenkte sich ein Glas ein, setzte sich an den Küchentisch.

Und Albert? Ist er im Warmen? Oder unter blankem Himmel und friert?

Gerda legte ihren Kopf auf den Küchentisch und weinte.

Von Zeit zu Zeit hob sie ihren Kopf ein paar Zentimeter und wischte mit der Hand die Tränen weg.

Sie kam sich vor wie eine dicke, blöde Schneeflocke, die in einen Wind geraten war, umhergewirbelt wurde und nicht wieder zu sich fand. Verweht, verwirbelt, verschwunden. Das ist die Situation.

Sie füllte ihren Mund mit Wein, stand auf, spie den Wein an die Wand. Setzte sich wieder. Betrachtete dieses Bild. Das sie an einen Tintenklecks erinnerte.

Eine zerfließende Erinnerung.

Ich sehe, Gerda schenkte Wein in ihr Glas, ich sehe Erinnerungen in Form perforierter Abreißzettel an einer weißen Wand. Wer will, reißt sie weg.

Ich sehe das Feuerwerk zum Millennium.

Sie ging zurück zum Tisch, nahm einen Schluck, gurgelte, spie den Wein an die Wand. Ein aufgeklatschtes Feuerwerk: Zunächst ein bordeauxrotes Wetterleuchten, entfaltet es sich mit einem dumpfen Knall zu einem sternförmig auseinanderstrebenden Körper, der mit seinen Tentakeln ein weites Halbrund aufreißt, sich in langen Fäden in das Schwarz der Nacht ergießt und schließlich mit prächtig herabrasselnden Würmern den Himmel weitum in einem hellen Rot erleuchtet, bis diese Erscheinung sich von innen her auflöst und als schwarzer, stiller Regen niedergeht, ohne Schatten und Erinnerung, während sich gleichzeitig dunkle Kugeln lautlos in den Himmel schrauben und bald andere Farben und Formen das neue Jahrtausend illuminieren, ihm eine Hoffnung einzeichnen, die, Gerda legte die Arme um ihren Kopf, das neue Jahrtausend gar nicht verdient.

Mit einem Arm wischte sie die Flasche vom Tisch.

Iwan schreckte auf, hob seinen Kopf, stierte auf Gerda, blieb eine Weile bewegungslos und schlief bald weiter.

Und Albert? Friert er? In dieser kalten, blanken Nacht?

Und sie? Liebt er sie? Hat er die Mutter wirklich vergessen? Das wäre ja …

Nun, Albert öffnete die Augen, und ihm war, als hätte ein Feuerwerk seinen Kopf bis in die finstersten Nischen erhellt und würde gar nicht abklingen. Er hörte zärtlich prasselnde Geräusche wie Wassertropfen, die auf ein Feuer fallen.

***

Auch wenn einzelne Gebäude noch fest und klar erschienen wie etwa der Turm oder die alte Schule, die sie kürzlich besucht hatte, war die Stadt in all den Jahren verblasst, die Gerüche dumpf geworden, und selbst auf den Erinnerungen lagen wässrige Flecken.

Ulrike steckte die Hände in die Hosentaschen, ging schneller. Sie trug noch immer die leichten Kleider aus dem südfranzösischen Sommer.

Und auf einmal diese Bilder: mit ihrem Vater Hosen anprobiert, mit Freundinnen im Restaurant herumgelungert, Turnschuhe gekauft, eine Uhr geklaut. Ich sehe diese Bilder, aber ich kann mich nicht erinnern.

Stattdessen Albert, der wie ein breitbeiniger Koloss in jedem Bild steht. Und auch jetzt geht er mit langen, schnellen Schritten am Warenhaus vorbei, hin und wieder streift er die schulterlangen Haare aus dem Gesicht. Er trägt eine Jeansjacke, schwarze Hosen, weiße Turnschuhe und schaut geradeaus, als wisse er, wohin er wolle. Ein geradliniger Student.

Ulrike setzte sich auf eine Bank. Ein geradliniger Student, der jedes Bild heimsucht. Und jetzt bin ich bei ihm. Bin zwischen die Zeiten geraten.

Ulrike fühlte sich wie ein Findling inmitten herumströmender Menschen, die ihr wie Spielfiguren vorkamen, wie Wesen einer anderen Welt, und doch, sie streckte ihren Rücken, und doch bin ich im Begriff, heimisch zu werden.

Durch die Drehtür betrat sie das Warenhaus, ließ sich von der Rolltreppe in den ersten Stock fahren und kaufte Winterkleider. Ihre hellen Leinenhosen und die Bluse ließ sie in der Umkleidekabine liegen, betrat wieder die Straße und spürte keine Kälte mehr. Der Winter kann kommen, dachte sie. Und er kann eine Weile dauern.

Als sie in der Lobby auf den Lift wartete, hoffte sie, Albert würde aus dem Lift treten, sie mit seinen grünblauen, etwas kindlichen Augen anlächeln und ihr einen schönen Tag wünschen. Der blaue Pullover würde sie an einen warmen Apriltag erinnern, als sie mit ihren Eltern einen Ausflug in die Berge machten, auf einer Aussichtsplattform den aufkeimenden Frühling unten im Tal betrachteten, und, als ein Zug von wilden Vögeln aus der Tiefe stieg, die Mutter ihrem Vater etwas ins Ohr flüsterte, worauf er in sein lautes, wieherndes Lachen ausbrach, das bis zu ihrer Abfahrt in unregelmäßigen Abständen immer wieder hervorbrach, was Ulrike peinlich fand und sich die Ohren zuhielt. Dann stimmte Albert in dieses Lachen ein.

Als der Lift endlich kam, war er leer.

Ulrike stellte ihre beiden Einkaufstaschen neben sich und wartete, bis die Tür sich wieder schloss. Sie packte ihre Taschen und ließ sich in einen Ledersessel fallen. Die Frau an der Rezeption schaute sie besorgt an.

Es sei alles in Ordnung.

Die Frau an der Rezeption lächelte erleichtert.

Ja, dachte Ulrike, es ist alles in Ordnung. Wenn ich bei meinem Albert bin, ist alles in Ordnung. Seltsam, wie plötzlich sich die Zeiten gedreht haben. Was noch bis vor Kurzem tief in der Vergangenheit eingekapselt war, erschien jetzt im klaren Licht der Gegenwart. Und Lucie? Die Agentur, ihre Wohnung an der Rue Auguste Renoir? Das war gestern.

Ulrike legte ihren Kopf in ihre Hände. Als sie die Hände wieder wegnahm, waren sie tränennass. Wenn der Augenblick gekommen war, würden sie den Zug Richtung Süden nehmen: Genf, Lyon, Marseille, Toulon, Hyères. Mit Albert durch die engen Gassen der Altstadt spazieren, am Place Massillon ein Glas Wein trinken, ein Bad im Mittelmeer.

Entschlossen stand sie auf, bat die Frau an der Rezeption, ihre Taschen für kurze Zeit zu beaufsichtigen, eilte zum Warenhaus, wo sie einen kleinen Rucksack kaufte, einige Toilettenartikel, einen Fotoapparat, Handschuhe, zwei Schals, alles in den Rucksack stopfte und kurze Zeit später wieder in der Lobby erschien.

Die Frau an der Rezeption wunderte sich, packte die zwei Taschen und begleitete Ulrike wortlos auf ihr Zimmer.

Kaum war die Tür zu, begann Ulrike zu packen.

Als alles in den Koffern verstaut war, öffnete sie die Minibar, nahm zwei Flaschen Bier, verließ ihr Zimmer und klopfte an Alberts Tür.

Er öffnete, lächelte sie mit seinen grünen, etwas kindlichen Augen an.

»Alors, ich bin reisefertig.«

Sie standen am Fenster, tranken Bier, und als die Turmuhr sieben Mal schlug, schauten sie sich an und lachten laut los.

8. Ulrike und Albert gehen weg

Am nächsten Tag saßen Ulrike und Albert im Zug. Der Nieselregen zeichnete stetig wechselnde Schraffuren ans Fenster.

Nachdem der Schaffner die Fahrkarten kontrolliert hatte, warf er einen skeptischen Blick auf ihr Gepäck und fragte, ob sie auswandern wollten. Ulrike und Albert schauten sich an, sagten nichts, und als der Schaffner das Abteil verlassen hatte, nickten sie einander lächelnd zu.

Lucie sagte lange nichts. Dann kicherte sie und fragte, ob Ulrike Witze mache, ob ihr die alte Heimat nicht bekomme. La vieille patrie, sagte Lucie, l'ancienne patrie, dachte Ulrike und hörte im Hintergrund die Geräusche eines Druckers. Ulrike wiederholte ihr Angebot. Lucie atmete in den Hörer. Das Angebot sei sehr fair, ob sie wirklich, oui, sagte Ulrike, oui. Gut, sie werde es sich überlegen, sie brauche 24 Stunden. Nach zwei Stunden klingelte das Telefon in Ulrikes Zimmer. Lucie sagte zu. Sie war nun Inhaberin von Ulrikes Agentur, ihrer alten Agentur. Der Rest war Bürokratie.

»Und die Wohnung?«, fragte Albert.

»Gekündigt. Und dein Haus?«

»Fast verkauft. Drei Interessenten.«

Der Regen ließ nach. Ulrike wandte ihren Blick von Albert ab, folgte seinem Blick und beobachtete eine Gruppe Menschen, die an der Bahntraße dem vorbeifahrenden Zug nachschauten, sah Frachtschiffe auf einem Fluss, plötzlich vorbeischwebende, zu Schlieren gezogene orange Punkte, bis die Bilder in einer behaglichen Farblosigkeit verschwanden. Hin und wieder drangen Sonnenstrahlen durch die Wolken und warfen ein Licht auf ihr Gesicht.

Umsteigen, ma sœur.

Ulrike öffnete die Augen und für einen Augenblick war sie anderswo. Im Hintergrund Lucie, ein Lastwagen auf der Rue Auguste Renoir, Stimmengewirr.

Umsteigen, ma sœur.

Beim zweiten Mal Umsteigen half ihnen ein junger Mann, der in ihrem Abteil saß und immer wieder auf den Krieg im Kaukasus zu sprechen kam und welche Zwecke der neue Ministerpräsident damit verfolgte. Ulrike und Albert hörten höflich zu, nickten hin und wieder, ohne seinen wirren Worten wirklich zuzuhören. Als sie schon bei der Busstation waren, das Gepäck um sich angeordnet wie eine Wagenburg, sprach er nochmals von Zeitenwende und verschwand mit grimmigem Gesicht.

Nach einer halben Stunde erreichten sie das kleine Städtchen. Der Wirt eines Cafés rief für sie ein Taxi, das sie zur Auberge de l'Ours brachte.

Da sind ja die Geschwister, rief Madame Lefrançois und servierte ihnen zur Begrüßung ein Glas Enzianschnaps.

Sie hätten Glück, die verlangten Zimmer seien noch frei, 19 und 21, direkt gegenüber, zwei sehr schöne Zimmer, 19 mit Blick auf den Fluss, 21 auf den Garten und wunderbar herbstliche Hänge, sie selber wüsste nicht, welches das schönere sei, und da sie allem Anschein nach, Madame Lefrançois warf einen Blick aufs Gepäck, längere Zeit bleiben, das hätte sie doch richtig verstanden, sei ein schönes, ruhiges Zimmer sehr wichtig. Madame solle doch entscheiden, hierzulande hätte Madame die erste Wahl, und ob denn der Herr Doktor dieses Mal wirklich nicht dabei sei. Schade, denn ihr Sohn sei vom rechten Weg abgekommen, sorti du chemin, sagte Madame Lefrançois, die Nerven zögen ihn in eine gefährliche Richtung, und schloss die

Augen, die im Fleisch ihres runden, von grauen, kräftigen Haaren umflorten Gesichts untergingen, als hätte eine unsichtbare Welle sie erfasst, um dann ebenso überraschend wieder aus den Fluten aufzutauchen, groß und dunkel und stets ein wenig blinzelnd, so berühmte Ärzte gebe es hier in der Region nicht, man sei un peu perdu hier, schlug sich mit einer Hand an den Kopf, die Gläser sind ja leer, mon Dieu, eilte zum Kachelofen, wo die Schnapsflaschen standen, wollte nachschenken, doch Albert und Ulrike lehnten dankend ab, stellten ihr Glas auf eines der vernarbten Tischchen, vielleicht später, ja, er schmecke ausgezeichnet, sie würden jetzt gerne in ihre Zimmer.

* * *

Um 9 Uhr trafen sie sich im kleinen Frühstücksraum gleich hinter der Theke. Ulrike trug einen knielangen, dunklen Rock, eine violette Bluse, Albert Jeans und ein rotes T-Shirt.

Madame Lefrançois stellte das Tablett mit dem Frühstück auf den mit einem rot-weiß karierten Tuch bedeckten Tisch, holte eine Kanne Kaffee aus der Küche, wünschte guten Appetit, und ob die Qualität der Zimmer, die Qualität der Betten, die Qualität des Bades und der Aussicht ihren Erwartungen entspreche.

Es sei alles bestens, sagte Ulrike.

Ja, bestens, bestätigte Albert, nahm einen Schluck Kaffee.

Das Wetter sei nicht mehr so wie bei ihrem letzten Besuch, der Sommer sei rasch wieder vorbei hier, der Winter lang. Sie setzte sich auf einen Stuhl am Nebentisch, aber schön, ja, der Winter sei schön, obwohl lang. Aber die Heizung funktioniere einwandfrei, sie hätten es schön warm hier. Madame Lefrançois wölbte die Hand ums Ohr, da komme der Metzger, Martin le Boucher, sagte sie schmunzelnd, fuhr mit einer Hand durch ihre Haare, er bringe dicke Saucisses aux Trompettes de la Mort, stand auf, und bald darauf hörten Ulrike und Albert ihre Stimme im Vorraum, von Zeit zu Zeit unterbrochen von einer tiefen, gurgelnden Männerstimme.

Die Luft war kühl, aber nicht kalt. Die Wälder oberhalb des Städtchens erschienen in einem finsteren Rot, gesprenkelt vom dunklen Grau hervorbrechender Felsen. Ulrike zog ihren Schal fester um ihren Hals, schaute nach Albert, der noch an seinen Wanderschuhen nestelte, und ging zu der Stelle, wo der Holländer gewesen war. Sie setzte sich ins Gras, legte den Rucksack ab. Spürte die Kälte an ihrem Hintern. Zog den Rock über die Knie. Drehte ihren Kopf und betrachtete den von einigen Blättern halb verdeckten Stamm eines Baumes.

Sie spielten die Szene mit dem Holländer.

»Juni 1983«, sagte Albert, »wir sind mit dem Fahrrad unterwegs, einquartiert bei Madame Lefrançois, unsere einzige Fahrradtour, du hier im Gras, ich dir zu Füßen.«

»Wie immer«, sagte Ulrike und lachte, packte sein Bein und ließ es nicht mehr los.

»Dein Schal«, sagte Albert, »er gehört nicht dazu.«

Ulrike zog den Schal aus, warf ihn hinter sich.

Danach gingen sie spazieren.

Eine schmale Straße führte sie in wenigen Minuten ins Städtchen. Martin le Boucher fuhr mit seinem Renault an ihnen vorbei. Sie überquerten eine von hellen Häuserfronten dicht gesäumte Steinbrücke. In der Mitte blieben sie stehen, legten ihre Hände auf die kühlen Steine, schauten Schulter an Schulter auf das spiegelklare Wasser, ihre Augen noch geblendet vom Sommer 83, bis, anfangs wie dämmernde Nebel, dann immer kräftiger, sich Giebel und Mauern und Fenster zeigten und endlich die ganze Stadt stets aufs Neue zerfließend im Wasser erschien, worauf Ulrike, nach einigem Zögern, ihre Hand hob, sich über die Brücke beugte und winkte, sich weiter vornüberbeugte, mit ausgebreiteten Armen über der Mauer lag, bis Albert sie an einem Bein festhielt, vom Rand der Brücke zog.

»Bist du verrückt«, rief Albert lachend, »wo willst du denn hin?«

»Zu dir, Albert, hab dir gewunken, du hast mich nicht gesehen.«

»Nun komm.«

Albert hielt sie fest an beiden Schultern.

»Du hast mich doch gefunden.«

Nachdem sie die Brücke überquert hatte, blieb Ulrike stehen, warf einen Blick zurück, zog an den Riemen des Rucksacks, machte zwei, drei schnelle Schritte und war wieder neben Albert, der in eine enge, von zweistöckigen Steinhäusern umgebene Straße einbog, die bald offener wurde, den Blick wieder aufs Flüsschen freigab, dem sie abwärts eine Weile folgten, bis sie sich auf eine Bank setzten.

Nach einer Weile legte sich Ulrike hin, den Kopf auf Alberts Schoß. Als Albert ihr Zittern bemerkte, zog er seine Jacke aus und legte sie über Ulrikes Schultern.

***

Die Laubwälder oberhalb des Städtchens hatten ihr Laub verloren, und nur wenn ein wenig Licht herabschwebte, erhellte sich ihr dämmriges Grau und hüllte sie für einen Augenblick in ein freundliches Gewand, entlockte ihnen ein leicht schimmerndes, zuweilen leuchtendes Bernsteinbraun, das sich um das Städtchen schmiegte. Behaglich und ruhig lag es da, die Fingerchen in schmale Täler verzweigt, und an manchen Stellen erstreckte es sich zaghaft eine Anhöhe hinauf. Die aus gewaltigen Quadern aufgeschichteten Felsen, die wie stumme Wächter zwischen den Wäldern hervorlugten, strahlten für kurze Zeit in kalkigem Weiß.

Doch wenn die Sonne wieder hinter den Hügeln verschwunden war oder sich in dunklen Nebeln verlor, duckte sich das Land gegen die heranschleichende Kälte, verbarg sich in einer dünnen Decke und schwieg. Dann blies ein Wind durchs Tal,

Fels und Wald verschwanden in tiefer Grimmigkeit. Manchmal tropfte Licht vom Himmel, fiel auf ein Haus, eine Straße, wo es sich sofort zerstreute.

Martin le Boucher brachte von Zeit zu Zeit frische Würste, trank ein Glas Wein, blieb eine Weile und fuhr mit seinem Renault wieder hinunter ins Städtchen, wo er schleunigst, die Schuhe bereits in seinen Händen, in seinem Haus verschwand.

Madame Lefrançois stellte die Schnapsflaschen in den Schrank, heizte den Kachelofen ein und sorgte mit einem ausgeklügelten Lüftungssystem dafür, dass die Wärme die Gästezimmer erreichte.

Auf den ersten Blick kamen Ulrike die aufgewirbelten Blätter neben der Herberge vor, als wären sie ein Schwarm riesenhafter Schmetterlinge, die aufgeregt über dem Garten flatterten, bis ein kurzes Nachlassen des Windes sie trudelnd zu Boden fallen ließ.

Sie berührte mit einer Fingerspitze den Stachel des Kaktus, der auf dem Fensterbrett stand, wandte ihren Blick wieder ihrem Zimmer zu, wo die Utensilien eines Bildes aufgereiht waren, das sie »frühes Spiel« nannte. Das Foto hatte sie an die Wand gepinnt.

Sie schaute auf die Uhr, überprüfte das Material, betrachtete nochmals das Foto, da klopfte es bereits, und Albert betrat das Zimmer. Sie küssten sich auf die Wange. Ulrike fuhr ihm mit einer Hand übers Gesicht.

»Du bist frisch rasiert.«

»Das schreibt die Rolle vor.«

Ulrike lachte, »gut vorbereitet«, und tätschelte ihm die Wange.

»Hier sind unsere Kleider, der Rest liegt bereits auf dem Tisch.«

Die beiden zogen sich aus. Als beide in Unterhosen dastanden, betrachteten sie sich.

»Hier, nimm schon deine Kleider«, sagte Ulrike, »und vergiss die Perücke nicht.«

»Vergiss die Musik nicht.«

(Ulrike und Albert sitzen sich am Küchentisch gegenüber und spielen Backgammon. Ulrike trägt ein batikgefärbtes T-Shirt, weite gelbe Hosen, Hausschuhe, die Haare sind mit einer Haarspange zusammengebunden. Sie macht ein grimmiges Gesicht, stützt sich mit beiden Ellenbogen auf dem Tisch auf. Albert trägt Bluejeans, ein weißes T-Shirt, darüber eine Jeansjacke, verschmutzte Turnschuhe, seine Haare sind schulterlang, er schaut in die Kamera und grinst. Eine Hand liegt auf dem abgespreizten Bein, mit der anderen streckt er beide Würfel in die Luft. Links neben Albert liegt eine zusammengefaltete Zeitung, daneben ein roter Filzstift, ein leerer Aschenbecher, ein Schälchen mit Erdnüssen, auf dem Fenster im Hintergrund steht ein Kaktus. Aus einem Kassettenrekorder ertönt »If You Can't Give Me Love«.)

Albert
Das Lied ist Mist. *(Er wirft mit einer Hand einen Würfel in die Luft, fängt ihn mit der anderen auf.)*

Ulrike
Das Lied ist schön. Du versteht nichts von …

Albert
Du hörst solchen Mist und willst was von Musik verstehen. Und überhaupt *(Er knackt eine Erdnuss.)*, du hast verloren. Du verlierst immer. Du bist eine Verliererin.

Ulrike *(Laut)*
Stimmt doch gar nicht, das letzte Mal …

Albert
Das letzte Mal habe ich dich gewinnen lassen.

Albert *(Mit tiefer Stimme.)*
Jetzt hört auf zu streiten, räumt den Tisch, wir essen bald.

Albert
Wir streiten gar nicht. Ich erkläre meinem Schwesterchen nur, was schlechte Musik ist.

Ulrike
Albert kann überhaupt nicht verlieren.

Albert (*Mit tiefer Stimme*)
Ulli, hol Mama, wir essen.

Ulrike (*Legt ihre Arme verschränkt auf den Tisch.*)
Wer nicht kommt zur rechten Zeit …

Albert (*Mit tiefer Stimme*)
Jetzt geh schon.

Ulrike stöhnte laut auf und verließ das Zimmer. Kurz darauf betrat sie es wieder. Albert stand am Tisch, die Perücke in der Hand.
»Du hast sie nicht gemocht.«
Ulrike zog die Haarspange aus ihren Haaren, legte sie auf das Tischchen neben das Backgammonbrett, lehnte sich an die Wand.
»Wen?«
»Die Mutter.«
Ulrike zog ihre Hausschuhe aus, danach das T-Shirt, schlüpfte aus ihren Hosen. Albert legte die Jeansjacke über den Stuhl und zog sich ebenfalls aus. Dann nahm er den roten Filzstift, ging auf Ulrike zu und schrieb »Ulrike« auf ihren Bauch, das i-Tüpfelchen setzte er zwischen ihre Brüste. Albert machte einen Schritt zurück, musterte sie, streckte den Daumen nach oben.
Ulrike ging zum Schrank, stellte sich vor die Spiegeltür, betrachtete sich lange, schüttelte den Kopf und streckte den Daumen nach unten. Sie führte Albert, der hinter ihr stand, an der

Schulter, platzierte ihn neben sich, nahm ihm den Filzstift aus der Hand und schrieb »Albert« spiegelverkehrt an den Spiegel.

»Jetzt stimmt's«, sagte sie und drückte ihm einen Kuss auf die Wange.

***

Schließlich lagen Reste der Nacht weit in den Tag verstreut.

Ulrike und Albert konnten die Vormittage nicht mehr von den Nachmittagen unterscheiden, das Helle nicht mehr vom Dunkeln, was sie aber nicht störte, nicht einmal bemerkten, denn das Wetter und seine Erscheinungen waren für sie nicht mehr als ein unbedeutendes Requisit ihres Daseins. Wenn es zu kalt war, unterbrachen sie »Pause mit Fahrrad« und setzten in Ulrikes Zimmer das »frühe Spiel« fort, bis sie es erschöpft unterbrachen und verschwitzt auf dem Bett lagen. Ihre dampfenden, fast nackten Körper seitlich nebeneinandergelegt, und ihrem Atem zuschauten, der sich immer wieder aufs Neue formte, auflöste und wieder in anderer Form ähnlich einem dünnen Rauch nach oben schwebte.

Immer seltener machten sie Spaziergänge in der Umgebung. Hin und wieder wanderten sie einem Bach entlang, der sich durch ein schmales Tal hinabschlängelte, stiegen über vermooste Steine, duckten sich unter riesenhaften Farnen und kamen sich vor wie in einer Höhle.

Madame Lefrançois servierte ihnen jeden Morgen das Frühstück, machte manchmal eine Bemerkung über das Wetter oder ihren Sohn, dem die Jahreszeit sehr zu schaffen machte. Il souffre, sagte sie, seufzte und wunderte sich im Stillen über das seltsame Verhalten dieses Geschwisterpaares.

Auch wenn sie es sich nicht anmerken ließ, war sie im Grunde froh, dass ihre Gäste meistens in ihren Zimmern waren und sich kaum noch im Städtchen zeigten. Einmal, es war fast Mitternacht, stellte Martin le Boucher sein Weinglas auf den Tisch, starrte an die Wand, zupfte an seinem Bart, schwieg lange und machte eine Bemerkung.

Frère et sœur, sagte er und zog die Augenbrauen hoch.

An einem Morgen, Madame Lefrançois war in der Küche, rief der Immobilienmakler an und teilte Albert mit, dass das Haus verkauft sei. Am 1. Januar hätte er das Geld auf dem Konto, um den Rest würde er sich kümmern.

Albert legte den Hörer auf, stieg die Treppe hoch und ging zurück in Ulrikes Zimmer. Madame Lefrançois sah nur noch seine Beine verschwinden.

Ein paar Tage später, am Rand des Flüsschens schimmerte zum ersten Mal in diesem Winter bläuliches Eis, legte Ulrike ein Foto auf den Frühstückstisch. Cousin Rolf heiratet. Ulrike und Albert hatten sich lange nicht mehr gesehen, und nun waren sie beide eingeladen.

(Am Tisch sitzen drei Personen. Am linken Bildrand Albert, links von ihm Ulrike und neben ihr, vom rechten Bildrand abgeschnitten, Tante Karin, die Schwester ihres Vaters. Auf dem Tisch, der mit einem weißen Tischtuch bedeckt ist, stehen drei Flaschen Bier, zwei Biergläser, das eine voll, das andere etwa zu einem Viertel gefüllt, am rechten Bildrand zwei Wassergläser, ein grün-blauer Pappbecher, eine braune Flasche mit Würzsoße in einem grob geflochtenen holzbraunen Körbchen, eine ausgebreitete enzianblaue Papierserviette, darauf eine hellblaue Packung Zigaretten, auf der, diagonal ausgerichtet, ein gelbes Feuerzeug liegt, ein runder, roter Kunststoffaschenbecher, davor eine Bierflasche. Im Hintergrund eine vertäfelte, vertikal gemaserte Wand, vor der ein paar dünne, schmale Topfpflanzen schräg aufragen, von Ulrikes Kopf teilweise verdeckt. Albert trägt ein hellblaues Kurzarmhemd mit zwei dunklen, etwa fingerbreiten Streifen auf den Ärmeln, den linken Arm waagrecht auf den Tisch gelegt, den rechten mit dem Ellenbogen aufgestützt, die Hand vor seinem Mund, sein Blick wirkt abwesend und nachdenklich. Ulrike schaut mit einem strahlenden Lächeln in die Kamera, die Lippen leicht

geöffnet. Sie trägt eine weiße Bluse, blaue Hosen, die hellbraunen, ge-
wellten Haare fallen ihr auf die Schultern, ihre Hände umfassen beinahe
zärtlich ein aus Holz geschnitztes, etwa 30 Zentimeter großes Pferd auf
einem dunkelbraunen Sockel. Auf ihrem linken Arm ist eine goldene Uhr
zu erkennen. Ihr zugeneigt, lacht Tante Karin verlegen ihr Gegenüber an.
Sie trägt eine Brille, ein hellblaues Kleid mit dunkelblauen, vertikalen
Streifen, ihre linke Hand ist auf ihrem Schoß, die rechte auf dem Stuhl
abgestützt. Tante Karin hat braune, gelockte Haare mit einem rötlichen
Schimmer. Ulrike dreht den Kopf zu Albert.)

Ist es nicht süß?

Albert (*Schaut noch immer gedankenverloren über den Tisch.*)
    Was?

Ulrike
    Das Pferdchen. (*Sie steckt die Haare hinter die Ohren.*)

Albert (*Dreht langsam den Kopf, ergreift mit der rechten Hand ein Glas*
Bier. Wirft einen kurzen Blick auf das Pferdchen.)
    Woher hast du diesen Mist?

Ulrike (*Lacht kurz auf, schaut dann ernst, beinahe grimmig. Auf der*
Bühne spielt die Musik auf. Das Brautpaar tanzt.)
    Hat Tante Karin dem Brautpaar geschenkt. Du bist ein Igno-
rant.

Albert (*Schweigt. Nimmt einen Schluck Bier. Setzt das Glas ab. Streckt*
den Rücken, schaut sich um.)
    Wo ist Mutter?

Ulrike (*Schüttelt den Kopf, das Pferd mit beiden Händen an ihren*
Bauch gedrückt.)

Das hat mich Vater auch gefragt. Was willst du denn von …
(*Sie schaut sich um.*) Da! Sie tanzen. Vater hat Mutter gefunden.
(*Stellt das Pferdchen auf den Tisch.*) Dann könnten wir auch. (*Sie legt ihre Hand auf Alberts Schulter.*)

Albert (*Weicht zurück.*)

Ulrike
Du kannst doch nicht den ganzen Abend so trübsinnig dasitzen. Wir könnten …

Es klopfte. Ulrike und Albert schauten sich an. Albert deutete auf Ulrike, während er sich hinter einer Schranktür versteckte.
Madame Lefrançois musterte Ulrike mit weit aufgerissenen Augen, warf einen Blick in das Zimmer, wo sie einen mit einem weißen Tischtuch bedeckten Tisch sah. Darauf standen drei Flaschen Bier, zwei Biergläser, das eine voll, das andere etwa zu einem Viertel gefüllt, zwei Wassergläser, ein grün-blauer Pappbecher, eine braune Flasche mit Würzsoße in einem grob geflochtenen erdbraunen Körbchen.
Sie machte einen Schritt zurück, streckte den Rücken und sagte leise, der Herr hätte wieder angerufen, ob Monsieur Albert ans Telefon gehen könne, es sei wieder der Herr von neulich am Apparat, l'Agence Immobilière, glaube sie, ob ihr Bruder in der Nähe, selbstverständlich, unterbrach Ulrike, selbstverständlich könne Monsieur Albert ans Telefon, Madame könne schon mal nach unten gehen, Monsieur Albert sei gleich da. Sie schloss die Tür und lachte los.
Vor dem Spiegel zog sie Grimassen, rückte ihre Perücke nach hinten, als wär's ein Hütchen, zupfte an ihrer weißen Bluse, während Albert danebenstand und schmunzelte.
Ein paar Minuten später erfuhr er vom schlechten Zustand des Hauses. Sämtliche Wände seien, so der Immobilienmakler,

mit Schmutz oder unflätigen Parolen verschmiert, Bilderrahmen lägen ebenso wie Spiegel zertrümmert am Boden, das Parkett zerkratzt, die Besichtigung hätte abgebrochen werden müssen, die Bewohnerin hätte offenbar schwere psychische Störungen, eine geordnete Übergabe des Hauses sei unter diesen Umständen nicht möglich. Dann vernahm Albert tiefe Seufzer.

Der Hauspsychologe werde sich um die Frau kümmern, sagte Albert, nannte die Adresse Dr. Becks und ließ den Hörer auf die Gabel fallen.

Madame Lefrançois, die das Gespräch aus der Küche mitverfolgt hatte, aber nicht mehr als ein paar einzelne Worte verstand, sah dem die Treppe hinaufeilenden Monsieur Albert nach und fragte sich, ob denn die jungen Menschen nie frieren. In einem Kurzarmhemd! Und außerdem, erzählte sie Martin le Boucher spätabends, verhalte sich dieses Geschwisterpaar immer seltsamer, sie trieben Wunderliches in ihren Zimmern, da komme man schon auf Gedanken.

Martin le Boucher nickte, stellte das Glas auf den Tisch und fuhr mit seiner großen, roten Hand über den Bart und schaute dabei auf seine Uhr.

✳✳✳

Während den nächsten Tagen, als ein heftiger, in immer wieder neuen Wellen aufbrechender Wind das Flüsschen bis auf den Grund aufwühlte, hin und wieder eine Gischt an die Mauern der Häuser spülte und unablässig an die Fensterläden polterte, waren Ulrike und Albert mit »Cousin Rolf heiratet« beschäftigt.

Nach dem Frühstück, das Madame Lefrançois mittlerweile ebenso schweigend auf- wie wegtischte, verschwand das Geschwisterpaar im Zimmer, von wo Madame Lefrançois nach Minuten der absoluten, geradezu unheimlichen Stille plötzlich laute Tanzmusik vernahm; Walzer, Rumba, Tango und sogar krachenden Rock 'n' Roll, den Ulrike zum Anlass nahm, Albert mit einem energischen Griff an die Schulter auf die kleine, von wild umherhüpfenden Paaren bevölkerte Tanzfläche zu drängen, wo sich Albert den nonverbalen Anweisungen Ulrikes fügte, den einen Schritt vor machte, den anderen zurück, da eine Drehung, dort ein Bein hochzog, aber bei alledem teilnahmslos blieb und diesen Tanz, so elegant und artistisch er den Zuschauenden erschien, gleichgültig über sich ergehen ließ, seinen Blick stets auf die vertäfelte, vertikal gemaserte Wand gerichtet, vor der ein paar dünne, schmale Topfpflanzen schräg aufragten. Und wenn Ulrike ihren Körper für einen Augenblick an seinen schmiegte, wich er zurück, unangenehm berührt von diesem schwitzenden Schwesterkörper, der riecht wie eine Mischung aus süßlichen Beeren, Wermut und Fisch, bis Ulrike den Tanz abbrach, die Musik ausschaltete, die Perücke vom Kopf streifte, ihre Bluse und die blaue Hose auszog, sich aufs Bett legte und Albert zulächelte, der zuerst seine Schuhe, dann sein hellblaues Kurzarmhemd mit zwei dunklen, fingerbreiten Streifen auf den Ärmeln auszog, das aus Holz geschnitzte, auf einem dunkelbraunen Sockel stehende, etwa 30 Zentimeter große Pferd mit einer Hand packte und breitbeinig vor dem Bett stand.

»Steh auf.«

Ulrike stand auf.

»Zieh dich aus.«

Ulrike zog sich aus.

»Gut, nun nimm das Pferd in deine Hände und halte es vor deinen Bauch.«

Ulrike hielt das Pferd vor ihren Bauch.

Albert machte einen Schritt zurück, wiegte den Kopf leicht hin und her. Sie solle das Pferd etwas tiefer halten, ja, so sei es besser, die Beine leicht spreizen, den Kopf etwas nach hinten, wunderbar, das sei genau die Pose, die er sich vorgestellt habe, und die Haut so weiß und so rein, das Haar, er machte einen

Schritt vor, strich ihr mit der rechten Hand über den Kopf, das Haar so glatt und so warm, danach zog er Hose und Unterhose aus, stand hinter ihr, streichelte langsam ihren Rücken, ihren Po, legte seine Hände auf ihre Brüste, schmiegte seinen Körper an sie, spürte seinen schnellen Herzschlag, ging, nach Momenten einer ebenso innigen wie unerklärlichen Umklammerung, in die Knie und fuhr mit beiden Händen langsam über ihre Beine, ihre Füße, legte sich rücklings auf den Boden, schloss bald die Augen.

***

Sie tanzten eine weitere Runde, das Fest hatte ja erst begonnen.

Ulrike legte den Arm um Albert, zog ihn zu sich heran, küsste ihn auf den Hals, wirbelte von ihm weg.

Die Melodien verschmolzen zu einem dröhnenden, zauberhaften Amalgam, das sie umgarnte und, wie von einem Wirbelwind getrieben, immer wieder auf ihn zutreiben ließ, während alle anderen Körper auf der Tanzfläche zu einem bunt verschlierten Nebel zerflossen, aus dem hin und wieder ein Lachen, ein tiefes Brummen drang, während sie Albert schnell umkreiste. Sein hellblaues Kurzarmhemd mit den zwei dunklen, etwa fingerbreiten Streifen stets im Auge, damit sie ihn nicht verlor. Und als die Musik in ein Adagio fiel wie in ein weiches Kissen, lösten sich, vom hellen Licht bestrahlt, die Körper aus dem Nebel, wurden hart und streng.

Da zog sie ihn langsam, mit beiden Händen, an sich heran, nur noch ein wenig hin und her wippend, bis sie ihn mit beiden Armen umschlungen hielt, seinen Atem an ihrem Hals. Auf der Bühne drehend um sich selber im langsamen Takt und ohne Horizont. Und er wand sich aus dem Geschlängel, löste die Arme von ihr, atmete in eine andere Richtung, roch in eine andere Richtung, verließ die Bühne. Sie folgte ihm, mit dem Handrücken den Schweiß von der Stirn wischend, das hellblaue

Kurzarmhemd mit den zwei dunklen, etwa fingerbreiten Streifen weiter fest im Blick und im Rücken die entschwindende Musik, von der, als Albert den Raum verlassen hatte, nicht mehr als ein paar Fragmente zu hören waren, die gänzlich zerfielen, kaum hatten sie das Haus verlassen, sich in die Winterluft mischten, ohne eine Spur zu hinterlassen.

Zwischen zwei Bäumen blieb Albert stehen, noch immer außer Atem, sein Blick auf den Waldrand im Hintergrund gerichtet, wo eine Hütte aus dem kahlen Geäst ragte.

Albert legte seinen Arm um Ulrike, spürte, dass sie zitterte.

Das Tal lag im Dunkel des späten Nachmittags.

Im Städtchen gingen die ersten Lichter an.

Und dann fiel der erste Schnee.

Zunächst war es eine einzelne Flocke, die den beiden um die Nase flog, nicht mehr als ein kalter, durchsichtiger Hauch. Doch als sie zum Himmel schauten, war da eine riesige Wolke herabrieselnder Schnee, der Sekunden später auf sie niederfiel, die Landschaft bestreute, bis alles mit einem lichten Pelz bedeckt war, auf dem der Widerschein einzelner Lichter blinzelte wie ein zarter Nachklang, sodass die anbrechende Nacht auf einmal wie gespiegelt im Tag erschien.

»Du bist weiß geworden.«

»So schnell kann's gehen.«

Ulrike wischte Albert Schnee vom Kopf.

»Da bist du wieder, mein Albert. Und was ist mit mir?«

»Dich nehm ich mit als meine Schneefrau.«

Ulrike lachte, schüttelte den Schnee aus ihren Haaren.

Hand in Hand gingen sie vorsichtig, als liefen sie über Eis, zur Herberge zurück, wo das Licht aus Madame Lefrançois' Zimmer weit in die Stille hineinstrahlte.

Als sie ins Haus kamen, hörten sie vom oberen Stockwerk gedämpfte Musik und ein rhythmisches Knirschen im Gebälk.

Erst als Ulrike ihr Zimmer betrat, merkte sie, wie stark sie fror. Albert legte seine Hände auf ihren weißen, kalten Körper. Es dauerte eine Weile, bis die Wärme in sie zurückfloss.

**

Wieder hatten sie die Gesellschaft verlassen, wieder war die Musik verklungen, wieder betraten sie den kleinen Vorplatz der Herberge, wo die Hecken, das runde Tischchen mit den zwei Stühlen, das Fahrrad und das Hochbeet vom Schnee überdeckt waren, sodass die Anordnung kaum noch zu erkennen war.

Reifenspuren führten hinab zum Städtchen.

Albert ging auf der linken Spur, Ulrike auf der rechten. Sie hörten ihre knirschenden Schritte im Schnee, und schon nach ein paar Metern hatte sich der Takt ihrer Schritte gefunden.

Synchron wanderten sie von der leichten Anhöhe hinunter, bis der Weg in eine Straße einbog und die Reifenspur sich verlor. Aus den Häusern fiel in regelmäßigen Abständen von Vorhängen gefiltertes Licht auf die Straße.

Ein junges Paar mit einem Hund kam ihnen entgegen. Albert blieb stehen, schaute dem Paar nach. Beide waren in dicke Pelzmäntel gehüllt, der Mann trug eine Kapuze.

Ob was sei, wollte Ulrike wissen.

Albert schüttelte den Kopf. Das Bild hätte ihm gefallen, sagte er, ein junges Paar mit einem Hund.

Sie gingen weiter, der Hund jaulte kurz auf.

Auf der Brücke blieben sie stehen, stützten ihre Ellenbogen auf die Mauer, betrachteten das dunkle, mit glasigem Eis gemusterte Wasser.

Ob sie noch Bilder habe?

Ulrike schwieg.

Da wäre noch ein Bild, sagte sie. Ein Bild, das sie kurz vor ihrer Abreise aus Hyères eingesteckt und erst gestern Abend in ihrer Tasche gefunden hätte. Es passe gut zur Jahreszeit.

Albert drehte den Kopf, schaute Ulrike an.

»Weihnachten«, sagte Ulrike, streckte ihren Kopf über die Mauer, spuckte in den Fluss.

»Weihnachten?«

Ulrike zupfte an ihrer Bluse, strich mit der Hand über ihre Haare und warf die Perücke in den Fluss.

»Weihnachten. Du, ich, Mutter.«

»Wer machte das Foto?«

»Mir ist kalt. Ich. Gehen wir zurück.«

Albert legte seinen Arm um Ulrike.

»Gut, gehen wir zurück.«

»Weihnachten, sagst du«, Albert lächelte, »brauchen wir Kinderkleider, kratzige, quer gestreifte Pullover, Cordhosen und Brillen so groß wie Taucherbrillen? Und im Hintergrund singt ein Knabenchor ›Es ist ein Ros …‹.«

»Das brauchen wir alles nicht. Wir sind erwachsen.«

Ulrike wischte mit einer Hand Schnee vom Geländer der Brücke, die andere steckte sie in Alberts Hosentasche.

Sie bogen in die Straße ein.

»Wann?«

»Vor fünfzehn Jahren.«

Ulrike zog ihre Hände aus Alberts Hosentasche, legte sie, zu einem V gefaltet, an ihre Wangen und schloss für einen Moment die Augen. Atemwolken zogen um ihr Gesicht.

Albert blieb einen Moment stehen.

»Wie ist die Anordnung?«

»Ach komm, Albert, es ist entsetzlich kalt. Ich will nach Hause. Madame Lefrançois hat hoffentlich gründlich eingeheizt.«

Ulrike löste sich aus Alberts Armen, beschleunigte ihren Schritt.

»In der Küche?«

»Im Wohnzimmer.«

Sie wären bald zu Hause, sagte Ulrike, ja, zu Hause, die Auberge de l'Ours sei ihr Zuhause, dort seien sie gewissermaßen entstanden, und dort würden sie bleiben, Pause mit Fahrrad, er erinnere sich, und dort würde sie ihm das Bild zeigen. In allen Einzelheiten. Im Wohnzimmer sei es gewesen, du, ich und Mutter.

Sie bogen in den schmalen Weg ein, der hinauf zur Herberge führte, folgten den Reifenspuren. Einzelne Flocken wirbelten wie besinnungslose Insekten durch die Nacht. Schweigend gingen sie parallel nebeneinanderher.

Und Albert wusste, dass sie irgendwo aufeinandertreffen, wenn sie nur genügend lange so gehen würden. Jede Parallelität hat einmal ein Ende.

Die Herberge sah zunächst aus wie ein dunkler, bedrohlicher Fleck, als hätte sich die Nacht an einem Ort zusammengeballt, hätte all ihre schwarze, geheimnisvolle Energie zu einer Art Auge verdichtet, wo alle Bilder zusammenkommen und sich augenblicklich auflösten.

Und sie spürten, dass die Wärme des Körpers nebenan, der sie, selbst wenn sie sich nicht berührten, während des ganzen Spaziergangs leitete, nun von diesem schwarzen Auge weggezogen, weggelockt und auf eine Weise ausgelöscht wurde, dass sie beinahe orientierungslos hinauftorkelten, die Arme ausgestreckt, mit den Fingerspitzen einander suchend.

Dann, nach und nach, öffnete sich im schwarzen Auge, das zu ihrem Horizont geworden war, ein heller, zunächst zart flackernder, immer wieder verschwindender Punkt, wurde schließlich größer und stärker und führte sie wieder zueinander, führte sie zur Herberge, wo sie sich gegenseitig den Schnee von Schulter und Rücken wischten, sich umdrehten und das stille, von einzelnen, einsam leuchtenden Lichtern besprenkelte Städtchen betrachteten, das ihnen vorkam wie ein aus einem undenkbaren Schwarz gerettetes Paradies.

Ulrike machte einen Schritt zurück, stellte sich hinter Albert und fingerte den Hausschlüssel aus seiner Manteltasche.

»Lass uns an die Wärme gehen.«

Ulrike legte ihre Hände auf seine Schultern.

Albert fixierte ein warmes, aus einem Haus mitten im Städtchen flutendes Licht, blickte es an, als gäbe es dort etwas zu sehen, schloss die Augen, nahm das Licht mit, öffnete die Augen und betrachtete die Stelle, wo er und Ulrike eine Pause mit ihren Fahrrädern gemacht hatten, betrachtete diesen Ort mit einer seltsamen Mischung aus Angst und Neugier und sah alles genau. Die zwei Bäume, die abgelegten Fahrräder, Ulrikes offenes, ironisches Lachen. Dann kam der Holländer.

Ein Anhaltspunkt in der Verlorenheit der Zeit, dachte Albert. Ein beruhigendes Gefühl, das sich in den Blick mischt und ihm eine Stabilität verleiht, die neu ist. Er zuckte mit den Schultern, bewegte sie hin und her, bis er Ulrikes Hände nicht mehr spürte.

»Und das Bild war die ganze Zeit in deiner Tasche?«

»Ich suchte was, da kam es mir in die Finger.«

»Du hast es vergessen?«

»Ja«, sagte Ulrike, »ich hatte es vergessen. Ich glaube, Madame Lefrançois ist noch wach. Wahrscheinlich wundert sie sich. Wir sollten jetzt ins Haus, du zitterst ja.«

Die zwei Bäume, die Fahrräder und Ulrike waren in der Nacht verschwunden. Als wäre ein Mosaik sehr sanft explodiert. Das Bild noch da, aber unsichtbar.

Ulrike nahm Alberts Hand, führte ihn zum Haus, öffnete mit der anderen Hand die Tür und schob ihn in den Flur, wo es nach Käse und Knoblauch roch. Als sie die Treppen hochstiegen, hörten sie die amselhafte, Oktaven rauf und runter hüpfende Stimme Madame Lefrançois', in die sich von Zeit zu Zeit eine etwas brüchige Männerstimme mischte. Und da war noch der sakrale Geruch abgebrannter Kerzen.

»Es ist spät«, sagte Ulrike, »hörst du die Glocken, sie schlagen Mitternacht. Wir sollten uns hinlegen. Du hast rote Wangen.«

Ulrike zog die Vorhänge zu, formte ihre Hände zu einem schmalen Oval und blies hinein.

»Das Bild war also die ganze Zeit in deiner Tasche?«

»Wie gesagt, ich hatte es vergessen.«

Ulrike setzte sich aufs Bett, schaute Albert an, der an der Wand lehnte, noch immer mit Mütze und Handschuhen, den Blick auf das Fenster gerichtet. Seine Mundwinkel zuckten. Er drehte den Kopf, schaute Ulrike mit glänzenden Augen an.

»Wir machen jetzt diese Szene. Hol das Bild.«

Ulrike setzte sich aufs Bett, schaute auf den Boden.

»Bist du denn nicht müde, mein Lieber?«

»Wir haben keine andere Wahl.«

Ulrike stand auf, holte das Bild aus ihrer Tasche, setzte sich wieder aufs Bett.

»Gut, setz dich zu mir.«

Sie hielt das Bild mit beiden Händen über ihren Beinen.

»So sah unser Wohnzimmer aus?«

Albert flüsterte, seine Stimme war kaum zu hören.

»Ja, so sah euer Wohnzimmer aus.«

»Komm, wir setzen uns ans Tischchen.«

»Aber das entspricht gar nicht …«

»Egal, wir tun so, als ob.«

Albert verschwand, kehrte mit einem Stuhl zurück und platzierte ihn am Tischchen.

»Ist das so richtig?«

Ulrike nickte.

»Ja, das stimmt so, die Stühle stehen einander direkt gegenüber.«

Albert, auf dessen Gesicht winzige, unruhige Existenzen herumtrippelten, beugte sich über das Bild. Seine Gestalt sah aus wie ein Fragezeichen.

»Das Wohnzimmer ist ziemlich klein, das überrascht mich, die Wand im Hintergrund rechts vom schmalen Büchergestell erscheint gelb. Es ist ein fahles, irgendwie ekliges Gelb, findest du nicht auch, doch in Wirklichkeit ist die Wand weiß, schlechte

Beleuchtung, kein Weißabgleich, dafür der Weihnachtsbaum am linken Bildrand fast unnatürlich grün, wie in Technicolor, und der Lichtschein an den Kugeln wirft lächerlich starke Strahlen in den Raum, als wäre da ein Strahlenkranz irgendwo, der Tisch für vier eingedeckt, schön gemacht, schlicht, aber stilvoll. Ein Werk von Mutter?«

Ulrike schnappte nach Luft.

»Ja.«

»Habe ich mir gedacht. Die Kerzen brennen noch nicht lange, frische Tannenzweige auf dem Tisch, wahrscheinlich auch Mutter, im Wald geholt?«

»Ja, und …«

»Und?«

»Du warst auch dabei.«

Albert fuhr hoch, starrte Ulrike an.

»Ich war Tannenzweige holen? Im Wald? Mit Mutter?«

Er richtete seinen Blick wieder auf das Bild.

»Das war Tradition. Familientradition, sozusagen.«

»Und da sitzen wir uns gegenüber, den Blick auf die Kamera gerichtet, wobei Mutter haarscharf an der Kamera vorbeischaut, wahrscheinlich war sie einen Moment abgelenkt, schaut an deiner Kamera vorbei, ihr Gesicht vom Licht der Kerzen und der Stehlampe im Hintergrund angestrahlt, weiß sieht es aus, unnatürlich weiß, unmenschlich weiß, ihre rechte Hand ausgestreckt auf dem Tisch, meine Hand ebenfalls ausgestreckt auf dem Tisch, unsere Finger …«

»Der Vater war in der Küche, er rief uns was zu. In diesem Augenblick.«

»Was?«

»Er wollte was, ich kann mich nicht …«

»Du musst dich erinnern, sonst kommt das Bild nicht zustande. Und wir sind hilflos.«

Ulrike legte beide Hände aufs Gesicht.

»Albert, ich glaube, er wollte ein Glas Wein. Ich bin müde, wir sollten …«

Ihre Stimme war dünn geworden, von Rissen durchzogen und erreichte Albert kaum noch. Unten schlug die Haustür zu, kurz darauf fuhr ein Auto weg.

Plötzlich erhob sich Albert, rückte die zwei Stühle ein wenig zur Seite, nahm Ulrike am Arm, lenkte sie an ihren Schultern zum Tischchen und drückte sie sanft in den Stuhl.

»Leg die Hand auf den Tisch.«

»Aber, ich hab doch das Foto gemacht.«

»Egal, du bist jetzt die Mutter.«

Ulrike zögerte.

»Das ist nicht …«

Sie schloss die Augen, legte schließlich den Arm auf den Tisch.

»Gut, noch ein bisschen weiter nach vorn, unsere Finger müssen sich berühren. Das ist deutlich zu erkennen, noch ein bisschen, nun ist gut, unsere Finger berühren sich. Ulrike steht mit der Kamera zwei, drei Meter entfernt, etwa beim Schrank, wir schauen jetzt dorthin und lächeln, du zögerst, dein Blick, Mutters Blick, schweift ab, es zieht ihn immer wieder von der Kamera weg, und als Ulrike abdrückt, schaust du knapp daneben. Jetzt!«

Albert verblieb in dieser Haltung, regungslos, die Fingerspitzen Ulrikes berührend, fixierte ihren Blick, der unruhig flackerte, einen Halt suchte, ihn aber nicht fand.

»Deine Fingerspitzen sind kalt.«

Ulrike lächelte, zog ihre Hand zurück.

»Wir waren lange unterwegs.«

»Dafür haben wir schöne Tannenzweige gefunden, nächstes Jahr holen wir noch ein paar mehr, wir könnten die Haustür damit dekorieren.«

Ulrike schüttelte den Kopf, stand auf, stellte sich hinter Albert und legte eine Hand auf seine Schulter.

»Ich bin müde, wir sollten jetzt wirklich schlafen gehen.«
Albert schloss die Augen und legte seine Hand auf die ihre.

∗

Albert setzte sich auf die dünn gepolsterte Eckbank, zog den Vorhang ein wenig zur Seite und betrachtete die mit einer milchigen Eisschicht bedeckte Fensterscheibe, hinter der sich der graue Schattenriss eines Baumes abzeichnete. Er legte die Hand auf die Scheibe und wartete, bis die winzigen Eiskristalle rund um seine Hand abschmolzen.

Als Madame Lefrançois den Raum betrat, um ihren Hals einen dicken, grün-braunen Wollschal gewickelt, zog Albert die Hand zurück, lächelte Madame Lefrançois an, auf deren Gesicht die Abneigung gegen ihre zwei Gäste tiefe Spuren hinterlassen hatte, die auch mit dem dünnen Lächeln, das sie für einen Sekundenbruchteil über den Frühstückstisch gleiten ließ, nicht verdeckt werden konnten.

Nachdem sie das Serviertablett auf den Tisch gestellt und ein mehrfach zerstümmeltes »Bonjour« gemurmelt hatte, bemerkte sie den Handabdruck am Fenster, worauf ihre Miene wieder den düsteren, von einem winterlichen Schattennetz durchfurchten Ausdruck annahm, der lange vor dem ersten Schnee einsetzte. Tief im Bergwerk ihres Körpers entströmte eine Kälte, gegen die mit Schals, Handschuhen und dick gefütterten Jacken nichts auszurichten war. Die Kälte hatte, wie sie seit einiger Zeit vermutete, mit ihren Gästen zu tun, gegen die sie jetzt einen Widerwillen empfand, der ihr bislang fremd war.

Im Herbst, Gäste waren erfahrungsgemäß keine mehr zu erwarten, waren ihr Monsieur Albert und Madame Ulrike sehr willkommen, zumal sie sich als Dauergäste eingeschrieben hatten und ihr bereits bekannt waren. Außerdem verrechnete sie das Frühstück ausnahmsweise extra. Leider, dachte sie damals, war der Herr Doktor dieses Mal nicht mitgereist, und nichts deutete darauf hin, dass er noch auftauchte, was sie nicht nur wegen der entgangenen Vermietung eines dritten Zimmers, sondern auch wegen den immer noch unaufgehellten Lebenswegen bedauerte, die ihr Sohn unverdrossen und ohne ärztliche Begleitung ging.

Er und seine Schwester hätten sich lange Zeit nicht gesehen, sagte Monsieur Albert damals. Madame Lefrançois stellte den Laubrechen an den Baum, nickte verständnisvoll und brachte den Tag mit dem beglückenden Gefühl zu Ende, den beiden Menschen eine bescheidene Herberge für ihre lange herbeigesehnte Wiederbegegnung zu bieten. Sie wurde noch tagelang vom aufregenden Gefühl begleitet, die Auberge de l'Ours und damit der Name Lefrançois möge in beider Leben eine unauslöschliche Wegmarke bleiben. Doch schon bald, die ersten Anzeichen hatte sie übersehen, entdeckte sie im Alltag der beiden eine seltsame, vom rein Menschlichen abweichende Betriebsamkeit, die sie zunächst als Proben einer oder mehrerer Theaterstücke entschlüsselte, aber auch diese Gewissheit stellte sich bald als brüchig heraus, da Monsieur und Madame offensichtlich keinem Text folgten, sondern mit großer Ernsthaftigkeit immer wieder die gleichen, völlig unzusammenhängenden Szenen spielten, als würden sie von einem inneren Drehbuch geleitet, das, so viel hatte Madame Lefrançois verstanden, keine Improvisationen zuließ, sondern eher unzählige, in der Länge sich ausdehnende Wiederholungen einforderte. Bis sie schließlich, Madame Lefrançois zog ihren Schal enger, von Monsieur Albert gebeten wurde, ihn und Madame Ulrike in einem »Spiel«, wie er sagte, zu unterstützen. Sie brauche bloß auf dem kleinen Vorplatz vor der Haustür zu stehen, eine Hand am Türgriff und mit der anderen ihnen beiden »lebhaft« zuzuwinken, wie er mehrmals betonte. Es war schwierig, seinem Charme zu widerstehen.

Madame Lefrançois willigte nach einigem Zögern in das »Spiel« ein, bei dem sie einen bis zum Boden reichenden, verfilzten und nach Mottenkugeln riechenden Wintermantel tragen sollte, wie ihr Monsieur Albert erst kurz vor ihrem Auftritt mitteilte, sodass sie trotz der schon kühlen herbstlichen Temperaturen ordentlich ins Schwitzen kam, da die »Begebenheit«, wie Monsieur Albert das Ganze benannte, mehrmals gespielt oder, wie Madame Ulrike einmal im Flüsterton der Vertrautheit sagte, »inszeniert« werden sollte, wobei sie eine Handlung, wenn überhaupt von einer Handlung gesprochen werden kann, nicht erkennen konnte.

Sie warf nochmals einen Blick auf die Hand am Fenster, und erneut wurde sie von einem unvorstellbaren Ekel und Schrecken ergriffen, der ihr den Atem nahm und sie für einen Augenblick erstarren ließ.

Und da erinnerte sie sich an jenen Tag, im Tal war kaum noch etwas anderes zu spüren als der Hauch des Winters, der auch vor den Mauern ihres Häuschens nicht haltmachte, als ihr auffiel, dass ein Zimmer über Nacht nicht benutzt worden war, was, wäre dies ein einmaliges Vorkommnis, verschiedene, im Grunde harmlose Gründe haben konnte. Doch ihre Aufmerksamkeit war mobilisiert, und so entdeckte sie beim Zimmerservice immer mehr Anzeichen dafür, dass das Geschwisterpaar mit einiger Raffinesse die nächtliche Benutzung beider Zimmer vortäuschte, während es in Tat und Wahrheit nur in einem der beiden Zimmer übernachtete. Diese Entdeckung lenkte ihre Vermutung, Monsieur Albert und Madame Ulrike »inszenierten« irgendwelche »Begebenheiten« in eine andere, die Vorstellungskraft nun deutlich übersteigende Richtung, was sie nach einigen Nächten mit wenig Schlaf, aber mit umso gespitzteren Ohren, ihrem wärmenden Wintergesellen, wie sie Martin im Geheimen bezeichnete, andeutete, worauf dieser lediglich den Kopf schüttelte, eine Weile auf das Weinglas starrte, ein paar unverständliche Worte brummelte, um dann seine Erzählung über eingefrorene Wasserleitungen fortzusetzen.

Madame Lefrançois löste sich aus ihrer Erstarrung, streckte ihren Rücken, atmete tief ein und verließ den Frühstücksraum. Ulrike warf Albert einen ebenso verschmitzten wie fragenden Blick zu. Doch Albert nahm den Blick nicht wahr, verschlang schweigend sein Frühstück, seine Augen auf den Teller gerichtet, legte, nachdem er fertig gegessen hatte, das Besteck vorsichtig, ohne ein Geräusch zu verursachen, auf den Teller, stand auf, ging in sein Zimmer, nahm Jacke, Schal und Handschuhe, zog seine Stiefel an und wartete im Flur auf Ulrike, die ihm nach oben gefolgt war und nach einem Moment der Verunsicherung ebenfalls ihre Wintersachen holte.

Kaum hatten sie den Vorplatz betreten, befanden sie sich in einer von Myriaden gläsern funkelnder Teile durchschwebten Kälte, die mit ihrem ersten Atemzug explosionsartig in ihre Körper drang, sich wie ein Feuerwerk ausbreitete, sie augenblicklich lähmte und auf einen winzigen, sandkorngroßen Punkt ihrer Existenz zurückführte, dass ihnen nichts anderes übrig blieb, als mitten in ihrer Bewegung stehen zu bleiben, die Augen zu schließen, und in diesem Schwarz, das sich nun weit und klar öffnete, für eine Weile zu sein wie in einer Heimstatt. Als sie Teil der Kälte geworden waren, machten sie einen Schritt in längst überschneite Spuren, die sie hinausführten in eine in dickem Schnee ertrunkene Landschaft, die, je länger ihr Blick darüber schweifte und ihre von zwielichtigen, unruhigen Linien geformte Unruhe verlor, immer mehr zu einer weich geformten, ewigen Wellenlandschaft wurde, aus der ein paar vereinzelte, im Licht der Sonne hell glitzernde Kuppen herausragten, die ihnen Orientierung gaben, aber keinen Halt.

Wie auf Geheiß einer weit hinter dem Horizont liegenden Stimme bogen sie, noch bevor sie das weiß verwischte Städtchen erreichten, in einen von schneebeschwerten Ästen wundersam bedeckten Weg ein, wo sie mit schweren, langsamen Schritten eine fein gepunktete Naht zogen, hin und wieder von kristallenem Staub besprüht, wenn Schnee von den Bäumen fiel wie handgroße Kissen. In der Ferne war alles still und blendend. Die Flächen streng und einförmig, als ob da nie etwas gewesen wäre.

Albert blieb stehen, beobachtete einen kleinen Schwarm dunkler Vögel, der zuerst auf unförmigen, wilden Bahnen gleitend die Wipfel einer Baumgruppe umflog, unschlüssig über die Richtung, dann fest gefügt, schwarz und scharf in die Höhe stieg und sich allmählich im Blau des Himmels auflöste.

Ulrike, die ebenfalls stehen blieb, sich bückte, die Hosen über ihre Schuhe zog, blinzelte dem Blick Alberts hinterher, sah nur einzelne, belanglose Punkte am Himmel, die ihr vorkamen wie längst erloschene, in keinem Register aufgeführte Sterne. In Alberts Gesicht entdeckte sie unbekannte, von allerlei Schatten gesäumte Zeichen, die sich wie eine zitternde Hülle über ihn legten, die auch dann nicht verschwanden, als Albert langsam seinen Kopf senkte, über die gleißenden Flächen schaute, mit der rechten Hand die Sonne abdeckend, und den Kirchturm des Städtchens entdeckte, der wie ein zu groß geratener Pilz über den Horizont ragte.

Albert lächelte, machte einen Schritt auf Ulrike zu und wischte ihr eine vereiste Strähne aus dem Gesicht.

»Weihnachten geht mir nicht aus dem Kopf.«

Ulrike nahm die Mütze ab, schüttelte sie aus, richtete ihre Haare und setzte die Mütze wieder auf.

»Du stehst mit der Kamera zwei, drei Meter von uns entfernt, etwa beim Schrank, Mutter und ich schauen jetzt in die Kamera, lächeln, aber du zögerst, dein Blick schweift ab, stell dich mal dorthin.«

»Du meinst, in den Schnee.«

»Zwei, drei Meter von hier.«

»Da ist Schnee in meinen Schuhen, meine Zehen sind fast erfroren.«

»Stell dir vor, Weihnachten, Mutter und ich am Tisch, unsere Hände liegen auf dem Tisch, die Finger berühren sich, du schaust durch den Sucher, fokussierst, wartest, bis Mutter in die Kamera schaut, dann drückst du ab und bemerkst im selben Augenblick, dass Mutter knapp an dir vorbeigeschaut hat.«

Ulrike machte einen tiefen Atemzug, entließ einen dampfenden Hauch in die Luft, drehte sich um und watete los. Als sie stehen blieb, knietief im Schnee, winkte Albert sie noch ein paar Zentimeter nach hinten, sagte mit zitternder Stimme, sie solle nun die Arme auf Kopfhöhe halten, die Kamera mit beiden Händen haltend, den Rücken leicht gebückt, den Kopf nach vorne, die Augen stärker öffnen. Die Sonne würde sie blenden, sagte Ulrike, trotzdem, sie solle die Augen stärker öffnen und dann abdrücken.

»Mutter hat an dir vorbeigeschaut.«

Albert verschränkte die Arme hinter seinem Rücken und betrachtete Ulrike, die regungslos im Schnee stand.

Schließlich, als löste er sich aus einer Erstarrung, schüttelte er sich, rieb sich die Augen, klatschte zweimal in die Hände, woraufhin Ulrike die Arme langsam herunternahm, und, auf ein Zeichen Alberts hin, in ihren Fußstapfen zum Weg zurückkehrte, wo sie den Schnee von ihren Hosen klopfte und Albert verwundert ansah. Er murmelte »Schneefrau«, und sie sollten jetzt zurückgehen, die Szene sei in Gang gesetzt, außerdem ziehe der Himmel zu, von den Hügeln fließe bereits ein rosa Schein, der, als sie in die Straße zur Herberge einbogen, bereits eine dunklere Färbung angenommen hatte und die Äcker, die am Morgen noch weiß und kalt leuchteten, in ein warmes Licht tauchte.

Schon von Weitem beobachtete Madame Lefrançois die beiden Gestalten, die im Widerschein der Sonne wie von unsichtbaren Fäden geführte Silhouetten erschienen, in regelmäßigem Takt langsam die Straße hinaufwankten, und sich endlich als das herausstellten, was sie schon vermutet hatte: Monsieur und Madame.

Sie zog die Vorhänge zu, schaute auf ihre Uhr, setzte sich aufs Sofa, drehte die Lautstärke des Fernsehers zurück.

Als sie hörte, wie die beiden vor dem Haus ihre Schuhe ausklopften, stand sie vor ihre Zimmertür, vernahm bald darauf Schritte im Treppenhaus, und als auf einmal Stille im Haus war – nur das im Takt einer langsamen Uhr gehende Klacken der Heizung war zu hören –, wurde sie von einer unermesslichen Einsamkeit erfasst, als wäre sie zu einem Staubkorn geschmolzen, das von unbekannten Kräften getrieben durch eine gigantische Leere schwebte.

Der stumme Fernseher warf bläulich flimmernde Schatten ins Zimmer.

Und als Schnee ans Fenster fiel wie immer wieder verschwebende, sich im Schwarz auflösende Pfötchen, hörte sie vom Flur her Musik, zunächst unaufhörlich in Einzelteile verfallende Fragmente, dann zu Melodien sich verbindende Teile, die Madame Lefrançois als weihnachtliche Lieder identifizierte. Ein Wink der Welt, dachte sie, wischte mit einer Hand die Tränen weg, machte den Fernseher aus, setzte sich aufs Sofa und sah gespiegelt im schwarzen Bildschirm ihr rundes, nichtssagendes Gesicht.

Da wurden die Lieder lauter, sie konnte nun deutlich die Melodien erkennen, und als sie den Kopf zur Tür herausstreckte, vernahm sie ein Knarren, das aus Monsieurs Zimmer kam, wo Albert und Ulrike sich im Kreis drehten, um den Tisch tanzten, auf dem eine leere Flasche Wein und eine Flasche Wasser standen, zwei Gläser, ein Aschenbecher, halb abgebrannte Kerzen und etwas aus der Ordnung geratene, mit Kerzenwachs betropfte Tannenzweige.

»Ich kann nicht mehr, Mutter, das ist genug, ich brauche einen Schluck Wasser.«

Ulrike und Albert setzten sich an den Tisch.

Das sei, sagte Albert außer Atem, die Tanzszene gewesen, und drehte die Musik ab.

Ulrike schwitzte, obwohl es im Zimmer noch immer kühl war, wischte sich den Schweiß von der Stirn, betrachtete Albert, der Wasser aus der Flasche trank.

So sei es gewesen, sagte er, nachdem Ulrike das Foto gemacht habe, sei sie in die Küche gegangen, wo der Vater lautstark hantierte, während er und Mutter zu diesen öden Weihnachtsliedern tanzten, als wäre es Rock 'n' Roll. Er nickte, legte seine Hand auf Ulrikes Hand und lächelte.

Ulrike zögerte, hörte Schritte. Madame Lefrançois schlurfte durch den Flur.

Sie wollte endlich wieder eine Zukunft, nun war sie in der Vergangenheit gelandet, war dort, von wo sie wegkommen wollte, und Albert wurde ihr Tag für Tag fremder. Was verblasst war, unscharf und hinter Millionen von Bildern verdeckt, trat nun auf einmal mit neuer Leuchtkraft hervor, ins Licht gesetzt von Alberts wildem Gebaren, dem sie schutzlos ausgesetzt war wie eine Spielfigur.

Im Fadenkreuz seiner Manie. Eine Existenz am Rande ihrer selbst.

Dem Spiel ein Ende setzen, dachte sie, und zog ihre Hand zurück.

»Ich bin nicht Mutter.«

***

»Du bist meine Schneefrau.«

Albert rannte durch den Schnee, fiel hin, rappelte sich auf, lachte, packte mit beiden Händen einen Ballen Schnee, ging stapfend und breitbeinig auf Ulrike zu und setzte den Schnee vorsichtig auf ihren Kopf. Sie solle die Arme ausstrecken, schön gerade wie eine Schneefrau. Die Nase zwar keine Karotte, aber immerhin so rot wie eine. Albert machte ein paar Schritte zurück, stolperte, fiel hin, wälzte sich im Schnee, schüttelte sich auf allen vieren. Und er sei ihr Schneemann. Sie solle sich bloß nicht bewegen, das Werk sei noch nicht vollendet. Er bedeckte ihre Arme mit Schnee, begrub ihre Schuhe, ließ sich auf den Boden fallen.

Und nun komm in das Schneebett.

Sie solle die Augen schließen, er führe sie sicher an allen Hindernissen vorbei, an jeder Schwelle, an jeder Unebenheit, an jedem Stolperstein vorbei, und leitete sie mit gestrecktem Arm auf der linken, noch kaum beschneiten Reifenspur hinunter zum Städtchen, als führe er sie zum Tanz.

Über den Straßen hingen schlaff leuchtende Girlanden. An den Fenstern klebten rote Sterne. Auf einem Platz stand ein Christbaum mit glühenden Lichtern. Der Schnee auf dem Gehsteig war festgetreten und knirschte leise unter ihren Schritten.

Sie könne nun die Augen wieder öffnen, hier in diesem himmlischen Lichterglanz könne sie die Augen wieder öffnen, und sei sie nicht eine Pracht, diese Weihnacht. Albert kicherte. Zog Ulrike vor ein Schaufenster. Und schau doch, dieser Styroporschnee, ist er nicht wunderschön, so luftig leicht gefallen vom Himmel her auf genau diese Stelle, zwischen den mit einer goldenen Patina überzogenen Tannenzapfen, diesem silbrigen Geschmeide und den fröhlichen Kugeln wie von sphärischen Wesen schillernd besprüht.

»Ja«, Albert blieb stehen, legte seinen Kopf in den Nacken, »wir sind bei Weihnachten angekommen.«

Und wieder nahm er sie bei der Hand, und wieder sollte sie ihre Augen schließen, und wieder führte er sie zum Sträßchen, das zur Herberge führte, und wieder ging sie in der linken Spur und er in der rechten.

Zwischen den Wolken flackerten einige Sterne.

Albert schob die Mütze zurecht, klopfte die Handschuhe aus, hängte sich bei Ulrike ein und zog sie, hin und her schlenkernd, Richtung »Obeersch«, wie er manchmal sagte und dabei eine Grimasse schnitt.

Madame Lefrançois bemerkte die beiden dunklen Schatten,

die sich zügig dem Haus näherten. Sie zog den Vorhang zu, blinzelte durch den schmalen Spalt auf den von einem dämmrigen Licht erhellten Vorplatz.

Da blitzte auf einmal Monsieur Alberts Gesicht in der Dunkelheit auf. Grell und gefährlich sah es aus, wie eine grob geschnitzte Maske auf einer schlecht beleuchteten Bühne. Sie machte einen Schritt zurück, hielt den Atem an, die Arme an ihren Körper gepresst. Und in ihrem Kopf tauchten Bilder von Filmen auf, die sie in ihrer Jugend gesehen hatte, schreckliche Bilder von düsteren, verkrüppelten Gestalten, die nachts über nebelverhangene Friedhöfe huschten, schwarze Vögel aufschreckend, die kreischend davonflogen. Gärtner, die sich in der Dämmerung mit Spaten an Blumenbeeten zu schaffen machten. Diener mit vernarbten Gesichtern in großen, verlassenen Herrenhäusern, über knarrende Dielen schleichend, hin und wieder angestrahlt vom Licht des Mondes. Plötzlich aufblitzende Erscheinungen auf uralten, perlmutt schimmernden Spiegeln. Und stets unterbrach ein heller, lang andauernder Schrei diese Bilder.

Madame Lefrançois zog langsam den Vorhang zu und verharrte eine Weile in der Dunkelheit ihres Zimmers. Nur das Ticken ihres Weckers war zu hören.

Sie vernahm Schritte im Treppenhaus. Die Schritte wurden allmählich lauter. Kamen näher. Vor ihrem Zimmer blieben sie stehen. Sie presste die Hände an ihre Schläfen. Die Bilder verschwanden nicht. Sie sah aufblitzende Messer, Blutspritzer an Fensterscheiben, auf Fliesen, von dunklem Rot durchädertes Wasser, das langsam abfließt. Dann diese Ruhe.

Noch immer bewegte sie sich nicht. Und allmählich, zunächst hörte sie es nicht, wurde diese Ruhe von leiser Musik durchbrochen. Wieder Weihnachtslieder, dachte sie und öffnete die Augen, Weihnachtslieder. Albert drehte die Lautstärke ein wenig auf, warf einen Blick auf Ulrike, die reglos am Tisch saß, und setzte sich zu ihr.

»Du bist jetzt UIrike.«

Ulrike lächelte müde.

»Und ich bin Vater.«

Im Wohnzimmer tanzten Mutter und Albert. Ausgelassen, übermütig bewegten sie sich zu Weihnachtsliedern. Sie hätte, angelehnt an den Türrahmen, hin und wieder einen Blick auf die beiden geworfen, sich an den Tisch gesetzt und sich auch ein Glas Wein eingeschenkt. Hätte was gemurmelt.

»Was hast du gesagt?«

»Ach, nichts. Eben, nur was gemurmelt.«

Albert beugte sich vor, schob das Weinglas zur Seite.

»Was hast du gesagt?«

Ulrike lehnte sich zurück, nahm einen Schluck Wein.

»Dass sie es lustig haben.«

»Ja, Mutter und Albert haben es lustig. Und dann?«

»Was und dann?«

»Was hast du dann gesagt?«

»Ich glaube, die Musik ist zu laut, es ist schon nach Mitternacht, wir sollten …«

Albert stand auf, drehte die Lautstärke zurück, setzte sich wieder an den Tisch.

»Und?« fragte er. »Und dann, Ulrike?«

»Ich bin müde, es war ein anstrengender …«

»Ach komm, wir tanzen auch.«

Ulrike schüttelte den Kopf.

»Lassen wir doch die beiden.«

»Wieso denn?«

»Wir stören nur.«

»Stören? Wir stören Albert und Mutter?«

»Ich glaube, die beiden wollen das Wohnzimmer für sich. Und überhaupt, das Spiel, dieses Theater …«

»Wieso stören wir?«

»Weil …«

Ulrike stand auf, lehnte sich an den Türrahmen.

»Weil?«

»Weil wir immer nur stören.«

»Du meinst, Albert und Mutter?«

Ulrike nickte, drehte den Kopf Richtung Tür, Albert stand ebenfalls auf, nahm Ulrikes Kopf mit beiden Händen und drehte ihn zu sich.

»Das musst du mir erklären.«

Ulrike wand sich aus seinem Griff, ging zur Tür, wollte sie öffnen, doch Albert nahm ihre Hand, zog Ulrike von der Tür weg.

»Erklär mir.«

Ulrike legte eine Hand vor ihr Gesicht.

»Erklär mir.«

Die beiden würden sich eben sehr nahestehen. Ulrike nahm einen Schluck Wein, das sei ja nichts Neues. Albert und Mutter hätten sich schon immer gut verstanden, sehr gut, das sei klar, ja, irgendwie ineinander verschlungen.

»Ineinander verschlungen?«

Würden aneinander hängen, so wie …, da falle ihr im Moment kein Vergleich ein, aneinander hängen, mehr als sonst, wenn Mutter und Sohn.

Ulrike stand auf, ging zur Tür. Das Theater müsse ein Ende haben.

Was sie damit meine, wenn Mutter und Sohn, und sie solle im Zimmer bleiben.

Merde, die beiden, das sehe er, das sei doch augenscheinlich. Ulrike öffnete die Tür und warf sie knallend wieder ins Schloss, schaute ihn an und schrie c'est évident, ob er denn blind sei, gewesen sei damals, als Albert und Mutter …

Albert setzte sich an den Tisch. Bewegungslos starr schaute er an Ulrike vorbei.

Und die Geräusche waren verschwunden. Jeder Klang erstarb wie die Flamme einer Kerze im Wind. Eine Situation wie vor

Anbeginn der Welt. Die Augen fielen ihm zu. Er hätte tot sein können.

Er öffnete die Augen, fiel immer wieder ins vertraute Schwarz zurück wie in ein Nest. Eine Weile, zehn, fünfzehn Sekunden, hielt er die Augen geschlossen, öffnete sie, doch die Dinge fanden nicht aus dem Schwarz heraus, sein Blick fiel ins Nest zurück.

Als er die Augen wieder öffnete, sah er die Zimmerdecke und an ihrem Rand abgeschattetes, freundliches Licht.

»Und Vater?«

***

Vater starrte an die Zimmerdecke. Blinzelte ins Schattenlicht. Hörte ein kurzes, helles Geräusch.

Er stand auf, rückte den Stuhl zur Seite, ging ins Wohnzimmer und schaltete die Musik aus.

Albert und Mutter blieben stehen, richteten den Blick auf Vater und erstarrten augenblicklich zu zwei aneinandergefügten Figuren, ihre Oberkörper leicht zurückgeneigt, Mutters Arm um Alberts Schulter gelegt. Vater nahm Mutter bei der Hand, löste sie aus der Umarmung und führte sie wortlos aus dem Zimmer.

Ulrike bedeckte mit einer Hand ihr Gesicht, mit der anderen stützte sie sich an die Wand und glitt langsam zu Boden, wo sie wimmernd liegen blieb. Albert schaute sie fassungslos an, ging auf sie zu, bückte sich, und als er ihre Schulter berührte, zuckte sie zusammen, schlug um sich, schrie ihm Dinge entgegen, die nichts als Trümmer von Worten waren.

Albert ging in die Küche, betrachtete die zwei Weingläser auf dem Tisch, die angebrochene Weinflasche, die Teller auf der Ablage, das über einem Stuhl hängende Küchentuch, das Körbchen mit den Gewürzen, ein Schälchen mit Nüsschen und Orangen, Pfannen, einen Mörser, schmutziges Geschirr, einen

Wasserkrug, die mit kleinen Magneten befestigten Postkarten am Kühlschrank, ging mehrmals um den Tisch herum und machte den Backofen aus.

Das Wohnzimmer war leer. Er setzte sich.

Als er laute Stimmen hörte, blies er die Kerzen aus, ging in sein Zimmer, stellte sich auf sein Bett und drückte das Ohr an die Wand. Die tiefe, abgehackte Stimme seines Vaters erinnerte ihn an Stimmen, die er in Kindheitstagen dem Radio entlockte, als er stundenlang am Senderknopf drehte, fasziniert über die Möglichkeit, mit kleinsten Drehbewegungen von Sprache zu Sprache zu wechseln, in Länder hineinzuhorchen, die fern und geheimnisvoll waren. Manchmal war nur ein leises Rauschen zu hören, manchmal sprach Mutter hell und klar. Und dann wieder niemandes Stimme.

Am nächsten Morgen war es sehr still. Es war, als wäre die Stadt verschwunden. Als läge das Haus in einer weiten Wüste.

Albert, er lag seit Stunden wach, zog sich an und ging mit langsamen, kurzen Schritten durch den Flur. Im Wohnzimmer roch er den Geruch gelöschter Kerzen.

Aus dem Flur hörte er eine Tür, Schritte.

Mutter kam in die Küche. Sie bemerkte Albert, blieb stehen. Auf ihrem Gesicht die Schatten der Nacht und etwas, das Albert noch nie gesehen hatte. Ein faseriger, über ihren Körper fallender Schleier, in dem sich sein »Guten Morgen« verstrickte und nicht zur Sprache fand.

Mutter duckte sich. Duckte sich vor Albert in eine andere Richtung, machte kehrt und verließ die Küche.

Albert räumte das Geschirr in die Maschine, wusch die Weingläser, polierte sie mit einem Küchentuch, stellte Lebensmittel in den Kühlschrank, wischte den Boden, reinigte die Stühle mit einem nassen Lappen und ging mit Wischer, Lappen, Besen ins Wohnzimmer und machte sich an die Arbeit. Auf einmal, Albert stoppte seine Bewegungen, hörte er ein Geräusch und dachte für einen Augenblick, Ulrike hätte den Raum betreten. Als er sich umdrehte, sah er das schmale Büchergestell und links davon den Weihnachtsbaum, der, mit ein paar dumpfen, von Kerzenwachs ewig betränten Kugeln behängt, lächerlich wirkte abseits seiner Zeit. Ulrike war in der Nacht lautlos verschwunden. Doch da war sie nur noch ein Name, der bald hinter vielen anderen verschwand.

Albert steckte Papierservietten in einen Müllsack, drehte die Kerzen aus dem Ständer, setzte sich an den Tisch.

***

Am Abend des Weihnachtstages begann es zu schneien. Die Flocken fielen fast so schnell wie Regentropfen, und in kurzer Zeit war die Stadt von einem weißen Flaum bedeckt. An manchen Stellen, wo ein bisschen Wärme aus Kellerfenstern oder Schächten drang, blieben halbrunde, schneefreie Schneisen.

In der Mitte der Straße war Alberts Spur, führte durch eine Querstraße, über einen kleinen, rechteckigen, von stillen, hell erleuchteten Häusern gesäumten Platz, vorbei an einer Schlange geparkter Autos, einer Bar, aus der dumpfe Bässe zu hören waren, schließlich zu einer Kirche, deren mächtiger Turm im Licht ihrer Scheinwerfer weit in die millionenfach gepunktete Nacht hineinleuchtete.

Albert legte den Kopf in den Nacken, öffnete den Mund, schnappte nach Schneeflocken, die geschmacklos in seinem Mund verschwanden.

Mutter hatte den Schleier nicht abgelegt. Ihr Körper war verändert. Ihr Gesicht war verändert. Es trug Zeichen der Trauer, Zeichen der Scham, Zeichen einer unauflösbaren Verwirrung und Zeichen, die er nicht verstand. Deutungslose Worte, die ihr Gesicht von innen her auflösten und in ein anderes verwandelten.

Er streckte seine Arme aus, als wollte er ihr Gesicht in seine

Hände nehmen, es führen und beschützen und bewahren, aber es gelang ihm nicht. Das Gesicht löste sich auf wie die Schneeflocken in seinem Mund. Albert blinzelte in das Leuchten des Turmes, drehte sich um und ging zurück zur Wohnung seiner Eltern. Vater und Mutter saßen im Wohnzimmer, vor ihnen eine Flasche Wein und ein paar Essensreste vom Vorabend.

»Ich hol jetzt meine Sachen und geh dann.«

»Ja«, sagte der Vater, »vergiss die Geschenke nicht.«

Albert betrachtete das Zimmer, in dem er seine Kindheit und Jugend verbrachte, die hellen Stellen auf der Tapete, wo die Poster seiner Lieblingsgruppe hingen, das mit unzähligen Klebern bedeckte Pult, den leeren Setzkasten an der Wand, Reste gymnasialer Literatur im Büchergestell, ein Stofftier, ein Kissen, das ihm sein Patenonkel geschenkt hatte, Muscheln von irgendwelchen Stränden.

In den nächsten Tagen wurde es sehr kalt, aber es schneite nicht mehr.

Albert telefonierte hin und wieder mit seinem Vater. Der Zustand der Mutter hätte sich nicht gebessert. Sie sei, sagte er nach langer Pause, in Behandlung. Die Medikamente würden sie stabilisieren. Sie käme schon wieder auf die Beine. Aber sie wolle keinen Besuch, auch nicht von ihm. Sie brauche jetzt Ruhe. Im Keller drohten die Leitungen einzufrieren. Albert wünschte Vater und Mutter ein gutes neues Jahr.

Er werde es Mutter ausrichten. Sie würden dieses Silvester zu Hause bleiben. Es muss ja nicht immer Party sein. Ein gutes Essen und zu Mitternacht, wenn die Glocken des Turms das alte Jahr ausläuten, ein Glas Champagner.

Ein paar Tage nach Neujahr, die Temperaturen blieben konstant unter null, wollte Albert seine Eltern besuchen, doch Vater vertröstete ihn auf später. Er müsse ein wenig Geduld haben. Mutter brauche Zeit, das alles zu verdauen. Die Ärzte seien zuversichtlich. Und wenn dann der Frühling komme.

Albert war froh, als die Uni den Betrieb wieder aufnahm.

Er schrieb an seiner Abschlussarbeit, verbrachte die Tage und manchmal auch die Abende in der Bibliothek, gelegentlich ging er mit Freunden aus, verabschiedete sich aber meistens schon vor Mitternacht. Einen Brief von Ulrike warf er ungeöffnet in den Müll.

Wenn ihm der Kopf zu platzen schien, machte er einen Spaziergang in der Umgebung der Stadt. Wanderte über vereiste, leise knackende Felder, gefrorenen Bächen entlang, und wenn die Wolken zuzogen, blieb er stehen und betrachtete die schwarzweiße Landschaft. An einem Sonntag gegen Ende Januar rief ihn der Vater an. Mutter sei tot. Sei im Eis eines gefrorenen Flusses eingebrochen. Das hätte sie doch wissen müssen. Dass ein Fluss nicht sicher sei. Mitten im Eis sei sie versunken.

Der Pfarrer sprach von einem tragischen Unglücksfall.

Das hätte sie doch wissen müssen, murmelte Vater. Hätte er sie doch begleitet, dann lebte sie jetzt noch. Doch sie wollte den Spaziergang unbedingt allein machen. In sich gehen. Und, sagte der Pfarrer, das Sichtbare vergehe, doch das Unsichtbare bleibe ewig.

Ulrike war nicht zur Beerdigung erschienen.

Ein paar Tage danach stiegen die Temperaturen, und überall schmolz das Eis.

***

Es war am Weihnachtstag. Nie wird Madame Lefrançois diesen Tag vergessen, als Monsieur Albert zum ersten Mal allein zum Frühstück erschien. Sie wunderte sich, wartete ein paar Minuten, tischte ihm das Frühstück auf. Monsieur aß schnell und, wie ihr schien, mit abwesendem, vielleicht sogar traurigem Blick.

Ob sie Madame das Frühstück aufs Zimmer. Albert schüttelte nur stumm den Kopf. Madame Lefrançois blieb unschlüssig stehen, beobachtete nachdenklich und nicht ohne Sorgen das Gesicht Monsieur Alberts, seine gekrümmte Haltung, als sollte der Kopf in seinem Körper verschwinden und der Körper im Zimmer.

Schließlich ging sie in die Küche zurück. Kurz darauf verließ Albert das Haus.

Madame Lefrançois sah ihm nach, wie er mit schnellen, aber unsicheren Schritten Richtung Städtchen marschierte. Auf seinem Kopf eine Mütze, in seiner Hand eine Reisetasche.

Wenig später polterten Schritte die Treppe runter. Ulrike eilte am Frühstücksraum vorbei, Madame Lefrançois sah nur einen grauen Mantel vorbeihuschen, und folgte den Spuren Alberts.

Sie setzte sich aufs Sofa, schaute auf die Uhr, nahm eine Zeitschrift, aber ihre Augen fanden keine Ruhe, sondern kamen ihr vor wie eine stetig in die Dunkelheit aufstiebende Glut.

Sie legte die Zeitschrift weg, stand seufzend auf und machte sich bereit für den Besuch bei ihrem Sohn.

Das Geschenk lag schon seit Monaten in einer Schublade ihres Schreibtischs. Ihre Garderobe hing verteilt auf mehreren Kleiderbügeln auf der linken Seite ihres Schranks. Und als sie den Wagen vorfahren hörte, er war einiges zu früh, legte sie das Geschenk in ihre Reisetasche, schaute nochmals in den Spiegel, eilte zur Haustür, trippelte über den Vorplatz und stieg in Martins Wagen, der sie zum Bahnhof brachte.

Während der Rückfahrt vermischten sich die Bilder der Landschaft, die durch das Sonnenlicht, das hin und wieder durch die Wolken fiel, wie von hell schimmerndem Samt bedeckt schien, mit Bildern ihres Sohnes, der ihr anfänglich mit einer frohen und heiteren Zuversicht entgegentrat, sie mit offenem Stolz durch die nur durch ein paar Kerzen erhellte, von meterhohen Bücher- und Papiertürmen verstellten Wohnung führte und ihr ebenso stolz ein Essen vorsetzte, das den Namen Weihnachtsessen zu Recht verdiente, bis, sie konnte es sich ihr Leben lang nicht erklären, ein

Satz, ein Wort, eine Geste, vielleicht auch nur ein Gedanke die Situation veränderte, seine Augen sich verdüsterten, das frühlingshafte Grün verloren und, als regierte irgendwo ein unsichtbarer, strenger Regisseur, der Sohn, den sie in einer längst verlorenen Zeit auf den Namen Marcel hatte taufen lassen, schweigsam wurde und schließlich stumm, und sie, ohne wieder zu ihm gefunden zu haben, seine Wohnung verließ, zum Bahnhof ging und, begleitet von jäh aufbrausenden, arktischen Winden, auf den Zug wartete.

Und so war sie in undeutlichen, immer wieder verschwindenden Bildern gefangen, dass sie es beinahe verpasst hätte auszusteigen. Martin wartete bereits auf dem Bahnsteig, winkte ihr mit seinen gewohnt kurzen und etwas linkischen Bewegungen zu.

Als trüge sie die Schweigsamkeit ihres Sohnes weiter, antwortete sie auf die knapp gefassten, fast geflüsterten Fragen Martins einsilbig und brummelnd, bis Martin sich der Schweigsamkeit fügte und sie sicher, wie auf Schienen geführt, durch die vereisten Straßen zur Herberge führte.

Auch wenn sie es nicht sogleich sah, nahm sie gleichwohl eine Veränderung in ihrem Haus wahr. Es war nicht die Stille in ihrem Haus, nicht die fehlende Musik, das fehlende Murmeln oder das fehlende Knarren der Böden, es war eine unsichtbare, unhörbare Veränderung, die sie bemerkte, kaum hatte sie das Haus betreten.

Zunächst unschlüssig, legte sie Mantel und Schal ab, zog ihre Schuhe aus und blieb, beide Arme an ihre Seite gepresst, einen Augenblick bewegungslos im Flur stehen.

Eine Stille wie im All, dachte sie. Noch vor Anbeginn der Welt.

Zehenspitzend tappte sie die Treppe hoch, horchte an der Tür von Monsieur. Horchte an der Tür von Madame. Schließlich klopfte sie. Niemand öffnete. Sie klopfte nochmals, betrat das Zimmer.

Es war leer. Sie öffnete das andere Zimmer. Es war genauso

leer. Einzig auf dem Tisch lagen ein paar von Kerzenwachs bespritzte, blass gewordene Tannenzweige.

Monsieur und Madame waren verschwunden.

Auf dem Küchentisch lag ein Umschlag mit der Miete bis Ende Monat.

Madame Lefrançois schenkte ein Glas Enzianschnaps ein, setzte sich an den Frühstückstisch und fühlte, wie Schritt für Schritt eine unendliche und unumkehrbare Erleichterung sie durchdrang.

Später, das Eis war geschmolzen, die Bäume hatten ihren Schnee verloren, und von den Dächern drohte keine Gefahr mehr, entdeckte Madame Lefrançois hinter dem Haus das Fahrrad. Sie putzte und polierte es und schenkte es Martin am ersten warmen Frühlingstag.

9. Das Jahr geht zu Ende

Über den Straßen hingen schlaff leuchtende Girlanden. An den Fenstern klebten rote Sterne. Auf einem Platz stand ein Christbaum mit glühenden Lichtern. Der Schnee auf dem Gehsteig war festgetreten und knirschte leise unter ihren Schritten. Gerda zog den Schal enger.

Überall in den Schaufenstern leuchtete, funkelte, blinzelte, von vielerlei Ornament und Putz und Zierrat begleitet, die Zahl 2000 wie ein Heil bringender Wegweiser in die dunkle Winterwelt hinein. Und wenn, dachte Gerda, ein gewaltiges, überirdisches Feuer das gesamte Inventar dieser Schaufenster bis auf den letzten Flusen wegbrennen und zusammenschmelzen würde, bliebe am Ende die Zahl 2000 als Kern dieses schönen Scheins, das extrahierte Wesen aller Botschaften hinter den fröhlichen Scheiben, unzerstörbar und ewig. Außer, dachte sie und schmunzelte, es kommt etwas dazwischen.

Sie bog in einen ordentlich gepflügten, leicht aufwärtsführenden Weg ein.

Gerda streckte ihren Arm aus, wischte Schnee von einer Ligusterhecke, und als die Hecke zu Ende war, hielt sie ihren Arm weiterhin gestreckt, bis sie an einer Reihe geparkter Autos vorbeikam, auf deren Dächern sie eine armlange Schneise freilegte.

Sie richtete ihren Blick geradeaus, sah in der Flucht der Häuserreihe eine im Scheinwerferlicht angestrahlte Kirche im neuromanischen Stil, deren quadratischer, an der Spitze von drei offenen Bogenfenstern durchbrochener Turm sie an eine Burg erinnerte, wo im Innersten, geschützt von einem unüberwindbaren System konzentrischer Mauern, ein hagerer, schwindsüchtiger, fast vollständig ausgebleichter, von einem Heer einfältiger und schwerfälliger Bediensteter unentwegt geplagter Herrscher sitzt, der, weil der Tabak in dieser Gegend damals noch unbekannt war, an getrockneten Pilzen herumkaute, die ihm einer seiner Ärzte alle zwei, drei Tage in einer zinnernen Dose überreichte. Betrachtete die auf diese Kirche zustrebenden Häuser, deren Zimmerhöhen, wie jemand kürzlich sagte, die höchsten der Stadt seien, und das sonderbare, im Grunde unerreichbare Bestreben der Bürger des 19. Jahrhunderts bekunden, sich in adligen Formaten abzubilden, was im Winter, wie Gerda fand, kaum zur Geltung kommt, da der Winter einen ausgleichenden Schleier über die Unterschiede legt, gewissermaßen ein himmlisch demokratisches Geflocke auf die Stände niederschickt. Im mächtigen, weit auf die Straße ausstrahlenden Licht warf Gerda einen langen Schatten. Als sie vor dem Haus stand, waren die Schatten verschwunden. Zum Glück, dachte Gerda. Da war nur noch das dämmrige Licht oberhalb der Eingangstür.

Endlich, dachte sie, fingerte den Schlüssel aus ihrer Handtasche und öffnete die Tür. Als sie ihre Wohnung betreten hatte, legte sie Mantel, Schal und Jacke ab und ließ sich in ein Meer von Kissen fallen, die das Sofa fast vollständig bedeckten. Im Wohnzimmer roch es nach asiatischen Dufthölzern, Zigarettenrauch und dem Geruch frischer Farbe.

Gerda schloss die Augen, hörte irgendwo ein leises Plätschern. Von draußen den von Schnee und Dunkelheit gedämpften Ton der Stadt. Eine Sirene, ein bellender Hund.

Wie es Iwan wohl geht, dachte Gerda, ob er sich ans Hundeheim gewöhnt hat? Sie öffnete die Augen, sah das stille, warme Licht der Deckenlampe, das sie an Sommertage irgendwo im Süden erinnerte. Iwan, du Schrecklicher, flüsterte sie ihm manchmal ins Ohr.

Sie setzte sich auf, strich die Haare hinter die Ohren. Und nun in dieser kleinen, sehr kleinen Wohnung. Ein ehemaliger Kollege aus der Redaktion kennt den Hausbesitzer und hat ihr die Wohnung vermittelt. Am Telefon sagte er, na dann, wir könnten ja wieder mal ein Bier, ja, sicher, sagte sie und beendete das Gespräch. Die Vermittlung der Wohnung war ein Akt des Mitleids, ihre Situation hatte sich herumgesprochen. Immerhin mit Balkon, dachte Gerda, immerhin diese minimale Öffnung in die Welt. Sie zog ihre Stiefel aus, stellte sie neben das Sofa, ging in die Küche und holte eine Flasche Dom Pérignon aus dem Kühlschrank, öffnete sie, schenkte ein Glas ein und setzte sich an den Küchentisch. Zündete eine Zigarette an.

Gerda betrachtete die entschwebenden Rauchwölkchen, in denen sie, als wär's ein Rorschachtest, das Gesicht Leinstadts entdeckte, das langsam gegen die Decke steigend unaufhörlich an Kontur und Farbe verlor, bis es schließlich auseinanderstrebend sich im Raum verteilte, unkenntlich geworden. Und als sie einen nächsten rauchigen Atemzug in den Raum entließ, war da das Antlitz Alberts, wie es leer und traurig über ihr schwebte wie ein Geist, der nicht weiß wohin. Ach, dachte Gerda, der Albert, wo er sein mag? Sein Körper fern, doch sein Schatten ist hier. Und das ist das Wichtigste.

Sie nahm eine Kerze aus der Schublade, zündete sie an. Zur Feier des Tages, dachte sie, als kleiner Vorgeschmack auf das große Feuer. Schließlich ist heute der 30. Dezember, ihr persönlicher Feiertag und Abschluss eines Jahres, das ihr wie ein Stück schäbige Literatur vorkam.

Sie schaute auf die Uhr, nahm einen Schluck. Immerhin hat er seine Geliebte vergessen, nein, nicht die Geliebte hat er vergessen, er hat vergessen, dass er eine Geliebte hatte, einfach weg und nie da gewesen. Gerda blies die Kerze aus, nicht mal ein Hauch bleibt, keine Ahnung, keine Spur einer Erinnerung, einfach weg, die Schöne. Gerda schmunzelte und schüttelte den

Kopf. Und hat vergessen, dass er mich verlassen wollte, und jetzt hat er mich verlassen, gerade weil er es vergessen hat. Ist das logisch? Lustig? Es ist eine von den überflüssigen Fragen, weil niemand sie beantworten will. Also eigentlich keine Frage, sondern ein bedeutungsloses Zeichen. Gerda drehte die Kerze, ließ Wachs auf den Tisch tropfen, drückte den rechten Zeigefinger drauf.

Mit der Flasche Champagner in der einen, einem Glas in der anderen Hand betrat Gerda den Balkon, zwängte sich um den Tisch, setzte sich und zündete eine Zigarette an. Nun war sie doch ein wenig nervös geworden. Was, wenn der Feuerwerk-Meister plötzlich den Mut verliert? Ihre Investition umsonst war? Schneider war ein Mann von zweifelhaftem Charakter, das war ihr schnell klar geworden, gerade deshalb hatte sie ihn mit einem ziemlich großen Betrag überzeugen können. Hoffte sie. Einen Tag zu früh war für sie eine Welt. Und Schneider war ihr Meister.

Sie betrachtete die Stadt. Die Gassen und Straßen zogen sich wie ein lichtes Geäder durch die Stadt, Plätze fügten sich zu Plätzen, und zwischendrin ragten ein paar Türme in schweigendem Glanz aus der Nacht. Und irgendwo setzte ein trübes Kaleidoskop lächerliche Reste von Melodien in die Luft, die sich, kaum waren sie am Ohr, sogleich auflösten, zerflossen, zerschwebten und vielleicht an einem anderen Ort wieder zu sich fanden. Vielleicht auch nicht. Stadt und Nacht formten eine wankende Welt. Eine Welt, von unsichtbaren Gespinsten durchdrungen unsichtbar geworden.

Und doch, dachte Gerda, erscheint das gemaserte Schwarz unendlich gesättigt, millionenfach durchwebt und durchdrungen von Millionen durcheinandergehäufter Fragmente unendlichen Scheins.

Sie schaute auf die Uhr, zündete eine Zigarette an, warf sie nach zwei Zügen übers Balkongeländer, trank das Glas in einem

Zug leer, holte in der Küche eine weitere Flasche. Mein lieber Schneider, wenn du jetzt versagst, bin ich am Ende, bevor alles zu Ende geht.

Es war kurz vor zwölf. Aus der Ferne hörte sie die ersten mitternächtlichen Glockenschläge, die sich nach und nach in weitere mischten, bis ein vielstimmiges Gebimmel sich wie ein feines Fell über die Stadt legte.

Auf einmal begann das Feuerwerk. Gerda zuckte zusammen, drehte ihren Kopf, riss die Augen auf. Weit weg, am anderen Ende der Stadt, in der verhüllenden Dunkelheit der Nacht und ihren verdüsternden Schatten, zischte eine Rakete als winziger, eiliger Lichtpunkt in das Schwarz hinauf, explodierte mit einem dumpfen Knall, schlitzte mit seinen Tentakeln ein weites Halbrund auf und erleuchtete den Himmel mit einem zauberhaften Bild fallender Sterne.

Gerda eilte ins Wohnzimmer, drückte auf einen Knopf ihrer Musikanlage, setzte sich schnell atmend wieder auf den Stuhl auf dem Balkon.

Aus der Wohnung ertönte sehr laute Musik.

Jetzt, endlich, dachte Gerda und hauchte Schwaden in die Luft, jetzt endlich kommt der Händel mit seiner Feuerwerksmusik.

Wie von einem überirdischen Takt getrieben, schossen nun Raketen in unaufhörlicher Folge und stetig wechselnder Pracht hinauf und hinauf, ermatteten an einer unsichtbaren Grenze, bis das Universum in lauter leicht geschweiften Feuerblumen erblühte, die immer wieder dumpf zerplatzten, in der Nacht verglühten, wie große Fallschirmblüten sanft verblassend zur Erde fielen und knisternd und prasselnd erloschen, als schwarzer, stiller Regen niedergingen ohne Schatten und Erinnerung, dann aufs Neue in geraden Bahnen hinaufstiegen, als wäre da ein Ziel, wieder erblühten, wieder sich entfalteten in unendliche Spitzen und Schwaden, immer wieder verschwanden, während sich gleißende Lichtstrahlen lautlos in den Himmel schraubten, zu ornamental gewundenen Falten geballt, und neue, bunte Blumen die Nacht erhellten, aufgefächert zu beständig ineinander verschmelzenden Bouquets, die ein riesiges pulsierendes Bild aufspannten, auf dem hell entflammte Lichter durch die Schwaden rasten und zuweilen ein Fragment ins Dunkle überging wie ein von einem Hauch getriebener seidener Saum, während das Zischen und Knallen und die Musik, die über den Balkon strömte, untrennbar verbunden waren wie die Blumen am Himmel.

Foto: Ayse Yavas

Urs Zürcher, 1963 geboren, Dr. phil., hat in
Basel Geschichte, Philosophie und Neuere
Deutsche Literaturwissenschaft studiert und in
Zürich promoviert. Danach war er Lehr-
beauftragter an der Universität Basel und
arbeitete als Projektleiter und Lehrer.
Urs Zürchers Dissertation ist unter dem Titel
*Monster oder Laune der Natur. Medizin und die
Lehre von den Missbildungen 1780-1914* im Wissen-
schaftsprogramm des Campus Verlag erschienen.
Daneben schrieb er diverse Aufsätze und
Artikel in verschiedenen Zeitschriften.

Im bilgerverlag:
Der Innerschweizer (2014)

Urs Zürcher
Alberts Verlust
1. Auflage 2018
© 2018 bilgerverlag GmbH, Zürich

Satz, Buch- und Umschlaggestaltung: Dario Benassa

Druck: Pustet, Regensburg

ISBN 978-3-03762-075-5

9 783037 620755 >